CB067931

A DIVINA COMÉDIA

Conheça os títulos da coleção SÉRIE OURO:

1984
A ARTE DA GUERRA
A DIVINA COMÉDIA - INFERNO
A DIVINA COMÉDIA - PURGATÓRIO
A DIVINA COMÉDIA - PARAÍSO
A IMITAÇÃO DE CRISTO
A INTERPRETAÇÃO DOS SONHOS
A METAMORFOSE
A MORTE DE IVAN ILITCH
A ORIGEM DAS ESPÉCIES
A REVOLUÇÃO DOS BICHOS
ALICE NO PAÍS DAS MARAVILHAS
ALICE ATRAVÉS DO ESPELHO
CARTAS A MILENA
CONFISSÕES DE SANTO AGOSTINHO
CONTOS DE FADAS ANDERSEN
CRIME E CASTIGO
DOM CASMURRO
DOM QUIXOTE
FAUSTO
MEDITAÇÕES
MEMÓRIAS PÓSTUMAS DE BRÁS CUBAS
MITOLOGIA GREGA E ROMANA
O DIÁRIO DE ANNE FRANK
O IDIOTA
O JARDIM SECRETO
O LIVRO DOS CINCO ANÉIS
O MORRO DOS VENTOS UIVANTES
O PEQUENO PRÍNCIPE
O PEREGRINO
O PRÍNCIPE
O PROCESSO
ORGULHO E PRECONCEITO
OS IRMÃOS KARAMÁZOV
PERSUASÃO
RAZÃO E SENSIBILIDADE
SOBRE A BREVIDADE DA VIDA
SOBRE A VIDA FELIZ & TRANQUILIDADE DA ALMA
VIDAS SECAS

Conheça os títulos da coleção SÉRIE LUXO:

JANE EYRE
O MORRO DOS VENTOS UIVANTES

DANTE ALIGHIERI

A DIVINA COMÉDIA
PURGATÓRIO

Integralmente traduzida, anotada e comentada por
Cristiano Martins

GARNIER
DESDE 1844

GARNIER
DESDE 1844

Fundador: **Baptiste-Louis Garnier**

Copyright desta tradução © IBC - Instituto Brasileiro De Cultura, 1980

Título original: La Divina Commedia
Reservados todos os direitos desta tradução e produção, pela lei 9.610 de 19.2.1998.

1ª Impressão 2025

Presidente: Paulo Roberto Houch
MTB 0083982/SP

Coordenação Editorial: Priscilla Sipans
Coordenação de Arte: Rubens Martim (capa)
Precedida da biografia do poeta: Cristiano Martins
Ilustração: Paul Gustave Doré
Produção Editorial: Eliana Nogueira
Revisão: Mirella Moreno
Apoio de revisão: Gabriel Hernandez e Lilian Rozati

Vendas: Tel.: (11) 3393-7727 (comercial2@editoraonline.com.br)

Foi feito o depósito legal.
Impresso na China

Dados Internacionais de Catalogação na Publicação (CIP)
de acordo com ISBD

A411d	Alighieri, Dante
	A Divina Comédia - Série Ouro: (Parte 2 Purgatório) / Dante Alighieri. – Barueri : Editora Garnier, 2024.
	256 p. ; 15,1cm x 23cm.
	ISBN: 978-65-84956-87-2
	1. Literatura italiana. 2. Poesia. I. Título.
2024-3589	CDD 851
	CDU 821.131.1-1

Elaborado por Elaborado por Vagner Rodolfo da Silva - CRB-8/9410

IBC — Instituto Brasileiro de Cultura LTDA
CNPJ 04.207.648/0001-94
Avenida Juruá, 762 — Alphaville Industrial
CEP. 06455-010 — Barueri/SP
www.editoraonline.com.br

DANTE ALIGHIERI

SUMÁRIO

SEGUNDA PARTE: PURGATÓRIO
CANTO I 10
CANTO II 18
CANTO III 26
CANTO IV 33
CANTO V 41
CANTO VI 50
CANTO VII 57
CANTO VIII 64
CANTO IX 71
CANTO X 79
CANTO XI 87
CANTO XII 93
CANTO XIII 101
CANTO XIV 109
CANTO XV 115
CANTO XVI 122
CANTO XVII 130
CANTO XVIII 136
CANTO XIX 143
CANTO XX 151
CANTO XXI 159
CANTO XXII 165
CANTO XXIII 172
CANTO XXIV 179
CANTO XXV 187
CANTO XXVI 196
CANTO XXVII 202
CANTO XXVIII 209
CANTO XXIX 216
CANTO XXX 224
CANTO XXXI 231
CANTO XXXII 238
CANTO XXXIII 246

SEGUNDA PARTE
PURGATÓRIO

CANTO I

Pela galeria subterrânea, Dante e Virgílio retornam, do Inferno, à superfície da terra. Saem numa ilha, perto do Monte do Purgatório. Na faixa plana, entre a praia e o sopé da montanha – o ponto a que primeiro se dirigem as almas admitidas à purificação – os poetas encontram o romano Catão, que guardava o local.

1 A singrar melhor água eis que o batel
do meu engenho segue, a vela inflada,
deixando atrás o pélago cruel.

4 E, pois, direi da parte separada
na qual a essência humana se depura,
por merecer o céu, dignificada.

7 Musas! Fazei volver a extinta e pura
veia do meu cantar, com vosso alento!
Nem me falte Calíope segura,

10 que à minha voz infunda aquele acento
que foi às Pegas míseras fatal,
do perdão lhes tirando o pensamento!

13 A dulcíssima cor da oriental
safira, a se espalhar naquele instante,
desde a linha da esfera matinal,

16 mostrou-se-me de novo, irradiante,
tão depressa emergi da aura maldita,
que me ensombrara os olhos e o semblante.

1. A singrar melhor água: para tratar matéria mais serena, após as violências e conturbações do Inferno.
4. E, pois, direi da parte separada: e tratarei agora de outra parte do reino eterno, isto é, do Purgatório.
7. Musas! Fazei volver a extinta e pura: o poeta invoca, ao início deste novo Cântico, as Musas, para que o inspirem, trazendo-lhe o mesmo estro com que celebrou os tormentos do Inferno (veia do meu cantar). A invocação agora se dirige, especialmente, a Calíope, a musa da poesia épica.
11. Que foi às Pegas míseras fatal: a lenda registra o desafio feito às Musas pelas filhas de Piério, que pretendiam vencê-las no canto. Mal as Musas expressaram a voz, entretanto, as ambiciosas moças perceberam que sua ridícula pretensão não lhes seria jamais perdoada. E, de fato, como castigo, foram transformadas em pegas, aves desgraciosas, que, sem possuírem um canto próprio, se dedicam a imitar as demais.
13. A dulcíssima cor da oriental safira: parece que já se mostravam os primeiros sinais da madrugada. O poeta, que emergia da profunda sombra do inferno, via o céu, pontilhado de estrelas, ir-se tomando da suave cor azul.

PURGATÓRIO

19 A bela estrela que ao amor incita
    fazia rebrilhar ao longe o oriente,
    velando os Peixes, com que ela gravita.

22 À destra me volvi, e, bem à frente
    do polo austral, fitei as quatro estrelas,
    não vistas mais que da primeva gente.

25 Extasiava-se o céu do brilho delas:
    Viúvo Setentrião, que estás privado
    de contemplar estrelas como aquelas!

28 Após olhá-las, procurando o lado
    de seu contrário polo, em cujo teto
    já não estava o Carro, deslocado,

31 vi perto um velho, de que o grave aspecto
    respeito impunha assim como jamais
    terá votado um filho ao pai dileto.

34 Tinha sarjada em prata a barba,
    e mais a cabeleira que, da fronte altiva,
    em duas bandas lhe ia ao peito, iguais.

37 A luz das quatro estrelas, firme e viva,
    à face lhe incidia frontalmente,
    tal como o raio que do sol deriva.

40 "Quem sois vós, que subindo a ima torrente,
    acabais de fugir da fossa eterna?"
    — disse, a barba a oscilar, tremulamente.

19. A bela estrela que ao amor incita: Vênus, que surgia no oriente, acompanhada pela constelação de Peixes.
23. Fitei as quatro estrelas: girando, ali, à direita, o poeta ficou de frente para o polo austral e pôde fitar o Cruzeiro do Sul (as quatro estrelas), só vistas antes pelos nossos primeiros pais, no Éden. Dante imaginou o Paraíso terrestre colocado exatamente sobre o ápice do monte do Purgatório. E, na Antiguidade, prevalecia a crença de que o hemisfério austral era totalmente despovoado.
29. De seu contrário polo, em cujo teto: para o polo norte, ou ártico. O Carro, a Ursa Maior, que já não se via brilhar, porque, àquela altura, deslocada para baixo da linha do horizonte.
31. Vi perto um velho: Catão de Útica, que, para não se submeter a Júlio César, que considerava um usurpador, suicidou-se no ano 46 antes de Cristo. De símbolo da liberdade civil, Dante o tornou em símbolo das convicções morais e religiosas, razão porque se encontra de guarda às imediações do Ante-Purgatório.
37. A luz das quatro estrelas: a luz do Cruzeiro do Sul, a que parece estar atribuído aqui um sentido alegórico. Segundo alguns, a representação das quatro virtudes cardeais, em que Catão se distinguiu.
40. Quem sois vós, que subindo a ima torrente: Catão sabe que os dois estranhos visitantes da ilha procedem do Inferno, certamente porque os viu assomar à extremidade daquela galeria subterrânea, de onde uma nascente corria para o centro da terra, até às proximidades da cava de Lúcifer.

"A bela estrela que ao amor incita
fazia rebrilhar ao longe o oriente,
velando os Peixes, com que ela gravita."
(*Purg.*, I.19/21)

43 "Quem vos conduz aqui? E que lanterna
vos devassou as tenebrosas rotas
no fundo lá da cavidade averna?

46 As leis do abismo estão acaso rotas?
O decreto do Céu foi, pois, mudado,
franqueando a tais galés as minhas grotas?"

49 Meu guia me tomou do braço, ao lado;
e ao gesto seu e frases que dizia,
baixei o olhar, postando-me ajoelhado.

52 E tornou-lhe: "Por mim, não poderia:
Uma dama desceu do Céu fulgente
e fez-me dar-lhe ajuda e companhia.

55 Vejo que queres mais profundamente
de nossa condição saber real;
e nada omitirei, honestamente.

58 Não viu inda o que trago a hora final,
mas pela insânia a teve tão vizinha
que por bem pouco não seria tal.

61 Por tirá-lo da selva erma e daninha
eu fui mandado, e, pois, por esta estrada
agora, junto a mim, ele caminha.

64 Já lhe mostrei a gente condenada;
e a mirar os espíritos se apressa
que aqui transmudam, sob tua alçada.

67 Não direi como, pois que o veda a pressa.
Um efeito divino me auxilia
a guiá-lo a ver-te aonde o bem começa.

---

48. Franqueando a tais galés as minhas grotas: Catão admirava-se de ver chegar alguém provindo do Inferno, pois tal não se coadunava, aparentemente, com a lei eterna. Os galés, os condenados ao orco. As minhas grotas, as regiões alpestres do Purgatório, onde se viam os terraços e plataformas talhados nas pedras.
53. Uma dama desceu do Céu fulgente: Beatriz, que moveu Virgílio a socorrer Dante, na selva escura (Inferno, Canto II).
58. Não viu inda o que trago a hora final: este, que trago aqui, Dante, ainda está vivo, apesar de suas loucuras e seus erros o terem levado à beira da morte.
62. Eu fui mandado, e, pois, por esta estrada: e não havia outro meio de salvá-lo – prossegue Virgílio – senão este, isto é, conduzi-lo ao Inferno, e, dali, até onde agora nos vês.
67. Não direi como, pois que o veda a pressa: Virgílio escusa-se por omitir os pormenores da viagem, pois isto exigiria tempo de que não dispunham. E limita-se a explicar que foi movido pela virtude ou a vontade divina.
69. A guiá-lo a ver-te aonde o bem começa: a guiá-lo a este lugar, cuja guarda te foi confiada, e onde se inicia a salvação das almas.

"Meu guia me tomou do braço, ao lado;
e ao gesto seu e frases que dizia,
baixei o olhar, postando-me ajoelhado."

(*Purg.* I, 49/51)

70 Acolhe-o, então! Que a liberdade pia
buscando vai, da qual sabe o valor
quem da vida saiu, por ela, um dia.

73 Tu o vês, que não houve desprimor
no teu fim lá na terra, onde a aparência
deixaste, que o grão dia irá compor.

76 Não violamos as leis da eterna essência;
ele é vivo, e Minós não me sujeita,
pois do Círculo venho a cuja influência

79 Márcia reclama, ao doce jugo afeita,
por ti — preclaro herói — ser inda amada.
Que tanto amor nos valha, desta feita!

82 Dos sete reinos abre-nos a entrada,
que a ela, ao voltar, por ti graças darei,
se à tua fama é bem ser lá lembrada".

85 "A Márcia afeto extremo dediquei,
quando era vivo", disse, suspirando,
"e seus desejos nunca recusei.

88 Mas, se transpôs o rio miserando,
já não me influi, segundo o mor preceito
posto a quantos nos fomos demudando.

91 Uma dama do céu te fez eleito,
como disseste, e basta este argumento.
Por ela vens, por ela estás aceito.

70. Que a liberdade pia: a liberdade moral, que aqui se configura como o fundamento de toda outra liberdade. Virgílio explica que Dante luta por essa liberdade, cujo significado ninguém melhor que o próprio Catão poderia avaliar, pois por ela renunciara à vida.
74. Onde a aparência deixaste, que o grão irá compor: pois deixaste (referindo-se a Catão), por essa liberdade, em Útica, o teu corpo, que no dia do juízo final há-de ser gloriosamente recomposto.
77. Ele é vivo, e Minós não me sujeita: Virgílio explica que não houve na vinda de ambos qualquer violação da lei suprema, como pensara Catão. Dante era ainda um ser vivo, e ele, Virgílio, não estava sujeito a Minós (o demônio que preside à cominação dos castigos no Inferno). E, de fato, Virgílio procedia do Limbo – uma espécie de antecâmara do Inferno – que era também onde se encontrava Márcia, a esposa de Catão.
81. Que tanto amor nos valha, desta feita: e que o amor que Márcia ainda te dedica, desde o Limbo, te incline a nos ajudares nesta oportunidade.
82. Dos sete reinos abre-nos a entrada: dos sete giros, ou terraços, talhados na encosta do Monte, e que formam o Purgatório.
88. Mas, se transpôs o rio miserando: o rio miserando, o Aqueronte, passagem obrigatória dos que se dirigem, de modo geral, ao Inferno, e também ao Limbo, em particular. A lei da morte, pois, separa, irremissivelmente, os que se votam à salvação dos que foram condenados às penas infernais.
91. Uma dama do céu te fez eleito: Beatriz, que escolhera Virgílio para aquela missão extraordinária...

94 Pega de um junco, e dele, co' o fragmento,
cinge o teu companheiro, após lavado
do fumo que lhe cobre a fronte e o mento.

97 Que não convém de aspecto conturbado
mostrar-se aqui ao ínclito regente,
um Anjo, que do Céu nos foi mandado.

100 Desta ilhazinha em torno, onde inclemente
bate e reflui a vaga na porfia,
floresce o junco, bem ao lodo rente.

103 Planta não temos mais que essa haste esguia,
que outra qualquer, de copa arredondada,
a impactos tais nunca resistiria.

106 Não voltareis, depois, por esta estrada;
o sol vos mostrará, que surge ali,
os seguros meandros da escalada".

109 Disse, e desvaneceu-se. Então me ergui,
e, sem falar, ao guia me achegando,
à sua face o meu olhar volvi.

112 E, pois, Virgílio: "Vai-me acompanhando:
retrocedamos, que dali declina
esta planura, para o mar levando".

115 A alba expulsava a sombra matutina,
que ia cedendo lenta, e pela aberta
vi cintilar no mar a espuma fina.

118 Pela duna seguíamos, deserta,
como quem torna a uma perdida estrada,
e inda inseguro vai da descoberta.

121 E chegando a local onde a orvalhada
não se diluíra ao sol, junto a um desvão,
dos que soem guardá-la, preservada,

---

96. Do fumo que lhe cobre a fronte e o mento: Dante, como um homem vivo, trazia a face recoberta pelo fumo do Inferno. Catão recomendou a Virgílio que cuidasse de, preliminarmente, livrá-lo daquela sujeira, e que o cingisse, depois, com um fragmento de junco, símbolo da humildade.
109. Então me ergui: após as palavras de Catão, Dante, que se conservava ajoelhado, como referido no verso 51, ergueu-se.

PURGATÓRIO

124   meu mestre sobre a relva abriu a mão,
      e úmida a recolheu da essência rara.
      Depressa percebi sua intenção,

127   e, pois, lhe apresentei a face amara;
      num gesto, devolveu-me, incontinenti,
      a cor de que o inferno me privara.

130   Fomos pelo areal amplo e silente,
      nunca decerto até ali calcado
      por alguém do regresso experiente.

133   Cingiu-me o junco, então, como mandado:
      ó maravilha! Pois, mal recolheu
      meu guia o arbusto, vi-o rebrotado,

136   de repente, no ponto em que rompeu!

---

125. E úmida a recolheu da essência rara: a essência rara, o orvalho. Virgílio recolheu, pois, na mão, a umidade do orvalho, e Dante percebeu que o fazia para lavar-lhe o rosto, de acordo com o que Catão lhe recomendara.
129. A cor de que o inferno me privara: a cor natural da face do poeta, até ali oculta por aquela sombra untuosa própria do Inferno.
132. Por alguém do regresso experiente: sendo o Purgatório uma transitória morada dos mortos, não poderiam os vivos ser ali admitidos — e, pois, ninguém que houvesse chegado àquela praia pôde trilhá-la de novo para regressar ao mundo.

CANTO II

Andando à orla da praia, os poetas veem chegar uma nave pilotada por um Anjo, da qual desembarca um grupo de almas que se destinam ao Purgatório. Entre elas encontra-se o músico florentino Casella, a quem Dante manifesta o desejo de ouvi-lo cantar, como antes em sua terra.

1   O sol se alçava no horizonte além,
       que do merídio círculo cobria,
       em sua altura mor, Jerusalém,

4   enquanto a noite, desde o Ganges, fluía,
       a balança mostrando, do outro lado,
       a qual, em pouco, erguida, mudaria;

7   e, pois, o branco ali, mais o encarnado,
       cores primeiras da radiosa Aurora,
       mesclavam-se num tom alaranjado.

10   Íamos ambos pela praia a fora,
       como alguém que tateia ante o caminho,
       e inda que a alma se solte, o pé demora.

13   E tal ao arrebol, quando é vizinho,
       vê-se, entre as nuvens, Marte que dardeja
       os raios seus sobre o estendal marinho.

16   Um lume relanceou: de novo eu o veja!
       Tão rápido avançando pelo mar,
       que repeti-lo a voo algum se enseja.

---

1. O sol se alçava no horizonte além: o sol começava a surgir na fímbria do horizonte da ilha do Purgatório, cujo círculo meridiano era também o de Jerusalém. Isto quer dizer que o sol se punha em Jerusalém e começava a raiar na ilha do Purgatório, ao passo que a noite, que cumpre itinerário inverso ao do sol, emanava do outro hemisfério, das bandas do Ganges, com a constelação da Libra (a balança), que, a prolongar-se a noite, desapareceria, mudando-se o respectivo signo.
7. E, pois, o branco ali, mais o encarnado: ali, no lugar onde Dante se encontrava, na ilha do Purgatório. O poeta significa que as duas cores iniciais da Aurora — o branco extreme e o vermelho — já se mesclavam num entretom dourado, anunciando que ia começar o dia propriamente dito.
16. Um lume relanceou — de novo eu o veja: o lume, como se verá a seguir, era um Anjo em sua nave, trazendo as almas ao Purgatório. É compreensível que Dante manifestasse, então, o desejo de revê-lo um dia, naturalmente após sua morte, pois isto significaria que se encaminhava à senda da salvação.

"Gritou-me: 'De mãos postas, e ajoelhado!
Chega o anjo de Deus! Nestes arcanos
outros verás iguais, maravilhado!'"

(Purg., II, 28/30)

DANTE ALIGHIERI

19 Dele afastando, num segundo, o olhar,
    por dirigi-lo, ansioso, ao meu bom guia,
    logo o observei, mais próximo, avultar.

22 Notei que a um lado e outro lhe saía
    uma alva névoa que mal distingui,
    e um tanto abaixo algo também surgia.

25 Meu mestre se mantinha tenso, ali;
    mas vendo que era um ser de asas dotado,
    sobre cerúlea nau — como senti —

28 gritou-me: "De mãos postas, e ajoelhado!
    Chega o anjo de Deus! Nestes arcanos
    outros verás iguais, maravilhado!

31 Vê como os meios repudiam humanos:
    não usa remo, ou vela, a leste e oeste,
    mais que sua asa, em tão distantes planos.

34 Vê como a vibra na amplidão celeste
    — da eterna pluma os ares recortando,
    a qual não muda como a térrea veste".

37 E sempre ali de nós se aproximando,
    tornava-se a ave santa mais luzente,
    a ponto de ir-me os olhos ofuscando.

40 Baixei a vista; e, pois, à praia em frente
    o Anjo aportou o seu batel ligeiro,
    que a água apenas roçava, levemente.

43 À popa estava o celestial barqueiro,
    o bem mostrando no semblante inscrito;
    e, dentro, de almas o rebanho inteiro.

22. Notei que a um lado e outro lhe saía: as alvas formas que pareciam destacar-se a um e outro lado eram, naturalmente, as asas do anjo, ainda não identificáveis à distância. E a outra aparência branca que também se divisava era, segundo alguns, a veste do Anjo; segundo outros, a silhueta da nave que ele governava.
36. A qual não muda como a térrea veste: as asas do Anjo são eternas, imortais, e não estão sujeitas à muda, não caem, renascem ou perecem, como a penugem ou o invólucro das aves ou de qualquer outra dentre as precárias e passageiras espécies terrenas.
38. Tornava-se a ave santa mais luzente: a ave santa, o anjo alado que, à medida em que se aproxima, tornava-se tão intensamente luminoso que a vista do poeta mal podia suportar o seu brilho.

"À popa estava o celestial barqueiro,
o bem mostrando no semblante inscrito;
e, dentro, de almas o rebanho inteiro."
(Purg., II, 43/5)

46   *In exitu Israel de Aegypto —*
     era, em conjunto, o seu suave canto,
     seguindo-se do Salmo o mais escrito.

49   O sinal lhes traçou do lenho santo
     — e mal a gente toda à praia salta,
     ei-lo que deixa o plácido recanto.

52   Via-se ali quedar, perplexa, a malta,
     examinando o sítio inesperado,
     co' o ar que têm os que a surpresa assalta.

55   A toda a parte o sol, mais inflamado,
     seus raios dardejava do horizonte,
     já tendo a Capricórnio trasladado.

58   E as almas, para nós erguendo a fronte:
     "Por onde", suplicaram, a uma voz,
     "devemos ir para galgar o monte?"

61   Virgílio lhes tornou: "Credes que nós
     já conhecemos — penso — aqui a estrada;
     mas somos peregrinos, como vós.

64   Co' a vossa coincidiu nossa chegada,
     mas por via tão áspera e inclemente,
     que esperamos diversa esta escalada".

67   As almas, percebendo claramente,
     ao ver-me respirar, que eu era vivo,
     ficaram a entreolhar-se, à nossa frente.

70   E tal à roda do que acena o olivo
     as gentes se comprimem, pressurosas,
     para ouvi-lo, e ninguém se mostra esquivo,

---

48. Seguindo-se do Salmo o mais escrito: o Salmo CXIII, em que se celebra a libertação dos Hebreus do jugo dos Faraós, apropriado, naquela conjuntura, às almas que se iam libertar de seus pecados.
49. O sinal lhes traçou do lenho santo: o Anjo fez-lhes o sinal da cruz, e, deixando na praia aquelas sombras, voltou pelo mar, em demanda da foz do Tibre, para trazer novo bando das almas candidatas à purificação (vejam-se os versos 101 a 105).
57. Já tendo a Capricórnio trasladado: com os seus raios, o sol, que se elevava, já havia impelido a constelação de Capricórnio para o outro lado do meridiano, tornando, praticamente, extintas as suas luzes.
70. E tal à roda do que acena o olivo: o mensageiro, que costumava agitar um ramo de oliveira, em sinal de que trazia notícias alvissareiras.

PURGATÓRIO

73   assim aquelas sombras numerosas
     fitavam-me, esquecidas, num instante,
     da rota que as faria venturosas.

76   Alguém notei saindo um pouco adiante,
     como a abraçar-me, e vi-lhe tanto afeto
     que fui movido a gesto semelhante.

79   Ah! Sombras vãs! Que o sois, menos no aspecto!
     Por três vezes nos braços o estreitei,
     mas não pude palpar qualquer objeto!

82   Um grande espanto, creio, então mostrei;
     vi-o sorrir, e, como ali recuasse,
     indo-lhe ao encontro, quase o ultrapassei.

85   Gentilmente ordenou-me que parasse.
     Reconhecendo-o, à voz, eu lhe pedi
     que, por falar-me, então, não se afastasse.

88   "Sempre mostrei minha afeição por ti",
     tornou-me, "quando vivo, e é o mesmo agora.
     Falemos, pois. O que te traz aqui?"

91   "Casella amigo", eu disse, "ir-me-ei embora,
     mas espero voltar, numa outra viagem.
     Por que houve, contigo, esta demora?"

94   "Foi em razão", narrou-me, "da triagem:
     o Anjo só chama quando e a quem lhe apraz,
     e de outras vezes me negou passagem.

97   Mas pois que no alto dom o seu perfaz,
     desde três meses já tem aceitado
     todos que querem vir, bondoso e em paz.

75. Da rota que as faria venturosas: as almas quedavam-se ali, maravilhadas, parecendo esquecidas de que deveriam, quanto antes, subir ao monte, para obter a salvação.
76. Alguém notei saindo um pouco adiante: Casella, músico e cantor florentino, grande amigo de Dante; nominalmente referido no verso 91.
81. Mas não pude palpar qualquer objeto: qualquer objeto, a matéria corpórea. Pois, então, os braços que Dante por três vezes moveu no sentido de abraçar quem também lhe estendia os seus, apenas palparam o ar, tornando sempre ao seu próprio peito.
93. Por que houve, contigo, esta demora?: Dante mostra curiosidade em saber porque, tendo Casella morrido havia tanto tempo, só naquele instante desembarcava na praia do Purgatório.
98. Desde três meses já tem aceitado: interpreta-se que, em razão das indulgências plenárias concedidas pelo Sumo Pontífice, ao ensejo do Jubileu realizado em Roma em 1300, todos os que o desejaram tiveram acesso à salvação. O Anjo da barca, que só recolhia quando e a quem lhe aprouvesse, foi então aceitando, sem qualquer relutância, os que se apresentavam ao embarque. Nem era possível que fosse de outro modo, pois sua vontade se influía tão só da vontade divina. E Casella, que esperava longamente ser admitido, teve naquele ensejo sua oportunidade.

100 E eu, que à orla da praia era postado,
    lá onde a água do Tibre chega ao mar,
    à barca sua fui enfim chamado.

103 E ei-lo que já regressa a tal lugar,
    que ali tão-só se reúnem para a espera
    os que o Aqueronte não irão cruzar".

106 "Se não te veda a lei que aqui impera",
    roguei-lhe, "o emprego do amoroso canto,
    que aplacar-nos soía a angústia fera,

109 um pouco ora suavize o seu encanto
    esta alma que, sob a matéria impura,
    chega a estas plagas fatigada tanto!"

112 Amor que em minha mente conjetura
    — começou a cantar tão docemente,
    que ainda tal dulçor em mim perdura.

115 Meu mestre e eu e a recém-vinda gente
    enlevados estávamos e atentos,
    tanto, que nada mais nos vinha à mente

118 senão daquela música os acentos.
    Mas eis que o velho de semblante honesto
    surgiu, gritando: "Não sejais tão lentos!

121 Que negligência! Que lazer molesto!
    Ao monte andai! Deixai lá o pecado,
    para a Deus contemplardes manifesto!"

124 E tais os pombos, no trigal dourado,
    que ao pasto se confiam silenciosos,
    seu costumeiro orgulho quebrantado,

127 se algo se move estranho, eis que medrosos
    alçam a um tempo o voo do usado aprisco,
    no perigo emergente só cuidosos

---

105. Os que o Aqueronte não irão cruzar: os que não hajam sido condenados ao Inferno.
112. Amor que em minha mente conjetura: o verso inicial de uma canção de Dante (*Convívio, Trattato Terzo*), de que Casella compusera em Florença a respectiva música.
119. Mas eis que o velho de semblante honesto: Catão, que havia desaparecido (Canto 1, verso 109), mas agora retorna, em sua missão tutelar.

PURGATÓRIO

130 — assim eu vi aquele bando arisco
fugir em direção da encosta leve,
como os que às tontas vão, a todo risco:

133 nem foi nossa partida menos breve.

CANTO III

Após a rápida fuga das almas recém-chegadas, Virgílio e Dante se encaminharam ao sopé do monte, onde começava o Ante-Purgatório. Enquanto consideravam as dificuldades do acesso, divisaram novo grupo de sombras, movendo-se, lentamente, ao seu encontro. Eram os mortos sob excomunhão, que ali aguardavam o decurso do prazo para subir.

1   Enquanto ao monte a fuga repentina
    confusamente as almas impelia,
    a se purgarem sob a lei divina

4   — mais me acheguei à minha companhia.
    Pois que faria ali sem sua ajuda?
    Quem à rude montanha me guiaria?

7   Vi turbar-lhe o remorso a face muda:
    Ó preclara consciência, acrisolada,
    que a mais ligeira falha assim transmuda!

10 Livres seus pés da pressa inopinada,
    que à egrégia compostura não assenta,
    a minha mente, que era concentrada,

13 como a onda distendeu-se, abrindo lenta.
    E alcei o olhar à massa dominante,
    que quase ao céu a sua altura ostenta.

16 Atrás de nós brilhava o sol flamante,
    no solo recortando uma figura
    símile à minha, do meu corpo adiante.

---

1. Enquanto ao monte a fuga repentina: remissão ao final do Canto anterior. As almas recém-chegadas, que se quedavam distraídas a ouvir o canto de Casella, despertaram à severa advertência de Catão, lançando-se, em ímpeto desordenado, rumo ao Monte da Salvação.
7. Vi turbar-lhe o remorso a face muda: Virgílio mostrava um ar de desgosto e arrependimento, naturalmente por ter sido causa indireta (através de seu companheiro) da admoestação sofrida pelas almas. E Dante se admira de que falta tão insignificante pudesse produzir um tal efeito.
12. A minha mente, que era concentrada: quando as almas correram, os dois poetas fizeram o mesmo, como que instintivamente. Dante preocupou-se por ver Virgílio proceder assim, pois a fuga não parecia compadecer-se com sua egrégia condição. Mas, ao retornarem ambos à marcha natural, ficou como que aliviado, descontraindo-se o seu pensamento.
17. No solo recortando uma figura: recortando no chão a minha sombra... O sol estava às costas de Dante, cujo corpo lhe interceptava os raios, com o que sua sombra se desenhava, nítida, à frente.

PURGATÓRIO

19 Olhei em torno, à busca, a alma insegura,
pensando estar sozinho, pois só via,
à frente, de uma sombra a terra escura.

22 "Por que te inquietas?", começou meu guia,
volvido a mim: "Pois não me tens ao lado,
conduzindo-te aqui por esta via?

25 Ora é de tarde aonde foi deixado
o corpo em que eu sombreava antigamente,
desde Brandízio a Nápoles levado.

28 O fato de faltar-me a sombra à frente
não te há de, mais que os céus, maravilhar,
onde um não tolhe ao outro a luz fulgente.

31 A alta virtude às penas sujeitar
do fogo e gelo quis nossa aparência,
sem seu procedimento demonstrar.

34 E é vão supor que nossa inteligência
possa abranger a sempiterna via
das três pessoas numa só essência.

37 Ó gente humana! Que te baste o quia!
Pois se tivesses tudo penetrado
mister não fora o parto de Maria!

40 Viste tentá-lo, mas sem resultado,
aqueles que no Limbo expiarão,
eternamente, o seu desejo ousado.

19. Olhei em torno, à busca, a alma insegura: Dante observou, subitamente, que ali só se projetava uma sombra, e não duas. Receando, pois, estar sozinho, voltou-se, à procura de Virgílio.
25. Ora é de tarde aonde foi deixado: por este circunlóquio, Virgílio relembra a Dante que é agora um mero espírito, e já não dispõe de corpo capaz de produzir sombra. E, com efeito, Virgílio morrera em Brandízio, onde naquele momento era de tarde, tendo os seus restos sido depois levados a Nápoles.
29. Não te há de, mais que os céus, maravilhar: e, pois que sabes (diz Virgílio a Dante) que nos céus concêntricos, que são transparentes, um não impede a luz de passar ao outro, assim não te deves maravilhar de que a luz passe através de mim, que sou apenas uma aparência.
31. A alta virtude às penas sujeitar: Virgílio explica a Dante que, apesar de incorpórea, tal aparência (a alma) foi sujeita pela vontade divina a sofrer os castigos, inclusive os do fogo e do gelo (como no Inferno), mas sem se revelar o processo operativo através do qual foi isso obtido.
37. Ó gente humana! Que te baste o quia: o quia, aquilo que é. Devem, pois, os homens contentar-se em conhecer as coisas como são, como se apresentam, sem querer indagar a razão delas.
40. Viste tentá-lo, mas sem resultado: os que tentaram alcançar a razão de tudo, e entre eles os maiores filósofos (que se não tiveram condição para isso, ninguém mais as terá), acham-se no Limbo a ruminar eternamente a sua ânsia insatisfeita.

"À esquerda um grupo vi logo em seguida,
rumando a nós, porém tão lentamente
que sua marcha mal era sentida."

(*Purg.*, III, 58/60)

PURGATÓRIO

43   De Aristóteles falo e de Platão,
        e de outros mais." E a face, tristemente,
        pendeu, calado, presa da emoção.

46   Chegáramos ao monte, finalmente:
        mas era a sua encosta tão alçada
        que os pés iriam nela inversamente.

49   Entre Lérice e Túrbia, em suave escada
        a mais rude vereda se transmuda,
        perto daquela, a pique alcantilada.

52   "Onde a rampa será menos aguda",
        disse Virgílio, os passos estacando,
        "em que subir quem de asas não se ajuda?"

55   E assim, curvada a fronte, ponderando
        ia na mente o jeito da subida,
        enquanto eu fui em torno rebuscando.

58   À esquerda um grupo vi logo em seguida,
        rumando a nós, porém tão lentamente
        que sua marcha mal era sentida.

61   "Ergue, mestre", eu lhe disse, "o olhar à frente:
        talvez nos deem eles valimento,
        se ainda o não achaste, pessoalmente".

64   Fitou-me, e respondeu-me, franco, isento:
        "Vamos, filho, até lá, que o bando é tardo.
        Mantém a crença no teu pensamento!"

44. E a face, tristemente, pendeu: a lembrança de tantos eminentes sábios, que se exauriram nessa frustração, é, provavelmente, a razão da tristeza e da turbação de Virgílio; ou, talvez, o fato de também ser ele um dos que se achavam no Limbo.
48. Que os pés iriam nela inversamente: a montanha elevava-se tão abruptamente que os pés não se socorreriam nela da lei da gravidade, para firmarem-se. Em outras palavras: parecia que a subida só era viável com a ajuda de asas.
49. Entre Lérice e Túrbia: referência a uma região da Ligúria em que os caminhos sobre as rochas erguidas eram quase impraticáveis.
55. Ponderando ia na mente o jeito da subida: Virgílio parecia meditar sobre a melhor maneira de galgar o monte, enquanto Dante, provavelmente, tentava encontrar uma trilha praticável, olhando aqui e ali, e experimentando o pé.
58. À esquerda um grupo vi logo em seguida: um grupo, um bando de almas que se encontravam naquela região, espécie de vestíbulo do Purgatório, os excomungados, como se infere dos versos 132 a 141.
66. Mantém a crença no teu pensamento: quer dizer: E, em todo o caso, mantém a fé, a esperança de que aquelas almas nos ajudem a encontrar o meio de subir.

67 Eram de nós as almas em retardo
    muitos passos decerto, algo bastante
    para o bom lançador lançar o dardo,

70 quando as vi refluindo pouco adiante
    a uma anfractuosidade do rochedo,
    denotando a suspeita em seu semblante.

73 "Almas eleitas, ainda no degredo",
    disse Virgílio, "por aquela paz
    que espero vos será dada bem cedo,

76 mostrai-nos onde o prumo se desfaz,
    para o podermos ir, enfim, galgando;
    que o tempo, a quem mais sabe, mais apraz".

79 Tais as ovelhas, o redil deixando,
    que uma, duas, e três, de início vão,
    enquanto as outras olham, esperando;

82 e o que uma faz, fazem as mais, então,
    parando se ela para de repente,
    simples e quietas, sem buscar razão

85 – assim se aproximava, à nossa frente,
    dos eleitos a fila afortunada,
    a caminhar tranquila, lentamente.

88 Mas, vendo o mais vizinho cancelada
    da encosta ao fundo a luz perto de mim,
    pela sombra ao meu lado projetada,

91 pareceu vacilar, parando, enfim;
    e foi da grei inteira acompanhado,
    mesmo ignorando o que a detinha assim.

---

73. Almas eleitas, ainda no degredo: Virgílio diz daquelas almas que eram eleitas, porque, a caminho do Purgatório, estavam intituladas à salvação. Ainda no degredo: Não obstante terem ainda de sofrer o castigo que as purgará de seus pecados.
78. Que o tempo, a quem mais sabe, mais apraz: os sábios, que conhecem o valor do tempo, se aprazem mais que quaisquer outros em bem aproveitá-lo. No Purgatório este conceito da comum sabedoria revestia ainda sentido mais atual e palpitante, porque o que todos ali mais desejavam era abreviar o prazo dos castigos que ainda os separavam da grande beatitude.
88. Mas, vendo o mais vizinho cancelada: o mais vizinho, o espírito que vinha à frente do grupo, e que, vendo a sombra projetada pelo corpo de Dante, vivo, parou, maravilhado.

PURGATÓRIO

94   "Já vos declaro, antes de interrogado,
     que é mesmo um corpo vivo, que ora vedes,
     e não o vara a luz, por ser pesado.

97   Mas não vos espanteis, pois, certo, credes
     que é por efeito de alto mandamento
     que ora vem a galgar estas paredes".

100 Assim meu mestre. E aquele povo lento:
     "Juntai-vos, já, a nós, que ireis chegar"
     — disse, agitando as mãos, num chamamento.

103 Um deles me falou: "Ó tu que a andar
     vais pelo monte aqui, de olhar desperto,
     algo de mim não podes recordar?"

106 Voltei-me, então, fitando-o de mais perto:
     Era louro e gentil, com nobre jeito,
     mas levava de um golpe o cenho aberto.

109 Asseverei, discreto, àquele eleito
     que nunca o vira; e, pois, erguendo o dedo,
     uma chaga apontou bem sobre o peito —

112 e disse-me, a sorrir: "Eu sou Manfredo,
     o neto de Constança imperatriz.
     Se voltares, mais tarde, ao mundo ledo,

115 procura minha filha, genetriz
     das glórias de Sicília e de Aragão;
     dize-lhe o que talvez lá não se diz.

118 Ao receber à fronte e ao coração
     estes golpes mortais me apresentei
     ao que dispensa a graça do perdão.

---

96. Por ser pesado: pesado, opaco, qualidade própria do corpo humano.
99. Que ora vem a galgar estas paredes: que vem galgar estas penedias, verticais, alcantiladas, da montanha do Purgatório.
103. Um deles me falou: o rei Manfredo, referido nominalmente logo a seguir (verso 112), filho do Imperador Frederico II, da Sicília. A andar, a caminhar aqui, por uma forma inusitada (pois Dante era vivo), pensa se acaso não me viste um dia lá no teu mundo. No entanto, Dante era ainda criança quando ocorreu a morte de Manfredo.
109. Àquele eleito: àquela alma afortunada, porque admitida ao caminho da salvação.
112. Eu sou Manfredo: o rei Manfredo, filho do Imperador Frederico II, da Sicília. Carlos d'Anjou, da Casa de França, indo à Itália, disputou-lhe o poder na península e o derrotou em Benevento.
115. Procura minha filha, genetriz: a filha de Manfredo chamava-se também Constança, como sua bisavó, e tornou-se mãe dos reis de Sicília e de Aragão.
117. Dize-lhe o que talvez já não se diz: dize-lhe (a minha filha Constança) que me viste no Purgatório, a caminho da salvação, pois não é isso que, provavelmente, lá se diz de mim.

121 Duramente no século pequei;
     mas é tão infinito o dom divino,
     que a todo acolhe, que pranteia, eu sei.

124 Se o pastor de Cosenza, peregrino,
     que à minha busca veio por Clemente,
     atento fosse ao texto fidedigno,

127 meus ossos estariam, certamente,
     ainda ao pé da ponte em Benevento,
     sob a guarda da pedra ali silente.

130 Ora a chuva os alaga e açoita o vento,
     do reino além, levados aonde desce
     o Verde, sem ofício e sem lamento.

133 Porém o grande estigma não empece
     a alma de se elevar à glória pia,
     se nela inda a esperança refloresce.

136 E quem da Igreja dito em rebeldia
     morre, sendo no fim arrependido,
     deve ao sopé quedar da penedia

139 por trinta vezes mais que o tempo havido
     de sua contumácia, se o castigo
     não for por boas preces reduzido.

142 Mostra-te, pois, cortês para comigo,
     narrando à diletíssima Constança
     como me viste e o mais que ora te digo.

145 Que aos impulsos de lá aqui se avança".

123. Que a todo acolhe, que pranteia, eu sei: o dom divino, a bondade divina, que nunca recusa o perdão a quem, arrependido, pranteia os seus erros. É palavra da Escritura (veja-se, adiante, o verso 126).
124. Se o pastor de Cosenza peregrino: o arcebispo Bartolomeu Pignatelli, que foi incumbido pelo Papa Clemente IV de retirar os restos de Manfredo, que estavam sepultos em Benevento. Manfredo morrera em estado de excomunhão.
130. Ora a chuva os alaga e açoita o vento: os restos de Manfredo foram removidos para longe do reino (Nápoles), pelo arcebispo de Cosenza, que os deixou abandonados e insepultos na região do rio Verde.
131. Levados... sem ofício e sem lamento: a remoção dos restos de Manfredo, que estava excomungado, foi feita quase clandestinamente, e sem qualquer pompa ou cerimônia. De acordo com a praxe observada nos casos de excomunhão, não se viram, sequer, no cortejo, os círios acesos.
133. Porém o grande estigma não empece: a excomunhão (o grande estigma) não impede a alma de se encaminhar à salvação (a glória pia), se, no último instante, ainda foi tocada pela graça e a esperança do arrependimento.
138. Deve ao sopé quedar da penedia: aos excomungados arrependidos se impõe aguardar no Ante-Purgatório (o sopé da penedia) por um prazo trinta vezes superior ao tempo que haja durado a excomunhão, a menos que boas e apropriadas orações venham a reduzir esta pena.
140. De sua contumácia: de seu afastamento ou exclusão do seio da Igreja.
143. Narrando à diletíssima Constança: narrando à minha filha que não sou um réprobo no Inferno, mas me encontro no Purgatório, e, pois, que as orações de lá podem abreviar a minha salvação.

CANTO IV

Iniciam os poetas a subida do monte, já no Ante-Purgatório. Em sua seção primeira divisam as almas dos indolentes, negligentes e omissos, arrependidos só na hora extrema, e que aguardavam, ali, do lado de fora do Purgatório propriamente dito, que transcorresse prazo equivalente à duração de sua vida.

1   Quando o deleite, ou bem a dor intensa,
       uma de suas faculdades prende,
       nossa alma nela se recolhe tensa,

4   e a outra qualquer decerto não se estende;
       onde se mostra o erro, claramente,
       de quem uma alma múltipla pretende.

7   E se algo ver e ouvir se nos consente
       a que a alma se transporta, concentrada,
       o tempo passa, sem que o sinta a gente;

10   que uma é a potência ao senso aparelhada,
       e outra a que a leva a se olvidar inteira:
       Aquela fica solta, esta engajada.

13   E disto tive a prova verdadeira,
       ouvindo, atento, aquela sombra, ali.
       Pois uns cinquenta graus, na ampla carreira,

16   o sol se alçara, e eu não o percebi,
       quando o grupo das almas, a marchar,
       a uma voz nos bradou: "Entrai! É aqui!"

---

2. *Uma de suas faculdades prende*: uma das faculdades (ou virtudes, ou potências) da alma.
4. *E a outra qualquer decerto não se estende*: e a alma, então, como que se desliga de qualquer outra de suas faculdades (ou virtudes, ou potências).
5. *Onde se mostra o erro, claramente*: e nisto se patenteia o erro da doutrina filosófica que reivindica a pluralidade de almas, ou a coexistência, no ser, de várias almas, em lugar da alma una, constituída, entretanto, de várias faculdades.
10. *Que uma é a potência ao senso aparelhada*: a potência, ou faculdade, apropriada à percepção das coisas, à sensação de um modo geral, é diversa daquela pela qual a alma se entrega à contemplação pura.
14. *Ouvindo, atento, aquela sombra, ali*: a sombra do rei Manfredo, que lhe dirigira a palavra ao final do Canto anterior (Canto III, versos 112 e seguintes).
15. *Pois uns cinquenta graus, na ampla carreira*: já haviam transcorrido mais de três horas, a considerar a posição do sol, visto que a marcha deste se estimava em quinze graus por hora.
17. *Quando o grupo das almas, a marchar*: a fila dos excomungados, com que os poetas faziam o percurso, ali, e na qual estava o rei Manfredo.

"As paredes da trilha, o exíguo espaço
iam-me quase os flancos lacerando;
e das mãos me ajudava a cada passo."

(*Purg.*, IV, 31/3)

PURGATÓRIO

19   Abertura maior já vi tapar
     na sebe o lavrador, co' um feixe atado,
     ao conhecer que a uva entra a corar,

22   que a daquele carreiro afunilado,
     por onde enveredei, atrás do guia,
     mal foi de nós o bando separado.

25   Vai-se a San Leo, desce-se em Nole a via,
     atinge-se Bismântova escarpada,
     mas em tal sítio asa se exigiria.

28   A da esperança, digo, apressurada,
     que me incitava a não perder o traço
     da silhueta à frente desenhada.

31   As paredes da trilha, o exíguo espaço
     iam-me quase os flancos lacerando;
     e das mãos me ajudava a cada passo.

34   Mas, finalmente, um tanto nos alçando
     na penedia, num recanto aberto,
     "Por onde iremos?" balbuciei, arfando.

37   "Vamos", tornou-me o guia, "e fica perto!
     que é preciso subir inda bastante,
     para saber de alguém o rumo certo".

40   Mal a vista alcançava o cimo, adiante;
     e era mais forte a encosta, e mais erguida,
     que a linha, ao centro, a meio do quadrante.

43   Senti-me exausto, a alma desfalecida:
     "Mestre", bradei-lhe, "vais tão apressado,
     que não posso seguir-te, na subida!"

---

24. Mal foi de nós o bando separado: tão logo se afastaram as almas dos excomungados, que se haviam proposto a ensinar aos poetas o caminho da subida.
27. Mas em tal sítio asa se exigiria: para vencer esta vereda tão íngreme e estreita seria necessário dispor de asas, já não digo materiais, mas, pelo menos, as da esperança, que é o que me levava a prosseguir, ali, a todo o custo.
30. Da silhueta à frente desenhada: do vulto de Virgílio, que marchava à frente, e cujo exemplo incutia a esperança no coração de seu companheiro.
39. Para saber de alguém o rumo certo: até encontrar alguém que, estando aqui, e conhecendo o sítio, nos possa orientar sobre o caminho a seguir.
42. Que a linha, ao centro, a meio do quadrante: o quadrante, um quarto do círculo, correspondendo, portanto, a um ângulo de noventa graus. Uma linha, traçada do meio do quadrante ao centro do círculo, formaria, em relação ao plano horizontal, um ângulo de quarenta e cinco graus.

46 "Vê se chegas ali, filho! Cuidado!"
— disse, apontando a um circular terraço,
a ressair da escarpa, alcandorado.

49 Recobrei, a essa voz, o ânimo lasso,
mais vigor imprimindo aos pés cansados,
até firmar na plataforma o passo.

52 Ali nos assentamos, e, calados,
no ponto em que a vereda se detinha,
o percurso revimos, aliviados.

55 A vista dirigi à orla marinha,
depois ao sol, e a mim me perguntava
porque da esquerda sua luz provinha.

58 Virgílio percebeu que eu me alheava,
a cogitar no carro aurifulgente,
que entre nós e o Aquilão já remontava.

61 "Se Polux e Castor", falou-me, "à frente
ora estivessem do radioso espelho
que um polo e outro aclara intensamente

64 — verias o Zodíaco vermelho
mais perto inda das Ursas caminhar,
à lei que subordina o curso velho.

67 Mas já que queres à razão chegar,
relembra que na esfera, ali, Sião,
e o Monte, aqui, se veem ocupar,

70 sob um mesmo horizonte, posição
contudo oposta: donde a estrada, certo,
na qual Fetón perdeu a rédea à mão,

---

57. Porque da esquerda sua luz provinha: Dante se admirava de que, voltado para o levante, via o sol avançar à esquerda, pois supunha que se devesse inclinar à direita. Como adiante se explica, é porque estavam no hemisfério austral, e não no boreal. Daí aquela novidade, para Dante, na inclinação do sol, pois o vira sempre no outro hemisfério.
59. A cogitar no carro aurifulgente: a pensar naquela particularidade da marcha do sol.
61. Se Polux e Castor, falou-me, à frente: se o sol (o radioso espelho), que difunde sua luz nos dois hemisférios (um polo e outro), estivesse agora sob a constelação dos Gêmeos (Polux e Castor)... Significa-se, então, que, mais tarde no ano, aquela inclinação do sol à esquerda seria ainda mais pronunciada.
67. Mas já que queres à razão chegar: para compreenderes porque é assim, recorda-te de que Jerusalém (Sião) e aqui o Monte do Purgatório estão em hemisférios diferentes, embora sob o mesmo meridiano (horizonte).

73 verás que deste lado o traz desperto,
e ao outro o leva, pois, inversamente,
no caso usando espírito disserto".

76 "Nunca antes, mestre, vi tão claramente
como ora vejo", eu disse, "patenteado
o que há pouco escapava à minha mente:

79 e do alto moto o giro médio, dado
como sendo o Equador na símil arte,
que faz do estio o inverno separado,

82 pela posta razão daqui comparte,
tendendo ao Norte, o mesmo que os Hebreus
o viam declinar à adusta parte.

85 Mas quanto resta andar, dize-o, por Deus,
que se alcandora tanto a cima erguida
que não podem vencê-la os olhos meus".

88 "Ela é de tal maneira constituída
que mostra embaixo", disse, "o mor entrave;
mas vai-se declinando, na subida.

91 E assim se tornará, aos poucos, suave,
até que irás por ela mais ligeiro
que à flor da correnteza a afoita nave.

94 Então, chegando ao sítio derradeiro,
poderás repousar o corpo e a mente.
E mais não digo. E tudo é verdadeiro!"

97 Mal terminou, eis que outra voz à frente
ao ouvido nos veio: "Eia, veremos
se não se vêm sentar, primeiramente!"

73. Verás que deste lado o traz desperto: compreenderás, pois, porque o caminho do sol vai à esquerda em relação ao Purgatório (deste lado), e à direita em relação a Jerusalém (do outro lado).
79. E do alto moto o giro médio: e do oitavo céu o círculo mais largo (o meridiano), que lhe separa os dois hemisférios, e é chamado Equador.
80. Na símil arte: na astrologia, arte ou ciência que Dante tinha em especial predileção.
83. O mesmo que os Hebreus o viam declinar: na mesma proporção em que em Jerusalém se via declinar (o sol) à cálida parte meridional.
88. Ela é de tal maneira constituída: o acesso ao Monte do Purgatório é, de início, áspero e difícil, mas se tornará menos árdua a marcha à medida em que se for subindo. Alude-se, aqui, obviamente, à via da virtude.
99. Se não se vêm sentar, primeiramente: ali se quedavam, como se verá a seguir, as almas dos indolentes, negligentes e omissos. A voz que os poetas ouviram provinha de um deles, que, em tom irônico, manifesta a expectativa de que os recém-chegados se destinavam também a permanecer assentados, com eles, ao pé da rocha.

"Por detrás, muitas almas, recostadas
à rocha, vimos, bem à sombra fria,
lassas, pela indolência dominadas."

(Purg., IV, 103/5)

PURGATÓRIO

100   A perquirir, ansiosos, nos volvemos
       para umas grandes pedras, que isoladas
       da escarpa estavam, como percebemos.

103   Por detrás, muitas almas, recostadas
       à rocha, vimos, bem à sombra fria,
       lassas, pela indolência dominadas.

106   Uma, que mais cansada parecia,
       a ambos os joelhos repousando a mão,
       sentava-se, e a cabeça ao chão pendia.

109   "Ó caro guia meu, presta atenção
       naquele", eu disse, "ali, tão indolente,
       como se fosse da preguiça irmão".

112   E ele, volvendo a face, lentamente,
       de sobre os joelhos seu olhar alçando,
       murmurou: "Sobe lá, se és diligente!"

115   Reconheci-o, então, e inda ofegando,
       pelo esforço empregado na subida,
       dei mais uns passos. Mal me viu chegando,

118   um pouco a fronte ergueu, antes pendida:
       "Notaste", disse, "como à esquerda passa
       a carruagem do sol, incandescida?"

121   Seus modos tardos e a palavra escassa
       fizeram-me sorrir por um momento;
       e o interroguei: "Belacqua, pois que à graça

124   irás decerto, aqui não te lamento;
       mas por que te deténs nesta área morta?
       Força-te a tal o vício sonolento?"

---

106. Uma, que mais cansada parecia: a alma de Belacqua, que se supõe ter sido um hábil artesão de Florença, especialista na confecção de alaúdes, e ao mesmo tempo famoso por sua indolência. Referido, nominalmente, no verso 123.
114. Sobe lá, se és diligente: a ironia posta nas palavras de Belacqua parece revelar o desprezo que votava às pessoas ativas e diligentes.
123. Belacqua, pois que à graça irás decerto: estando no Ante-Purgatório é claro que Belacqua se intitulara à salvação.
126. Força-te a tal o vício sonolento: é ainda a indolência que te faz quedar aí, nessa vã e estéril imobilidade?

127 Respondeu-me: "Subir, pouco me importa,
pois não me franquearia o Querubim
aquelas penas, de que guarda a porta.

130 Cá fora esperarei que o Céu enfim
gire por tempo igual à minha vida
— porque só me rendi a Deus no fim —

133 se antes não me valer prece saída
de uma alma de eleição, ao bem votada,
pois do contrário não seria ouvida".

136 E, então, o poeta, retomando a estrada,
chamou-me: "Por aqui! Que o sol ostenta
seu disco no alto, e a noite, da água alçada,

139 já em Marrocos o seu pé assenta".

---

129. Aquelas penas, de que guarda a porta: Belacqua declara que não havia porque dar-se pressa em subir, visto que o Anjo, de guarda à porta lá em cima, ainda não lhe daria acesso às penas da purificação.
130. Cá fora esperarei que o Céu enfim: e, de fato, aquelas almas deviam aguardar ali fora que o céu cumprisse o seu curso por um tempo equivalente à duração de sua vida, para finalmente serem admitidas à purificação.
137. Que o sol ostenta seu disco: já o sol atingira o ápice do meridiano. Quer dizer: Era meio-dia naquela parte do mundo onde se localizava o Monte do Purgatório, ao passo que sobre a outra parte naturalmente pairava a noite. Esta, que se levantara das margens do rio Ganges (veja-se o Canto II, verso 4), já se estendia até ao outro extremo, isto é, Marrocos.

CANTO V

Prosseguindo pelo Ante-Purgatório, defrontam-se os poetas, em sua segunda seção, com as almas dos que, tendo vivido em pecado, sofreram morte violenta; mas, no instante final, tocados pelo arrependimento, perdoaram aos que os feriram. E ouvem, ali, Jacó de Cassero, Boncoute de Montefeltro e Pia de Siena.

1   E, pois, das sombras lentas me apartando,
    acompanhei os passos do meu guia,
    quando, dentre elas, uma ouvi, gritando:

4   "Vede o raio do sol que se desvia
    junto ao que vai atrás, pela subida,
    parecendo um ser vivo, nesta via!"

7   O rosto revolvi, à voz ouvida,
    e o bando vi mover-se, deslumbrado,
    a olhar-me, a mim, e à luz interrompida.

10 "Por que ficas aí, paralisado,
    e já te atrasas?", disse o mestre, atento:
    "Deixa esta vã murmuração de lado.

13 Segue-me, o passo firme, e o pensamento:
    Sê como a torre, de que não se agita
    o cimo erguido ao ímpeto do vento.

16 Quem em ideias múltiplas cogita,
    sempre a hesitar, refoge, certo, à ação,
    pois que uma na outra a força debilita".

19 Que mais lhe havia eu de dizer senão
    "Já vou", sob o rubor, que alguma vez
    terá levado à graça do perdão?

---

1. E, pois, das sombras lentas me apartando: o poeta se separou do grupo dos indolentes, depois de ter falado a Belacqua (veja-se o Canto anterior).
4. Vede o raio do sol que se desvia: vede a sombra que se projeta.
9. A olhar-me, a mim, e à luz interrompida: as almas quedavam-se, maravilhadas, a contemplar Dante e, principalmente, a sombra que, à luz do sol, o seu corpo formava no solo. Isto constituía, obviamente, uma novidade no Purgatório.
12. Deixa esta vã murmuração de lado: não te deixes impressionar pelo diz-que-diz peculiar a estas almas vãs.
19. Que mais lhe havia eu de dizer senão: ante as palavras de Virgílio, exprobrando-lhe a curiosidade e a inconstância de pensamentos, Dante foi tomado de vergonha. Subiu-lhe ao rosto o rubor que, representando, por si só, o reconhecimento do erro, costuma ser uma demonstração de caráter bem formado.

"'Enorme é a multidão que vem chegando
para falar-te aqui', disse-me o poeta:
'Prossegue, entanto. Escuta-os, andando.'"

(*Purg.*, V, 43/5)

PURGATÓRIO

22 Eis que a avançar um bando, de viés,
    notei na encosta, plácido e contido,
    cantando o Miserere, a dois e três.

25 Mas vendo, por meu corpo, interrompido
    o sol, os vultos sua litania transformaram
    num "Oh!", rude e comprido.

28 E dois, nomeados núncios, à porfia,
    para nós se adiantaram, perguntando:
    "Que condição é a vossa, nesta via?"

31 E meu mestre: "Podeis, daqui voltando,
    explicar aos demais, maravilhados,
    que este de fato é vivo, caminhando.

34 Se foi por ver-lhe a sombra que parados
    ficastes, o que digo é suficiente:
    Saudai-o, e sereis dele ajudados".

37 Nunca estrelas notei mais velozmente
    correndo pelo céu, da noite à entrada,
    nem as nuvens de agosto, afluindo ao poente

40 — qual se foram dali, em disparada;
    mas logo os vimos, juntos, avançando
    para nós, como a esquadra à carga enviada.

43 "Enorme é a multidão que vem chegando
    para falar-te aqui", disse-me o poeta:
    "Prossegue, entanto. Escuta-os, andando".

---

24. Cantando o Miserere, a dois e três: os espíritos que se aproximavam vinham entoando o Miserere (Salmo L). A dois e três, quer dizer, em versículos alternados, como costumava ser cantado em certas cerimônias religiosas.
26. Os vultos sua litania: os vultos, isto é, os espíritos em movimento, vendo a sombra projetada pelo corpo de Dante, esqueceram-se do Miserere, transformando-o num "Oh!" uníssono e prolongado, demonstrativo de seu imenso espanto.
30. Que condição é a vossa, nesta via?: os emissários do grupo das almas pediram uma explicação para aquela maravilha. Indagavam se se tratava de gente morta, ou viva, qual a razão da sombra, e que buscavam eles naquelas paragens.
35. O que digo é suficiente: pois que está evidente que a razão de vossa perplexidade (Virgílio se dirige às almas) é a sombra aqui projetada pelo corpo de meu companheiro, basta que eu vos afirme que ele é, de fato, um homem vivo.
37. Nunca estrelas notei mais velozmente: a rapidez com que os dois espíritos, ouvindo aquela informação, se afastaram para transmiti-la aos demais, é comparada com a rapidez com que as estrelas cadentes riscam o céu, ao vir da noite, ou com que as nuvens, em agosto, afluem ao horizonte em que o sol se põe.

46 "Ó alma, que buscando a paz dileta,
    no corpo chegas em que à luz surgiste",
    gritavam juntos, "o teu passo aquieta.

49 Repara se algum dia não nos viste,
    que possamos por ti ser relembrados.
    Por que não te deténs, se nos ouviste?

52 Nós fomos pela força aniquilados,
    a via do pecado inda trilhando.
    Mas no instante final, iluminados,

55 a vida abandonamos, perdoando,
    contritos, e com Deus no pensamento,
    por cuja glória ora nos vês clamando".

58 "De nenhum me recordo", eu disse, atento,
    "por mais que pense, mas se vos apraz
    algo em que eu possa ser de valimento,

61 fá-lo-ei, decerto, por aquela paz
    em demanda da qual o meu bom guia,
    de mundo a mundo, por aqui me traz".

64 "Todo este povo", um disse, "em ti confia
    seguro agora de ser ajudado,
    se a teu querer não for supressa a via.

67 Mas, porque mais ligeiro fui chegado,
    rogo-te que se fores à região
    que jaz entre a Romanha e o grão reinado

70 de Carlos, justo em Fano, fala, então,
    a meu respeito às almas preferidas,
    para que eu vá, por elas, à ascensão.

46. Buscando a paz dileta: para alcançar a beatitude, obtida através da purificação preliminar, que se realiza no Purgatório.
52. Nós fomos pela força aniquilados: deixamos a vida em razão de um ato de violência, isto é, assassinados.
54. Mas no instante final, iluminados: tendo vivido em pecado, aquelas almas dos mortos violentamente foram, todavia, à hora extrema, visitadas pela graça do arrependimento; e por isto, perdoando a seus algozes, intitularam-se à via da salvação.
61. Por aquela paz: pela salvação, pela beatitude, em busca das quais também vou eu (é Dante quem fala), conduzido por meu guia do mundo dos vivos ao mundo dos mortos.
64. Todo este povo, um disse: a alma que fala é Jacó de Cassero, natural de Fano, e que se tornou inimigo de Azzo VIII d'Este, que o mandou assassinar.
66. Se a teu querer não for supressa a via: se qualquer razão de força maior não tornar inviável o teu propósito.
69. Que jaz entre a Romanha e o grão reinado de Carlos: o grão reinado de Carlos é Nápoles, que à data suposta da viagem dantesca (1300) era governado pelo rei Carlos II d'Anjou. A região de que se trata é, pois, a Marca d'Ancona, onde se localizava a cidade de Fano, berço de Jacó de Cassero.
71. A meu respeito às almas preferidas: Cassero pede a Dante que fale dele, e da situação em que o encontrou, aos seus conterrâneos de Pano, especialmente às pessoas dignas e virtuosas, para que, com suas orações, o ajudassem a cumprir rapidamente seu estágio no Purgatório.

73 Ali nasci; porém as mil feridas
    de que o sangue fluiu que me movia
    foram-me junto a Pádua produzidas,

76 onde mais resguardado eu me sentia.
    Mandou fazê-las d'Este, de que a ira
    foi contra mim maior do que devia.

79 Se eu me tivesse refugiado em Mira,
    antes de surpreendido junto a Oriago,
    talvez no mundo lá inda me vira.

82 Mas corri ao Paul, e um tal estrago
    sofri da lama e espinhos, que por fim
    tombei em meio de sanguíneo lago".

85 A um outro ouvi: "Se o teu desejo, assim,
    se realizar, que ora te trouxe ao Monte,
    ajuda então ao que palpita em mim!

88 Eu fui de Montefeltro e sou Bonconte:
    mas Giovana de mim ora não cura,
    o que me faz pender, vencido, a fronte."

91 "Que força", perguntei-lhe, "porventura
    teus restos extraviou em Campaldino,
    que ninguém te encontrou a sepultura?"

94 "Ah!" respondeu-me, "lá no Casentino
    deflui um ribeirão chamado Arquiano,
    que nasce junto à Ermida, no Apenino.

97 Onde o nome lhe acaba foi meu dano:
    Ali cheguei, em fuga, trespassado
    bem à garganta, ensanguentando o plano;

76. Onde mais resguardado eu me sentia: tentando escapar à vingança de Azzo VIII, marquês de Este, Cassero refugiou-se em Oriago, perto de Pádua, onde se sentia seguro. Surpreendido ali, entretanto, tentou fugir, tomando rumo do pântano, onde foi alcançado e morto.
87. Ajuda então ao que palpita em mim: se lograres satisfazer o desejo que ora te traz ao Purgatório, isto é, a liberação de tua alma do pecado, bem podes me ajudar a satisfazer também o meu desejo, que é o mesmo.
88. Eu fui de Montefeltro e sou Bonconte: quem fala é Bonconte de Montefeltro, que participou, como Dante, da batalha de Campaldino, em 1289, contra os Aretinos. Bonconte não regressou daquela peleja, e nem seu corpo foi encontrado, no campo de batalha, entre os dos soldados caídos.
89. Mas Giovana de mim ora não cura: Giovana, a esposa de Bonconte, e que lhe sobrevivera, não estava, através de orações, ajudando a apressar-lhe a purificação; o procedimento de Giovana enchia de vergonha o malogrado cavaleiro.
97. Onde o nome lhe acaba foi meu dano: o rio Arquiano conflui ao Arno, e, pois, nesse local perde o seu nome: é onde o nome lhe acaba.

"Então, o Arquiano, o corpo meu silente
tomando à riba, ao Arno o arremessou.
E a cruz desfez, que às mãos eu, penitente (...)"
(Purg., V 124/6)

PURGATÓRIO

100   e já sem vista, apenas pronunciado
o nome de Maria à voz dolente,
caí, e fui da carne despojado.

103   Digo-o para que o narres lá à gente:
Ergueu-me um Anjo bom, mas o do inferno
gritava: — Por que vieste à minha frente?

106   Uma lágrima, só, te faz tão terno,
que o levas, e por ela se me tolhe,
se sempre mereceu o fogo eterno?

109   Bem sabes como, no alto, se recolhe,
aos poucos, o vapor, e em chuva desce,
quando a temperatura fria o colhe.

112   Pois o demônio, que o intelecto acresce
ao malquerer, moveu a ventania,
à força que Natura lhe oferece,

115   e a Patromagno o vale e a serrania,
ao vir da noite, em nuvens envolveu,
e fez crispar-se o céu, que os recobria,

118   e num grande dilúvio o converteu:
da chuva veio aos álveos, torrencial,
a água que pelo chão não se embebeu;

121   e como a um curso grande é natural,
precipitou-se impetuosamente,
sem se deter, no rio principal.

124   Então, o Arquiano, o corpo meu silente
tomando à riba, ao Arno o arremessou,
e a cruz desfez, que às mãos eu, penitente,

---

103. Digo-o, para que o narres lá à gente: ao que se vê do verso 93, o corpo de Bonconte não foi achado no campo de batalha de Campaldino, donde as dúvidas sobre o seu fim. Daí o interesse, agora, do cavaleiro em que o fato se tornasse conhecido entre os vivos, a cujo meio Dante deveria voltar.
106. Uma lágrima, só, te faz tão terno: ao encontrar ali o Anjo do céu, que viera para levar a alma de Bonconte, arrependido no instante final, o demônio parece não se conformar em que apenas a invocação do nome de Maria, in-extremis (uma lágrima, só), o haja privado daquela presa, que tinha como certa.
115. E a Patromagno o vale e a serrania: o vale de Patromagno, no Casentino, o local onde Bonconte caiu trespassado, na confluência do Arquiano com o Arno.

"(...) Recorda-te de mim, que eu sou a Pia (...)"
(*Purg.*, V, 133)

PURGATÓRIO

127   tracei à hora em que a dor me silenciou:
        e conduzindo-o desde a praia ao fundo,
        nos grãos despojos seus me sepultou".

130   "Depois que houveres retornado ao mundo,
        já descansado desta estrênua via"
        — falou alguém, calando-se o segundo —

133   "recorda-te de mim, que eu sou a Pia:
        Siena me fez, e me desfez Marema;
        aquele o sabe que a aliança um dia

136   me deu, ao desposar-me, co' uma gema".

---

127. Tracei à hora em que a dor me silenciou: ao expirar, o cavaleiro ferido (Bonconte) cruzara as mãos sobre o peito; em sinal de sua conversão.
132. Falou alguém, calando-se o segundo: o primeiro dos espíritos a falar foi Jacó de Cassero (versos 64 e seguintes); o segundo, Bonconte de Montefeltro (versos 85 e seguintes); e, calando-se este, agora o terceiro.
133. Recorda-te de mim, que eu sou a Pia: Pia de Tolomei, nascida em Siena, e que, tendo desposado o fidalgo Nello Panocchieschi, faleceu em Marema, no castelo de Pietra, ao que se dizia assassinada por seu marido.

CANTO VI

Prosseguem os poetas pelo Ante-Purgatório, deixando para trás a turba dos mortos pela violência, que ali os assediavam. Pouco adiante encontram a figura do cavaleiro Sordelo de Mântua. O encontro deste com seu conterrâneo Virgílio, oferece a Dante o ensejo de dirigir tremenda admoestação à Itália anárquica e dividida, e, nela, a Florença, seu berço.

1 Ao dissolver-se a roda, finda a zara,
  quando o vencido queda, tristemente,
  e os dados meneando, inda os compara,

4 atrás do vencedor vai toda a gente:
  alcança-o este, aquele se lhe prende
  ao lado, e qual lhe toma, afoito, a frente;

7 mas não estaca, e faz que não entende;
  atira a moeda a alguém, que sai correndo;
  da pressão, como pode, se defende.

10 Assim, o rosto aqui e ali volvendo,
  via-me, em meio à mó que nos rodeou,
  e tentava esquivar-me, prometendo.

13 Vi ali o Aretino, que tombou
  à ira de Gin de Tacco, e o outro que à frente,
  de alguém no rastro, às águas se lançou.

16 Vi, a implorar ajuda, em prece ardente,
  Frederico Novelo, e o que subida
  fez de Marzucco, em Pisa, a alma clemente.

1. Ao dissolver-se a roda, finda a zara: a zara era um jogo de dados, muito popular na Itália medieval.
8. Atira a moeda a alguém, que sai correndo: o ganhador na zara, ao retirar-se, ia assediado pela malta que assistia ao jogo, e, para livrar-se dos importunos, às vezes estendia uma moeda a um e outro, que já se largavam dali, correndo.
11. Via-me em meio à mó que nos rodeou: Dante, sendo vivo, e devendo voltar à terra, foi assediado pelas almas que lhe pediam orações, tal como os vadios assediavam o ganhador na zara. E o poeta procurava esquivar-se, prometendo-lhes tudo o que elas lhe pediam.
13. Vi ali o Aretino, que tombou: referência ao juiz de Arezzo, Benincasa da Laterina. Parece que, havendo, em julgamento, condenado um parente de Gin de Tacco, foi por este assassinado em Roma.
15. De alguém no rastro, às águas se lançou: trata-se, provavelmente, de Gúccio de Tarlarti, outro Aretino. Dizia-se que Tarlarti, em desabalada carreira no encalço de alguém, precipitou-se com seu cavalo em meio do Arno.
17. Frederico Novelo, e o que subida: Frederico Novelo, que, pertencente à família dos condes Guidos, do Casentino, foi assassinado por seus inimigos. O outro é Farinata degli Scornigiani, de Pisa, assassinado por Bóccio de Caprona. O pai de Farinata, Marzucco, que se tornara Franciscano, exortou os parentes a perdoarem o assassino, e a se reconciliarem com sua família.

PURGATÓRIO

19 Vi Orso, o conde, e mais o que partida
    a alma teve do corpo, ao que dizia,
    por ódio, e não por falta cometida.

22 Falo de Pier de Bróccia: e bem faria
    que se cuidasse a dama de Brabante,
    por não descer à negra companhia.

25 E, pois, deixando, na ânsia de ir avante,
    a turba que invocava o rogo alheio
    para apressar o afortunado instante,

28 eu comecei: "Mestre, escreveste, creio,
    que as orações não são para alterar
    os decretos do Céu idôneo meio.

31 Mas isto é que ora os vemos reclamar:
    Seria então sua esperança vã,
    ou não pude o teu texto penetrar?"

34 "Minha sentença ali", disse, "foi chã;
    mas a esperança deles prevalece,
    se examinada à luz da mente sã.

37 À razão superior não desmerece
    o vir a ser aqui o mal desfeito
    por força de inflamada e santa prece.

40 No ponto em que afirmei um tal conceito,
    não corrigia o rogo a deficiência,
    por não render a Deus devido preito.

43 Não vás, porém, desta questão à essência,
    antes que a vejas posta, desde a raiz,
    por aquela que o vero à inteligência

---

19. Vi Orso, o conde, e mais o que partida: o conde Orso, da família dos Albertis, de Prato, Florença. O outro é Pier de Bróccia, secretário do rei de França, Felipe III, e nominalmente referido no verso 22.
23. Que se cuidasse a dama de Brabante: Maria de Brabante, esposa de Felipe. Atribui-se-lhe a inspiração da conjura de que resultou a injusta condenação de Pier de Bróccia à morte. Maria, que no ano de 1300 estava ainda viva, devia, segundo o poeta, tomar as devidas cautelas para não ir, depois da morte, parar no Inferno.
31. Mas isto é que ora os vemos reclamar: apesar de tua afirmação (Dante fala a Virgílio) de que as preces não podem alterar os decretos do Céu (Eneida, VI, verso 373), vemos aqui que estas almas estão, precisamente, implorando que por meio de orações seja abreviado o seu prazo de purgação.
41. Não corrigia o rogo a deficiência: Virgílio explica, então, que quando escreveu na Eneida aquela frase referia-se a uma prece que não podia ter qualquer efeito porque não inspirada na fé, nem no amor de Deus.

46 te mostrará. Refiro-me a Beatriz:
    logo a verás na parte culminante
    do monte aqui, em êxtase, feliz".

49 "Vamos", eu disse, "mestre, presto, adiante;
    do cansaço de há pouco estou liberto,
    e à encosta a sombra desce a cada instante".

52 "Enquanto luz houver no céu aberto",
    tornou-me, "iremos, pois que assim te apraz.
    Mas não penses que o cimo esteja perto.

55 Inda uma vez, daqui, o sol verás,
    que ora se inclina tanto do outro lado,
    que da sombra o teu corpo se desfaz.

58 Mas olha aquele vulto ali postado,
    solitário e altaneiro, à nossa frente;
    talvez nos mostre o rumo desejado".

61 Ao encontro lhe fomos, prestamente:
    Ó grande alma lombarda, que eu já via
    a fitar-nos, austera, altivamente!

64 Em profundo silêncio ele imergia;
    deixava-nos chegar, somente olhando,
    como o leão que à calma se confia.

67 Virgílio, um pouco, então, se aproximando,
    algo lhe perguntou sobre a subida.
    Ele o ouviu apenas, indagando

70 primeiro sobre nós e nossa vida:
    E mal meu guia "Mântua..." começou,
    distendeu-se-lhe a face, recolhida,

73 e ao seu encontro presto caminhou:
    "Mantuano, eu sou Sordelo, o menestrel,
    de tua terra!" — disse, e o abraçou.

---

55. Inda uma vez, daqui, o sol verás: o sol, que os poetas haviam visto nascer daquele lado do Monte do Purgatório, já se inclinava para o outro lado; e tanto, que a sombra do próprio monte ia recobrindo toda a encosta. Àquela altura, pois, o corpo de Dante, vivo, que não estava mais exposto ao sol, deixara de produzir a seu lado a sombra que, antes, havia maravilhado as almas.
58. Mas olha aquele vulto ali postado: Sordelo de Mântua, famoso cavaleiro e trovador, nominalmente referido no verso 74.

PURGATÓRIO

76 Ah! Dividida Itália, imersa em fel,
    nau sem piloto, em meio do tufão,
    dona de reinos, não, mas de bordel:

79 enquanto uma alma ali tal emoção
    demonstra ao nome só de sua terra,
    acolhendo, gentil, a seu irmão,

82 sobre o teu solo os vivos dão-se à guerra,
    uns aos outros, lutando, de arma em riste,
    mesmo no sítio onde um só muro os cerra.

85 Nas duas margens põe o olhar — ó triste! —
    depois observa as povoações do meio,
    e vê se em parte alguma a paz existe!

88 De que serviu Justiniano o freio
    te colocar, se a sela jaz vazia?
    Menor fora sem isto o opróbrio, creio.

91 Ó! Gente que se crera apenas pia,
    e deveras confiar ao Rei a brida,
    se atendesses a Deus, como cumpria,

94 olha como a alimária é desabrida,
    por não estar jungida pela espora,
    dês que a trouxeste à mão enfraquecida!

97 Ó! Alberto tedesco, que lá fora
    quedaste, abandonando-a, bruta e ardente,
    quando a deveras cavalgar agora:

---

76. Ah dividida Itália, imersa em fel: aqui Dante inicia um longo e inflamado discurso sobre a confrangedora situação da Itália, dividida, e abandonada a aventureiros sem escrúpulos. 84. Mesmo no sítio onde um só muro os cerra: A situação na Itália dividida era tal que não somente as cidades faziam guerra umas às outras, mas até dentro de cada cidade os respectivos habitantes lutavam entre si, acerbamente.
85. Nas duas margens põe o olhar: ó triste Itália, olha a princípio em tuas praias, isto é, na oriental, do Adriático, e na ocidental, do Mar Tirreno, e depois observa as regiões do interior — e em parte alguma encontrarás a paz.
88. De que serviu Justiniano o freio: a Itália é comparada a um potro selvagem, abandonado por quem deveria amestrá-lo e cavalgá-lo. O Imperador Justiniano celebrizou-se pelas leis sábias de que dotou o Império Romano, mas essas leis não eram mais aplicadas na Itália. Mas, pois que tais leis existiam, sua não aplicação tornava ainda mais digna de lástima a anarquia reinante.
91. Ó gente que se crera apenas pia: volta-se o poeta contra as autoridades eclesiásticas, censurando-as porque, em vez de se dedicarem exclusivamente às preocupações espirituais, ambicionavam o poder político, que devia caber, tão-somente, ao Imperador.
92. E deveras confiar ao Rei a brida: e deveras deixar ao Imperador o governo, de acordo com a palavra de Cristo: Dai a César o que é de César...
95. Por não estar jungida pela espora: o potro havia-se tornado intratável e selvagem, desde que não fora domado por quem estava intitulado a fazê-lo, isto é, o Imperador. Ficara entregue a mãos inábeis, incapazes de subjugá-lo devidamente.
97. Ó Alberto tedesco, que lá fora: Alberto, filho e sucessor de Rodolfo de Absburgo, titular do Sacro Império Germânico-Romano. Como seu pai Rodolfo, Alberto não quis jamais ir à Itália, deixando-a abandonada à própria sorte, e assim desiludindo os seus leais partidários — os gibelinos, alguns dos quais enumerados logo a seguir.

100 caia o supremo juízo duramente
sobre teu sangue, e seja tão notado,
que os olhos abra de teu descendente!

103 Como teu pai, atento ao só cuidado
das grandezas de lá, tu permitiste
fosse o jardim do Império abandonado.

106 Corre aos Montecchi e Capeletti — ó triste! —
e nos Monaldi e Filipescchi cura,
por ver a glória antiga em que consiste!

109 Trata de eliminar a grã tortura
de teus servos leais, e sem demora:
Santafiora acharás na desventura.

112 Vem tua Roma ver, que se deplora,
tristonha e viúva, e noite e dia clama:
"Ó César meu, por que te foste embora?"

115 Corre a esta gente que no mal se inflama!
E se nossa aflição não te comove,
que o zelo o faça, a bem de tua fama.

118 Será que tua vista, ó sumo Jove,
que na terra por nós subiste à cruz,
somente a outro lugar ora se move?

121 Ou é preparação, que se produz
nos teus arcanos, para a melhoria,
que nos trará enfim a hora de luz?

124 Na pobre Itália, entregue à tirania,
qualquer tolo, servindo a uma facção,
já se julga um Marcelo ao fim do dia.

---

105. Fosse o jardim do Império abandonado: o jardim do Império quer dizer, a Itália.
118. Será que tua vista, ó sumo Jove: Sumo Jove, isto é, Deus, e mais especificamente Jesus Cristo. As calamidades desencadeadas sobre a Itália levaram o poeta a imaginar que os olhos de Deus se haviam afastado dela totalmente e só se dirigiam agora a outros lugares.
125. Qualquer tolo, servindo a uma facção: a situação da Itália havia descido a um nível tal — palco de numerosas e mesquinhas tiranias — que qualquer tolo que porventura se alistasse nalgum dos partidos políticos em luta, já se julgava, só por isso, um Marcelo. Os Marcelos foram em Roma políticos e tribunos de imensa autoridade, valor e prestígio.

127 Florença, exulta, que esta digressão
    decerto não te atinge nem te abala,
    e teu povo é afinal quem tem razão.

130 Há quem preze a justiça e tarda em dá-la,
    por não agir precipitadamente;
    mas entre os teus ela na boca estala.

133 Há quem recuse o múnus, simplesmente;
    mas entre os teus de pronto se responde,
    e até antes da oferta: "A mim, somente!"

136 Podes, pois, orgulhar-te, e sabes aonde:
    em tua paz, fortuna e gentileza
    — de brilho tanto, que a ninguém se esconde.

139 Esparta e Atenas que, com profundeza,
    leis nos legaram sábias e elevadas,
    não competem contigo em sutileza,

142 pois que as criaste tão apropriadas,
    que não alcançam de novembro os idos
    as que em outubro foram promulgadas.

145 E quantas vezes vimos abolidos
    teus usos, normas, moeda e instituição,
    e os magistrados teus substituídos!

148 Se manténs inda nítida a visão,
    verás que te assemelhas a uma doente,
    que, sem achar repouso em seu colchão,

151 nele fica a girar, continuamente.

---

127. Florença, exulta, que esta digressão: ao focalizar, no quadro geral da desordem e decadência italianas, Florença, sua terra, o poeta usa de amarga e impiedosa ironia.
149. Verás que te assemelhas a uma doente: na sua inconstância e volubilidade incuráveis, Florença, que mudava suas leis, usos e instituições com imensa facilidade, é comparada a uma pessoa enferma, que não encontra repouso no leito, e nele se revolve continuamente.

"Ó glória dos Latinos", disse, "ó mente
que deste à velha língua perfeição,
lustre do berço meu, eternamente (...)"
(*Purg.*, VII, 16/8)

CANTO VII

Prosseguem os dois poetas em sua marcha, e, guiados por Sordelo, chegam a um vale ameno, onde floria belíssimo jardim. Viam-se ali as almas de príncipes e reis, que, absorvidos pelos prazeres e os cuidados mundanos, só no instante final volveram o pensamento a Deus. Sordelo aponta a Virgílio e Dante, então, algumas daquelas sombras ilustres.

1   Depois de ter a amiga saudação
       por três ou quatro vezes repetido,
       Sordelo o interrogou: "Quem és, então?"

4   "Ninguém havia ao Monte aqui subido
       e já meu corpo a marcha empreendia,
       por Otaviano à tumba transferido.

7   Eu sou Virgílio; e se não pude um dia
       ao céu alçar-me foi por não ter fé,
       e não por culpas graves" – disse o guia.

10   E como quem, presa de espanto, vê
       algo surgir-lhe à frente inesperado,
       e, surpreso, duvida: "É... Não é...",

13   ficou Sordelo a olhar, maravilhado;
       por fim, pendendo a fronte, humildemente,
       outra vez o abraçou, emocionado.

16   "Ó glória dos Latinos", disse, "ó mente
       que deste à velha língua perfeição,
       lustre do berço meu, eternamente,

---

1. Depois de ter a amiga saudação: remissão ao cordial e festivo encontro dos dois Mantuanos, Sordelo e Virgílio, narrado no Canto precedente, versos 74 a 81. Após o fraternal encontro, Sordelo, então, pergunta ao outro Mantuano, Virgílio, quem era ele...
4. Ninguém havia ao Monte aqui subido: respondendo a Sordelo, Virgílio explica que morreu antes de qualquer alma haver chegado ao Purgatório, isto é, antes da paixão de Cristo, quando as almas dos justos permaneciam no limbo e ainda não tinham acesso ao Purgatório, via do Paraíso.
18. Lustre do berço meu, eternamente: Virgílio nascera em Mântua, e era, portanto, conterrâneo do cavaleiro e trovador Sordelo.

19 que poder te conduz, ou que razão?
Mas dize-me primeiro, por favor,
de que Círculo vens, de que região?"

22 "Inteiro o abismo percorri da dor",
tornou-lhe, "para ser aqui chegado:
venho, impelido pelo sumo Amor.

25 Não por ação, mas omissão, privado
estive desse sol que vais buscando,
e já tarde demais me foi mostrado.

28 Em baixo, à orla do báratro nefando,
há um sítio em trevas, mas sem cruéis tormentos,
onde suspiros, só, se ouvem ressoando.

31 Para ele vão os párvulos, aos centos,
quando da crua morte arrebatados,
antes de serem do pecado isentos.

34 Ali permaneci, junto aos frustrados
nas três virtudes santas, sem que ao vício
porém se abandonassem, dominados.

37 Mas se o sabes e podes, um indício
ao menos nos revela, então, da via
para alcançar do Purgatório o início".

40 "Aqui o ir e vir se nos confia",
respondeu ele, "em plena liberdade;
e me disponho a vos servir de guia.

---

21. De que Círculo vens, de que região?: Virgílio acabara de declarar (versos 7 a 9) que não atingira o Céu, porque, sendo Romano e pagão, não conhecera o Deus verdadeiro. Isto equivalia a declarar que se encontrava no Inferno (ou no Limbo, dependência do Inferno). Daí a pergunta que Sordelo agora lhe faz.
25. Privado estive desse sol que vais buscando: o sol, quer dizer, Deus. Virgílio repete que a razão de sua condenação não foi a prática de atos pecaminosos (não por ação), mas simplesmente a ignorância em que, sendo pagão, estivera da fé verdadeira (por omissão).
28. Em baixo, à orla do báratro nefando: a entrada do Inferno; o sítio de que se trata é o Limbo, onde não ocorrem os mesmos castigos físicos que no resto do Inferno, e onde as almas apenas experimentam os sofrimentos morais decorrentes da privação de Deus.
31. Para ele vão os párvulos: para o Limbo vão as crianças mortas antes do batismo, isto é, ainda com o pecado original.
34. Junto aos frustrados nas três virtudes: estou ali ao lado dos que, por serem pagãos, não se aprimoraram na prática das chamadas virtudes teologais — fé, esperança e caridade — embora houvessem seguido as virtudes naturais e humanas, conduzindo-se na vida com retidão.

PURGATÓRIO

43   Já começa a extinguir-se a claridade,
     e no escuro subir não se consente;
     convém buscar um pouso, na verdade.

46   Quedam-se algumas almas mais à frente:
     poderei até lá vos conduzir,
     que apreciareis ouvi-las, certamente".

49   E meu mestre: "Se alguém tentar subir
     será, então, por mãos de outrem tolhido,
     ou a própria força é que lhe vai fugir?"

52   O bom Sordelo, o dedo ao chão tendido,
     riscou-o, dizendo: " Aqui ao simples traço
     não chegareis, depois que o sol for ido.

55   E não defrontareis outro embaraço
     mais que o efeito da treva a se estender,
     que a alma nos tolhe e a um tempo trava o passo.

58   Mas se quiserdes podereis descer,
     às praias lá de baixo regressando,
     até surgir de novo o amanhecer".

61   E, pois, Virgílio, o pasmo demonstrando,
     "Conduze-nos", anuiu, "onde possamos
     descansar, com proveito, pernoitando".

64   E quando um pouco os passos adiantamos,
     vi que num corte a encosta se entreabria,
     como na terra os vales que admiramos.

67   "Avante, pois", disse Sordelo ao guia:
     "Sigamos rumo àquela depressão;
     aguardaremos lá que nasça o dia".

70   Entre sereno e rude, em inflexão,
     um caminho levou-nos à amurada,
     no ponto em que baixava ao rés do chão.

44. E no escuro subir não se consente: Sordelo explica aos dois poetas ser impossível galgar durante a noite as encostas do Monte. Era esta uma das propriedades do Purgatório. Podia-se descer, regressando de novo às praias da ilha, mas nunca subir. E, por isto, deviam procurar um abrigo para passar a noite.
72. No ponto em que baixava ao rés do chão: a vala onde estava o jardim, e, nele, as almas, era muito profunda, tanto que de fora não se avistava ninguém. Mas, no ponto em que a vereda a atingia, a borda mostrava-se rebaixada, praticamente ao rés do chão; e dali se podia passar facilmente ao seu interior.

"Lá dentro, em meio às flores, entoando
juntas a Salve-Rainha, claramente,
muitas almas eu vi, mais me achegando."

(*Purg.*, VII, 82/4)

PURGATÓRIO

73 O ouro, a prata, a concha imaculada,
a púrpura, a safira, o verde pleno,
a fulgir, da esmeralda fraccionada,

76 decerto às flores do jardim ameno
cederiam em cor, brilho e beleza,
como ao grande ceder sói o pequeno.

79 Além do colorido, a Natureza
aromas ia, suaves, instilando
sobre o vergel, com graça e sutileza.

82 Lá dentro, em meio às flores, entoando
juntas a Salve-Rainha, claramente,
muitas almas eu vi, mais me achegando.

85 "Antes que o sol se extinga totalmente",
disse-nos o Mantuano, "é bom parar
à borda, aqui, e olhar um pouco à frente.

88 Da elevação podemos divisar
todos os que se encontram no recanto,
melhor que se lhes fôssemos falar.

91 Aquele ali, mais sobrealçado, e, entanto,
no semblante mostrando a dor e o pejo
da frustração, sem se juntar ao canto,

94 é o rei Rodolfo, a quem foi dado o ensejo
de as mazelas da Itália eliminar;
mas não o fez, ficando no desejo.

97 E coube ao que lhe fala governar
a terra cujas águas com destino
ao Elba o Molta leva e o Elba ao mar.

---

75. A fulgir, da esmeralda fraccionada: o verde da esmeralda naturalmente ressalta mais fúlgido quando e no ponto em que a pedra é fraccionada.
78. Como ao grande ceder sói o pequeno: as cores, propriedades e materiais da terra (no que se representam como atributos da vida temporal, e, por isto, menor) não teriam condições de competir com as cores, propriedades e materiais do Purgatório (parte do mundo eterno, e, por isto maior). E, pois, sendo, por essência e definição, pequenos ou limitados, deveriam ceder aos outros, grandes e ilimitados.
91. Aquele ali, mais sobrealçado: o primeiro entre os espíritos apontados por Sordelo aos viajantes era Rodolfo de Absburgo, titular do Sacro Império Germânico-Romano. O Imperador, absorvido pelos problemas internos da Alemanha, nunca quis ir à Itália, de cujos interesses descurou, totalmente.
97. E coube ao que lhe fala governar: o que estava junto de Rodolfo, com quem conversava, era Ottachero, rei da Boêmia, em cujo território nasce o Rio Molta, ou Moldávia, afluente do Elba. Era voz corrente que Ottachero, como monarca e pessoa humana, tinha sido muito superior a seu filho e sucessor Venceslau, e era, por isto, àquela época (1300), lembrado com saudade.

100   É Ottachero rei, que ainda menino
      em tudo foi melhor, como se diz,
      que o velho Venceslau, lascivo e indino.

103   O outro, que o nome deve ao seu nariz,
      e fala a alguém ao lado, com respeito,
      desonrou, ao morrer, a flor-de-lis.

106   Olhai como percute, triste, o peito!
      E o outro mais, que sobre a mão descansa,
      pendido, o rosto, em desolado jeito!

109   Um é sogro, o outro é pai do mal de França,
      cuja conduta desregrada e crassa
      na imensa dor, que vês, decerto os lança!

112   Aquele, de grão porte, que compassa
      a voz co' o de nariz viril e fino,
      mostrou bravura ínclita, sem jaça.

115   Se por mais tempo o príncipe-menino,
      que surge após, trouxesse o cetro à mão,
      teria o seu valor herdeiro dino,

118   o que é mui raro ver na sucessão:
      a Frederico e Tiago o seu reinado
      passou, mas não da herança a mor porção.

121   Quase nunca o valor é trasladado
      às ramas, como quer, na glória imensa,
      quem o provê, por disso ser lembrado.

103. O outro, que o nome deve ao seu nariz: Felipe III, rei de França, conhecido na Itália como o Nasetto, devido à pequenez do seu nariz. Em luta contra Pedro de Aragão (veja-se adiante, o verso 112), a esquadra francesa foi derrotada, pouco antes de sua morte. Por isto o poeta observa que ele desonrou a flor-de-lis – a insígnia da França. Pai de Felipe o Belo, referido no verso 109.
107. E o outro mais, que sobre a mão descansa: aqui é designado Henrique III, de Navarra, sogro de Felipe o Belo.
109. Um é sogro, o outro é pai do mal de França: o mal de França é o rei Felipe o Belo; seu pai, Felipe III, o Nasetto (verso 103); seu sogro, Henrique III de Navarra (verso 107). Embora a viagem de Dante tenha sido imaginada como feita no ano de 1300, o poeta escrevia tempos depois, quando já estava banido de Florença. É sabido que Dante atribuía seu desterro principalmente a Carlos de Valois, irmão e delegado do rei Felipe o Belo, e ao seu aliado o Papa Bonifácio VIII. E não oculta seu ódio ao rei da França.
112. Aquele, de grão porte, que compassa a voz: de grão porte, isto é, excepcionalmente robusto, era o rei Pedro III de Aragão, homem de imenso valor, e que acompanhava à voz, no canto (recorde-se que o grupo, no vale, entoava cânticos sacros), seu tradicional rival, Carlos I d'Anjou, rei de Nápoles e Sicília, que se notabilizava pelo seu nariz másculo, aquilino.
115. Se por mais tempo o príncipe-menino: o príncipe, quase menino, era provavelmente Afonso, filho de Pedro III de Aragão, e que, tendo morrido muito jovem, não pôde demonstrar todo valor que possuía, e herdara de seu pai. Com a morte de Afonso, os antigos domínios de seu pai, Pedro III, passaram aos dois outros irmãos, Tiago (o de Aragão) e Frederico (o da Sicília). Ambos vieram, pois, a herdar de Pedro de Aragão os reinos, mas não o principal da herança paterna, que era seu insigne valor e bravura.
121. Quase nunca o valor é trasladado: é muito raro trasladarem-se de pais a filhos as virtudes humanas. Pois estas resultam de um dom especial da Providência, e não da simples hereditariedade.

PURGATÓRIO

124   Tal como a Pedro, cabe esta sentença
ao de vasto nariz, que ao lado canta,
e à Apúlia o mal legou, como à Provença.

127   Muito aquém da raiz ficou a planta;
e mais do que Beatriz e Margarida,
Constança do marido inda se encanta.

130   Olhai, adiante, e só, o rei que a vida
amou, tranquila, Henrique de Inglaterra,
de quem a rama foi bem mais florida.

133   E mais embaixo, onde se abate a terra,
vê-se Guilherme, em êxtase, o Marquês,
que contra Alexandria fez a guerra

136   que arruinou Monferrato e o Canavês".

---

124. Tal como a Pedro, cabe esta sentença ao de vasto nariz: nomeia-se, outra vez, a Pedro III de Aragão (verso 112) e a Carlos I d'Anjou (verso 113). A sentença que a ambos se aplica é a dos versos 121 a 123, sobre a hereditariedade.
127. Muito aquém da raiz ficou a planta: a raiz é Carlos I d'Anjou, que foi de muito melhor cepa que seu filho Carlos II (a planta), cujo péssimo governo e cuja conduta causaram males sem conta à Apúlia (Itália) e à Provença. Constança era a viúva de Pedro III de Aragão, e ainda vivia no ano a que se reporta a narrativa (1300). Revelando que Constança tinha motivos para se orgulhar de seu marido, o mesmo não acontecendo com Beatriz e Margarida, significa o poeta que, assim como Carlos II ficou em valor muito aquém de seu pai, Carlos I, este, por sua vez, apesar de algumas qualidades positivas, estava muito abaixo de Pedro de Aragão.
130. Olhai, adiante, e só, o rei: menciona-se Henrique III de Inglaterra, homem bom, mas de caráter débil e apático, amante da vida calma e recolhida, e que, entretanto, teve descendência de grande brilho (alusão, certamente, a seu filho Eduardo I).
134. Vê-se Guilherme, em êxtase, o Marquês: depois de tantos reis e príncipes, chega a vez de Guilherme VIII, marquês de Monferrato e do Canavês. Nos últimos anos do século XIII, esteve envolvido em devastadora guerra contra Alexandria, que resultou praticamente na ruína de seus próprios domínios. Não sendo de sangue real, mas apenas um fidalgo, Guilherme é visto em nível inferior aos demais, isto é, no local em que a vala se aprofundava mais que em qualquer outra parte.

CANTO VIII

Preparam-se os poetas para passar a noite na vala florida. Assistem à descida de dois Anjos, que vêm guardar o jardim contra as investidas da serpente. Entre as sombras presentes, Dante reconhece Nino Visconti; e ouve, de Conrado Malaspina, o velado augúrio de seu próximo exílio.

1   Era a hora em que a saudade malferida
    ensombra o coração do navegante,
    no dia da magoada despedida;

4   e em que mais punge o ocasional viajante
    pena de amor, ao fim da tarde, quando
    entra um sino a planger, triste e distante:

7   e nada mais, então, a ouvir estando,
    pude a vista volver, mais a atenção,
    para alguém que, de pé, e se adiantando,

10 em gesto largo, unia mão a mão,
    como se a Deus rogasse, para o Oriente
    voltado: "Só me importa o teu perdão!"

13 *Te lucis* — começou, tão piamente,
    a modular nas harmoniosas notas,
    que se perdeu, com elas, minha mente.

16 As outras sombras, calmas e devotas,
    seguiam-no no canto, o texto inteiro,
    os olhos postos nas supremas rotas.

19 Repara, então, leitor, no verdadeiro
    sentido do que mostro neste instante;
    que o véu sutil podes transpor ligeiro.

---

1. E nada mais a ouvir, então, estando: o sol acabara de declinar, e era a hora, exatamente, em que se ouvem os sons do Angelus, quando pude desprender minha atenção de Sordelo, que chegara ao fim de seu discurso sobre as almas da vala florida (Canto precedente, versos 85 a 136).
13. *Te lucis* — começou, tão piamente: referência à canção vespertina que, nas Igrejas e nos Conventos, era costume entoarem os padres e monges, e que se inicia com este verso: *Te lucis ante terminum...*
18. Os olhos postos nas supremas rotas: Os olhos fitos no céu, que, daquele sítio do Monte do Purgatório, se descortinava para os lados do Oriente.
19. Repara, então, leitor, no verdadeiro: atenta, leitor, na verdade que se esconde sob a presente alegoria. O véu que a cobre é, desta vez, leve e ligeiro, e não impedirá tua exata visão...

22 Quedavam-se os espíritos, adiante,
    fitando a altura, como que transidos,
    em atitude trêmula, expectante.

25 Dois Anjos vi baixando, em voo, reunidos,
    que à mão traziam gládios refulgentes,
    mas de pontas agudas desprovidos.

28 Eram verdes, tais folhas viridentes,
    as suas vestes, e, na forma alada,
    também as plumas, a oscilar, frementes.

31 Perto de nós um fez breve parada,
    enquanto à riba oposta o outro voava,
    ficando a meio a turba, ladeada.

34 Vi-lhes à frente o ouro que a pintava,
    mas de seus rostos meu olhar fugia,
    tanta era a luz que neles fulgurava.

37 "Baixam do Céu, da corte de Maria",
    disse Sordelo, "e a vala vêm guardar
    contra a serpente". E eu, que não sabia

40 onde o réptil decerto ia chegar,
    olhei em torno e, opresso o coração,
    cuidei de junto ao mestre me postar.

43 Sordelo continuou: "Vamos então,
    que podereis falar-lhes facilmente:
    ver-nos lhes causará satisfação."

46 Não mais do que três passos dei somente,
    e achei-me embaixo, onde um vi que fixava
    o seu olhar em mim, curiosamente.

---

25. Dois Anjos vi baixando, em voo, reunidos: os dois Anjos representavam a defesa contra as tentações, simbolizadas, estas, na serpente, que se ia mostrar ali (vejam-se, adiante, os versos 39 e 95 e seguintes).
33. Ficando a meio a turba, ladeada: para melhor proteger a vala contra a agressão da serpente, os Anjos postaram-se às suas extremidades, ficando, assim, por eles ladeada a multidão das almas que ali se encontravam.
34. Vi-lhes à frente o ouro que a pintava: os Anjos eram louros, e isso bem se podia ver por sua cabeça.
44. Que podereis falar-lhes facilmente: Sordelo convida os dois poetas, então, a descer à vala, a fim de falarem às personalidades eminentes que lá se encontravam, as quais, a seu turno, teriam nisso um grande prazer.
47. Onde um vi que fixava: descendo ao interior da vala, viu Dante um espírito que o fitava, curiosamente. Reconheceu-o: era Nino Visconti, que se tornara famoso como juiz em Galura, Sardenha, e, depois, como líder político em Pisa. Referido, nominalmente, no verso 53.

49 Já tudo ali o escuro sombreava;
    mas o resto da luz, à despedida,
    mostrou-me o que de longe se ocultava.

52 Movemo-nos os dois, à ânsia incontida:
    Ah Nino, juiz! Senti-me aliviado
    por ver que não te uniste à grei infida!

55 Nenhum saudar amigo foi poupado:
    "Quando chegaste", perguntou, por fim,
    "ao Monte aqui, depois de o mar passado?"

58 "Esta manhã, mas lá do inferno eu vim",
    tornei-lhe: "E estando na primeira vida,
    pretendo a outra alcançar, seguindo assim",

61 Mal foi minha resposta proferida,
    vi-os, a ele e a Sordelo, recuando,
    em pasmo, como a gente surpreendida.

64 Um para o mestre olhou, e o outro, tornando
    a face a alguém, gritou: "Aqui, Conrado!
    Vem ver o que o bom Deus está mostrando!'

67 E, então, falou-me: "Pelo dom sagrado
    que te outorgou Aquele a quem convém
    manter o seu desígnio impenetrado,

70 quando do mar aqui fores além,
    dize à minha Giovana para orar
    por mim, pois que a inocência acede ao bem.

50. Mas o resto da luz, à despedida: já anoitecia. A luz crepuscular, entretanto, ainda permitia a Dante, agora bem de perto, ver distintamente o que de longe não distinguira: a fisionomia dos que se achavam na vala.
53. Ah Nino, juiz: veja-se o verso 47. Dante reconhecia, pois, a sombra que o fitara curiosamente: Nino Visconti, de Galura, famoso dirigente político em Pisa. O poeta experimenta um grande prazer vendo que Visconti não fora parar no Inferno, mas se encontrava a caminho da salvação.
57. Ao Monte aqui, depois de o mar passado: Nino Visconti pensa que o poeta chegou ao Purgatório pela via própria, isto é, cruzando, na barca do Anjo, o mar desde a barra do Tibre até às praias daquela ilha. De fato, ainda não sabia que Dante estava vivo.
59. E estando na primeira vida: Dante explica que veio através do Inferno, e estando ainda vivo. E porque pretendia alcançar a outra vida, isto é, a salvação, é que realizava aquela viagem pelo reino dos mortos.
62. Vi-os, a ele e a Sordelo, recuando: ante a declaração de Dante de que estava vivo, Nino Visconti e Sordelo de Mântua recuaram, tomados de pasmo. Sordelo olhou interrogativamente para Virgílio, pois também ele não havia percebido que conduzira ali tanto tempo a um homem vivo, enquanto Visconti chamou alguém que estava perto (Conrado Malaspina, marquês da Lunigiana) para que viesse admirar o portento que a vontade de Deus lhes apresentava.
67. Pelo dom sagrado: por gratidão a Deus. Visconti implora a Dante que, em reconhecimento a Deus, que lhe concedera o privilégio daquela viagem, fosse procurar sua filha Giovana, quando regressasse à terra.
72. Pois que a inocência acede ao bem: Giovana, a filha de Nino Visconti, era ainda criança naquele tempo (a suposta data da viagem dantesca era o ano de 1300), e, como tal, suas preces seriam necessariamente bem recebidas no Céu.

PURGATÓRIO

73 Não creio sua mãe me possa amar,
    visto que do seu luto se desprende,
    embora vá depois se lamentar.

76 Por ela facilmente se compreende
    quanto a flama do amor nas damas dura,
    se a vista, ou o tato mesmo, não a acende

79 E mais não lhe ornará a sepultura
    a víbora das armas de Milão
    do que o faria o emblema de Galura".

82 Assim dizia, enquanto uma impressão
    parecia o seu rosto conturbar
    do zelo, em que abrasava o coração.

85 Eu já passara o céu a contemplar
    lá onde os astros vão mais lentamente,
    tal, junto ao eixo, a roda sói girar.

88 E o guia meu: "Que observas, filho, à frente?"
    "Contemplo, mestre, aquelas três estrelas,
    das quais o polo", eu disse, "é resplendente".

91 Tornou-me, atento: "As quatro luzes belas,
    que vimos na alva, foram declinando;
    mostram-se em seu lugar, agora, aquelas".

94 E Sordelo, a meu mestre segurando,
    como a retê-lo, disse: "Eis o inimigo!",
    algo perto dali nos apontando.

73. Não creio sua mãe me possa amar: a mãe de Giovana, quer dizer, a esposa, e depois viúva, de Nino Visconti, Beatriz d'Este. Ela deixara o traje de viúva para desposar, em segundas núpcias, a Galeazzo de Milão, o qual, colhido pela adversidade, iria sofrer o exílio em Pisa, ali vivendo em extrema pobreza. A isto se referia profeticamente Nino, ao dizer que sua viúva iria lamentar seu novo enlace.
77. Quanto a flama do amor nas damas dura: quão pouco perdura na mulher a chama do amor, quando não alimentada pela presença do amante.
79. E mais não lhe ornará a sepultura: significa-se que Beatriz d'Este não traria o segundo casamento (o emblema de Galeazzo de Milão, representado por uma serpente) maior honra e prestígio do que o primeiro (as armas de Nino Visconti, de Galura, representadas por um galo).
86. Lá onde os astros vão mais lentamente: naquele instante (quando Nino Visconti acabava o seu discurso), já o poeta contemplava o céu para os lados do polo sul (ou para o ponto que se figurava como polo celeste), onde as estrelas, mais próximas do eixo, giram mais lentamente do que as que se localizam sobre a linha da circunferência.
89. Contemplo, mestre, aquelas três estrelas: as estrelas, junto ao polo, alternam-se no horizonte, ora acima, ora abaixo. As três estrelas que os poetas viam brilhar, e em que os comentadores enxergam a representação alegórica das virtudes teologais — fé, esperança e caridade — haviam subido no lugar das quatro que ali estavam de madrugada, e que correspondem (também segundo os comentadores) às quatro virtudes cardeais — prudência, temperança, justiça e fortaleza.
95. Eis o inimigo: a serpente, referida no verso 39, e cuja presença era aguardada ali. Nela se representa a tentação, ou o demônio, que ameaça até as próprias almas intituladas à salvação, e era, provavelmente, segundo o poeta, a mesma que no Paraíso terreal havia impelido Eva ao pecado.

"Ao perceber das asas o ruflar,
fugiu a serpe, enquanto, na revoada,
os açores voltaram, vindo em *Par.*"
(*Purg.*, VIII, 106/8)

PURGATÓRIO

97 No ponto em que fugia à vala o abrigo
da amurada, uma serpe se mostrava,
talvez a que levou Eva ao castigo.

100 Por entre a relva e as flores deslizava,
e a cabeça a voltear, ao dorso rente,
no próprio corpo a baba derramava.

103 Absorto, então, não pude exatamente
a investida dos Anjos observar;
mas no alto os divisei, distintamente.

106 Ao perceber das asas o ruflar,
fugiu a serpe, enquanto, na revoada,
os açores voltaram, vindo em par.

109 A sombra, pelo juiz ali chamada,
em momento nenhum, durante o assalto,
desviou de mim o olhar, maravilhada.

112 "Que o lume, que te traz ao grão ressalto,
no teu ânimo encontre a almotolia
que o nutra, até às cimas, no planalto",

115 falou-me: "E se notícia correntia
do Val de Magra tens e da colina,
dize-o a mim, que os governei um dia.

118 Fui chamado Conrado Malaspina;
não sou o velho, mas seu descendente:
O amor que aos meus votei aqui se afina!"

97. No ponto em que fugia à vala o abrigo: no Canto VII, verso 72, aludia-se a um ponto em que a borda em torno da vala florida se abatia, como que fraccionada, permitindo fácil acesso ao interior do jardim. Por ali é que os poetas haviam entrado, pouco antes. E também por ali chegava agora a serpente, símbolo da tentação.
103. Absorto, então, não pude exatamente: ao aparecer a serpente, Dante concentrara nela a sua atenção. Assim, não pôde observar o subitâneo movimento dos Anjos (os açores celestiais), no instante em que se alçaram para investir contra ela. Viu-os apenas quando já se encontravam no alto, em voo.
106. Ao perceber das asas o ruflar: a serpente, ao sentir a aproximação dos Anjos incumbidos de guardar a vala, fugiu imediatamente. Os açores, os Anjos com suas espadas.
109. A sombra, pelo juiz ali chamada: a sombra, Conrado Malaspina, que o juiz, Nino Visconti, convocara para ver um homem vivo no Purgatório (verso 65). Enquanto durou o episódio da expulsão da serpente pelos dois Anjos, Malaspina, maravilhado, não cessara de observar Dante.
112. Que o lume que te traz ao grão ressalto: o grão ressalto, a imensa montanha do Purgatório. O lume, a vontade divina. Significa-se: Que a vontade divina, que te trouxe aqui, possa encontrar no teu ânimo aqueles requisitos indispensáveis para se chegar até à presença de Deus. O planalto, quer dizer, o alto do Purgatório, localização do Paraíso terreal.
118. Fui chamado Conrado Malaspina: Conrado, da família dos Malaspinas, que governou por muitos anos a Lunigiana, de seus domínios de Mulazzo, no Val de Magra. O velho marquês Conrado Malaspina havia falecido por volta de 1250. Este era um de seus descendentes, provavelmente seu neto. Teria morrido no ano de 1294.
120. O amor que aos meus votei aqui se afina: os pecados que o segundo Conrado Malaspina expiava no Purgatório haviam decorrido exatamente do excessivo amor que votara aos seus familiares, no desejo de favorecê-los nem sempre em forma justa e devida. Aqui se afina: É é este amor que aqui se purga, que aqui se depura.

121 "Jamais estive lá, infelizmente;
mas haverá alguém, Europa a fora,
que os não conheça", eu disse, "miudamente?

124 Dos teus a fama, que inda se alcandora,
a terra, e co' ela a gente, faz notada,
mesmo por quem se queda longe e fora.

127 Assim possa eu chegar à meta ansiada,
como te afirmo aqui que ela a grandeza
da alma conserva, e mais o amor da espada.

130 Segue nisto o costume e a natureza;
que enquanto arruína o mundo o mor culpado,
serena vai, e o vício e o mal despreza".

133 "Pois sete vezes", disse, "levantado
não há-de ser o sol onde o Carneiro
as patas firma de um e de outro lado,

136 e o conceito que exprimes lisonjeiro
se esculpirá, ao vivo, em tua mente,
melhor que por discurso algum ligeiro,

139 se do destino for o curso à frente".

---

121. Jamais estive lá, infelizmente: Dante explica a Malaspina que jamais estivera na Lunigiana, mas não havia ninguém na Europa que não tivesse ouvido falar do Val de Magra e de seus arredores, isto é, dos domínios dos senhores de Mulazzo.
128. Como te afirmo aqui que ela a grandeza: e, pois, mesmo sem ter estado lá, posso jurar-te que a tua terra (a Lunigiana, o Val de Magra) conserva a mesma magnanimidade, o mesmo valor militar, que tanto a distinguiram e a seus senhores.
131. Que enquanto arruína o mundo o mor culpado: muitos divisam aqui uma referência ao papa Bonifácio VIII, detestado por Dante, que o considerava responsável pela desordem italiana e pela luta em Florença. Bonifácio favorecia abertamente os Guelfos, enquanto os Malaspinas se caracterizaram, como militantes gibelinos, pela fidelidade ao Imperador.
133. Pois sete vezes, disse, levantado: Conrado Malaspina vaticina a Dante que, antes de decorridos sete anos, teria ele a oportunidade de verificar pessoalmente o juízo lisonjeiro que manifestava sobre sua família. E, de fato, banido de Florença, Dante foi em 1306 afetuosamente acolhido por Franceschino Malaspina no castelo de Mulazzo, onde escreveu parte do Inferno.
134. Não há-de ser o sol onde o Carneiro: o Sol não passará sete vezes naquela parte do Céu que se queda entre as patas do Carneiro, isto é, na parte demarcada pelas estrelas da constelação de Áries. O sol se mostra ali a 21 de março de cada ano. Significa-se, então, que antes de sete anos o fato indicado se verificaria.
139. Se do destino for o curso à frente: se o destino não modificar o seu curso, por interferência da vontade divina.

CANTO IX

Ao avançar a noite, Dante adormece sobre a relva, na vala florida. Pareceu-lhe, em sonho, ver uma águia de asas douradas, que o arrebatava ao céu. Mas, na verdade, era Santa Lúcia que o conduzia dali à porta do Purgatório propriamente dito. O Anjo que guardava o local, depois de breve diálogo com Virgílio, franqueou-lhes a entrada.

1   A concubina de Titão antigo
      sua alvura mostrava, sobre o oriente,
      solta dos braços de seu doce amigo,

4   tendo à fronte uma joia reluzente
      que no desenho a imagem figurava
      do animal cuja cauda agride a gente:

7   enquanto a noite, ali onde eu me achava,
      dois de seus passos empreendera, e ao chão,
      para o terceiro, as asas declinava.

10   Éramos cinco sobre a relva, então,
      quando à força do sono compelido,
      o corpo recostei, vindo de Adão.

13   À hora em que se ouve o canto dolorido
      da cotovia, na alba matutina,
      como a lembrar o prístino gemido,

---

1. A concubina de Titão antigo: a Aurora, começando a raiar no oriente do outro Hemisfério. O poeta procede à indicação da hora através de comparação entre os hemisférios. Já havia caído a noite no Purgatório (vinte e uma horas, mais ou menos), enquanto no hemisfério oposto surgia a Aurora.
4. Tendo à fronte uma joia reluzente: a Aurora se entremostrava, então, do outro lado, sob a constelação de Escorpião, o aracnídeo que tem na cauda provida de aguilhão sua notória e principal característica.
7. Enquanto a noite, ali, onde eu me achava: enquanto, ali, no Purgatório, dos passos em que consiste seu itinerário natural (expressos, cronologicamente, em horas), a noite cumprira dois, e estava prestes a completar o terceiro. A situar-se o começo da noite pela altura das dezoito horas, seriam, então, quase vinte e uma horas.
10. Éramos cinco sobre a relva, então: como se vê do Canto anterior, estavam reunidos na vala florida Dante, Virgílio, Sordelo de Mântua, Nino Visconti e Conrado Malaspina, quando a noite os surpreendeu.
12. O corpo recostei, vindo de Adão: e, àquela hora da noite, cedendo ao sono que o dominava, Dante se estendeu na relva em que estava assentado com os quatro companheiros. O corpo vindo de Adão: o seu corpo de homem vivo, herança de Adão, e, assim, sujeito ao sono, ao contrário dos outros, que eram sombras, simplesmente.
13. À hora em que se ouve o canto dolorido: pela madrugada, quando a cotovia começa a desferir seu lamentoso canto. O poeta imagina que a tristeza ao mesmo imanente provém da memória dos primeiros trinados daquela ave, numa alusão, certamente, à fábula de Filomela, transformada numa cotovia.

"Ardíamos os dois, a águia e eu;
e tanto aquele incêndio me abrasava,
que, a seu calor, meu sono se rompeu."

(*Purg.*, IX, 31/3)

PURGATÓRIO

16 e em que a nossa mente peregrina,
    presa mais à matéria, e ao juízo infensa,
    para as visões fantásticas se inclina,

19 em sonho pareceu-me ver suspensa
    uma águia refulgente; que evoluía,
    como a baixar, mostrando a asa distensa.

22 E estar julguei-me aonde os seus, um dia,
    Ganimedes deixou, por de repente
    ser transportado à suma hierarquia.

25 Eu dizia comigo: "É aqui somente
    que se vê seu remígio alcandorado,
    para as presas tomar à garra ardente".

28 Depois de haver o sítio circundado,
    sobre mim, como um raio, se abateu;
    e co' ela ao céu em fogo fui levado.

31 Ardíamos os dois, a águia e eu;
    e tanto aquele incêndio me abrasava,
    que, a seu calor, meu sono se rompeu.

34 Como Aquiles, que os olhos descerrava,
    e os movia ao redor, maravilhado,
    sem atinar decerto onde se achava,

37 da mãe, à oculta de Quíron, levado
    adormecido a Sciro, onde, no entanto,
    foi depois pelos Gregos encontrado

40 — assim me vi, ao sacudir o manto
    do sono, vindo a mim da letargia:
    e olhava em torno, gélido de espanto.

---

17. Presa mais à matéria, e ao juízo infensa: durante o sono, a nossa mente como que repousa no corpo e, livre dos pensamentos que a ocupam na vigília, torna-se propícia às visões fantásticas, isto é, aos sonhos. E assim aconteceu naquele instante, em que o poeta, adormecido, começou a sonhar.

22. E estar julguei-me aonde os seus, um dia: segundo a mitologia, Júpiter, revestindo a forma de uma águia, desceu ao monte Ida, onde o jovem Ganimedes se encontrava com seus companheiros, e arrebatou-o à morada dos deuses. No sonho, Dante imaginava estar no mesmo local e ser objeto de experiência idêntica à de Ganimedes.

34. Como Aquiles, que os olhos descerrava: com o propósito de evitar que o jovem Aquiles fosse enviado ao assédio de Tróia, sua mãe, depois de submetê-lo a um processo letárgico e enganar seu tutor, o centauro Quirón, vestiu-o com trajes femininos e fê-lo conduzir a Sciro. Mas Ulisses e Diomedes (os Gregos), afinal o localizaram e o levaram de volta à Grécia, para participar da luta (Veja-se o Inferno, Canto XXVI, versos 61 e 62).

40. Assim me vi, ao sacudir o manto do sono: e como Aquiles, abrindo os olhos, surpreso por se encontrar em meio das moças, no estranho ambiente de Sciro, tal era o espanto de Dante ao despertar em sítio diverso do em que estava, ao adormecer. A razão desta mudança vai explicada adiante, versos 52 a 61.

43   Mas enxerguei somente o meu bom guia.
     O sol já se elevara o dobro da hora,
     e à nossa frente o vasto mar se abria.

46   "Não há razão para temor agora",
     disse-me o mestre: "É este o rumo certo.
     Tua esperança, firme, revigora!

49   O Purgatório já se encontra perto:
     Olha o terraço que o circunda, e a entrada,
     ali, no meio, onde parece aberto!

52   Há pouco, pois já era madrugada,
     e tua alma no corpo adormecia
     sobre o leito da relva matizada,

55   uma dama surgiu, dizendo, pia:
     — Sou Lúcia, e vim para o que dorme à frente
     aligeirar os passos nesta via. —

58   Entre Sordelo e os mais, placidamente,
     nos braços te colheu, e caminhou;
     limitei-me a segui-la, simplesmente.

61   Para este sítio aqui te trasladou;
     e mostrando-me, além, a rocha aberta,
     no instante em que acordavas, se afastou".

64   Tal como alguém que em pânico desperta,
     mas perde o medo e volta à compostura
     ao ser-lhe a realidade descoberta,

67   assim me achei: e, pois, a alma segura,
     acompanhei meu mestre, que ao ressalto
     se encaminhava já, galgando a altura.

44. O sol já se elevara o dobro da hora: o sol já se mostrava no horizonte havia duas horas, devendo ser, portanto, oito horas da manhã.
55. Uma dama surgiu, dizendo, pia: uma dama, Santa Lúcia, que já antes intercedera em favor do poeta quando o mesmo se encontrava na selva escura (veja-se o Inferno, Canto II, versos 97 a 108). Enquanto Dante imaginava, em sonho, que uma águia o arrebatava ao céu em chamas (versos 28 a 33), na verdade era Lúcia que o tomara nos braços e o conduzira à entrada do Purgatório, onde despertou.
58. Entre Sordelo e os mais: os mais eram — recorde-se — Nino Visconti e Conrado Malaspina, que, à noite, juntamente com Sordelo e o próprio Virgílio, faziam companhia a Dante na vala florida (veja-se o Canto anterior).

PURGATÓRIO

70   Vês bem, leitor, como este tema exalto;
       e não te espantes, pois, de que minha arte
       recorra a estilo sublimado e alto.

73   Atingimos depressa aquela parte
       em que eu julgara o muro recortado,
       como o que larga fenda em dois reparte.

76   Um portão divisei, alto e cerrado,
       e, em cores, três degraus que a ele subiam;
       mais o vulto de um anjo, quedo, ao lado.

79   De surpresa os meus olhos se entreabriam;
       embora perto, não lhe via, então,
       a face, em que áureos raios incidiam.

82   Uma espada ostentava, nua, à mão,
       que refletia o seu fulgor em nós;
       e eu tentava fitá-lo, mas em vão.

85   "Eia, falai daí!", foi sua voz:
       "Quem vos conduz por esta eleita via?
       Não podeis, sem perigo, chegar sós!"

88   "Uma dama do Céu, bondosa e pia,
       mostrou-nos essa porta, gentilmente,
       dizendo-nos: Entrai!" — tornou-lhe o guia.

91   "Que ela vos leve ao bem seguramente!",
       respondeu-nos o angélico porteiro:
       "Alçai-vos, pois, à escada à vossa frente."

94   Notei, subindo, que o degrau primeiro
       era de branco mármore brunido,
       espelhando o meu corpo por inteiro.

---

77. E, em cores, três degraus, que a ele subiam: Dante observou que havia três altos degraus, ou melhor três lances de escada, cada qual de uma cor, que era preciso subir para alcançar a porta cerrada do Purgatório, junto à qual um Anjo se postava de guarda. Segundo os comentadores, o conjunto — porta, Anjo e degraus — simboliza o sacramento da penitência, em suas fases — seu ritual, seu processo e seu significado espiritual.

86. Quem vos conduz por esta eleita via?: o guarda estranha naturalmente ver os dois poetas chegando sozinhos, pois as almas se apresentavam ali sempre guiadas por outro Anjo. Adverte-os, pois, de que tal situação poderia sujeitá-los a graves riscos.

88. Uma dama do Céu, bondosa e pia: Santa Lúcia, referida nominalmente no verso 56, e que havia conduzido Dante, enquanto dormia, até às imediações da entrada do Purgatório.

"Um portão divisei, alto e cerrado,
e, em cores, três degraus que a ele subiam;
mais o vulto de um anjo, quedo, ao lado."

(*Purg.*, IX, 76/8)

PURGATÓRIO

97   Tinha o segundo aspecto enegrecido,
símil a um rude e irregular basalto,
todo em ranhuras, áspero e fendido.

100   Do terceiro, por fim, era o ressalto
em pórfiro esculpido flamejante,
da cor do sangue quando esguicha ao alto.

103   Nele assentado, a face coruscante,
quedava-se o Anjo, do portal à frente,
o qual fulgia à luz como o diamante.

106   Sobre os degraus alçou-se, diligente,
o meu bom mestre, e atento me dizia:
"Pede-lhe que abra a porta, humildemente".

109   Lancei-me ao solo ante a figura pia,
e lhe roguei que nos franqueasse a entrada,
enquanto o peito em pranto percutia.

112   E à minha fronte, à ponta, então, da espada,
foi sete PP ligeiro desenhando:
"Lá dentro a marca te será tirada,

115   letra a letra", falou. Vi-o sacando
duas chaves do manto pardacento,
em sua cor à terra semelhando.

118   Uma era de ouro puro, a outra de argento:
primeiro a branca, e logo a áurea a girar,
a porta abriu, por meu contentamento.

121   "Se uma das chaves", disse-nos, "falhar,
e não fizer correr inteira a tranca,
não é possível por aqui passar.

124   Uma é de mor valor; mas a outra, a branca,
mais engenho requer em seu manejo,
pois é que a trava principal destranca.

---

112. *E à minha fronte, à ponta, então, da espada*: O anjo, à ponta da espada, gravou na fronte do poeta, sete vezes, a letra P, inicial da palavra Pecado. Significam-se os sete pecados capitais, a serem expiados, um a um, nos sete terraços do Purgatório. E, com efeito, mais adiante, um Anjo, com um movimento de sua asa, iria apagando, um de cada vez, os sete PP inscritos na fronte do poeta.
115. *Vi-o sacando duas chaves do manto pardacento*: de sob as dobras de seu manto pardacento, de cor semelhante à da terra que se escava, o Anjo sacou duas chaves, uma amarela, de ouro (símbolo da autoridade do sacerdote na confissão), e a outra branca, de prata (símbolo da ciência teológica).

127   Deu-mas São Pedro; e se eu errar, desejo
      fazê-lo tendo-a aberta, e não fechada,
      ante o clamor dos que prostrados vejo".

130   A um gesto a porta nos franqueou sagrada.
      "Ide, mas sem olhar atrás", falou,
      "pois do contrário perdereis a entrada".

133   E quando com estrépito girou
      nos seus gonzos a porta que em metal
      sonoro e resistente se forjou,

136   em Tarpeia não foi o ruído igual,
      quando dali partiu Metelo o bom,
      antes de defraudada por final.

139   Quedei-me atento ao perceber um som;
      e pareceu-me que o Te Deum fluía,
      entoado à voz, sobre o harmonioso tom.

142   Similarmente a alguém eu me sentia
      que uma canção ouvindo se surpreende,
      aos acentos de um órgão, e à porfia

145   a letra perde aqui, e ali a entende.

127. E se eu errar, desejo fazê-lo tendo-a aberta: significa-se que o Anjo é naturalmente inclinado ao perdão, e que, se errar em seu ofício, prefere fazê-lo mantendo a porta aberta, e não fechada, ante os que chegam.
136. Em Tarpeia não foi o ruído igual: e foi tão forte o tinido da porta metálica que superou o produzido pela de Tarpeia ao fechar-se sobre os passos de Metelo, dali expulso. Metelo era o guardião do tesouro de Roma, conservado na fortaleza de Tarpeia. O tesouro foi requisitado por César, mas Metelo se opôs à entrega, e foi, por isso, destituído pelo vitorioso general e depois ditador.
139. Quedei-me atento ao perceber um som: ao transpor a porta do Purgatório chegou aos ouvidos de Dante um som harmonioso, o Te Deum laudamus, como se fosse cantado com acompanhamento de um órgão.
145. A letra perde aqui, e ali a entende: ante o canto, fugidio e distante, o poeta sentiu-se como alguém que, ouvindo uma canção ao órgão, não lhe percebe inteiramente a letra, que se mostra clara em alguns trechos, mas noutros se torna indistinta ou se apaga completamente.

CANTO X

Transpondo a porta, os poetas se alçam ao primeiro giro ou terraço do Purgatório, formado, a meio da encosta, por uma retração da parte superior do Monte. Era uma faixa estreita, medindo de largura cerca de três vezes o tamanho do corpo humano. Na amurada, ao fundo, viam-se maravilhosas obras de entalhe, representando exemplos de humildade. Ali Dante e Virgílio encontraram os soberbos e orgulhosos, curvados ao peso de imensas pedras.

1   Ultrapassando aquela porta aberta,
    que a humana condição faz pouco usada,
    por preferir à boa a via incerta,

4   seu estridor ouvi, ao ser fechada:
    firme fiquei, pois se volvesse o olhar
    não me seria a falta relevada.

7   Era a estrada uma fenda a serpejar,
    em meio à rocha, de um e de outro lado,
    como a onda que se vê fugir, tornar.

10 "É mister", disse o guia, "ir com cuidado,
    rente à orla marginal aqui seguindo,
    por onde o giro inflete, dilatado".

13 Tão lento o nosso passo foi, subindo,
    que já da lua a fímbria iluminada
    o leito em que se oculta ia atingindo,

---

2. Que a humana condição faz pouco usada: significa-se pelo escasso uso da porta do Purgatório que só poucos têm a ela acesso, visto que a maioria prefere o caminho do pecado ao da virtude.
5. Firme fiquei, pois se volvesse o olhar: veja-se o Canto precedente (versos 131 a 132), quando o Anjo advertiu os poetas de que deviam entrar, mas sem olhar para trás, pois do contrário perderiam o acesso.
12. Por onde o giro inflete, dilatado: a vereda, quase a pique, cavada na pedra, e que levava ao primeiro terraço, era tortuosa, como uma escada em caracol, de sorte que os poetas, para avançar com segurança, deviam abrir a marcha pelos cantos, ora de um lado, ora do outro, segundo a inflexão das curvas apertadas. O giro: a volta, a curva.
14. Que já da lua a fímbria iluminada: a lua minguante, que, mostrando apenas a fímbria iluminada, estava prestes a desaparecer. Dizendo que ela alcançava o seu leito, significa-se que se ia apagar no espaço. Recorde-se, entretanto, que não era noite, mas dia, quase ao final da manhã.

"E num sítio saindo, livre e aberto,
formado pela escarpa recuada (...)"
(Purg., X, 17/8)

PURGATÓRIO

16 quando emergimos da profunda escada.
    E num sítio saindo, livre e aberto,
    formado pela escarpa recuada,

19 paramos, eu exausto, o mestre incerto
    quanto ao rumo a seguir, sobre o altiplano,
    mais ermo que os caminhos do deserto.

22 De sua borda externa, creio, o plano
    até o fundo, ao pé da penedia,
    três vezes mediria um corpo humano.

25 E a quanto meu olhar chegar podia,
    quer de seu flanco esquerdo, ou do direito,
    toda a esplanada igual me parecia.

28 Antes que um passo, um só, tivesse feito,
    reparei que a granítica amurada
    — de irmos por ela não havia jeito —

31 de mármore era, e co' arte tal gravada,
    que não seria nem por Policleto,
    nem por Natura mesma suplantada.

34 O anjo que trouxe à terra o alto decreto
    da prometida e suspirada paz,
    que revogou do Céu o antigo veto,

37 surgia à nossa frente tão veraz,
    esculpido a cinzel, vívido e suave,
    como se fosse de falar capaz.

16. Quando emergimos da profunda escada: a senda que os poetas percorriam semelhava (versos 7 a 12) uma escada em caracol.
18. Formado pela escarpa recuada: o sítio, ao fim da subida, se apresentava como um altiplano, ou plataforma, ou terraço, formado pela própria escarpa, que, àquela altura, parecia ter recuado alguns metros, dando origem ao vasto degrau ou balcão.
24. Três vezes mediria um corpo humano: de sua orla externa, voltada para o abismo, até o muro formado pela penedia ao fundo (em sua largura, portanto), a plataforma teria de medida o equivalente a três corpos humanos, superpostos em sentido vertical, quer dizer, uns cinco metros, aproximadamente.
27. Toda a esplanada igual me parecia: olhando à direita e à esquerda, em sentido longitudinal, isto é, ao comprido, o poeta via a plataforma desenvolver-se continuadamente, sempre com o mesmo aspecto. Na verdade, o terraço era circular, correndo uniformemente à volta da montanha.
30. De irmos por ela não havia jeito: observando que a amurada ao fundo era de mármore, e disposta perpendicularmente, o poeta percebeu, à primeira vista, que seria impossível ir por ali à parte superior do monte.
31. E co' arte tal gravada: a parede de mármore era repleta de obras de entalhe (que, como se verá a seguir, representavam exemplos de humildade). E tão maravilhosas eram tais obras (porque realizadas pela arte divina) que com elas não poderiam competir as de Policleto, o célebre escultor grego; e nem a própria Natureza seria capaz de produzir algo igual. Observe-se que, no Inferno (Canto XI, versos 97 e seguintes), Dante postulara à doutrina de que a Natureza, sendo criada por Deus, imita a arte divina, do mesmo modo que a arte humana, produto da Natureza, deve a esta imitar.
34. O Anjo que trouxe à terra o alto decreto: a primeira gravura, ali mostrada, referia-se à Anunciação a Maria, pelo Anjo Gabriel, da vinda de Cristo para a redenção dos homens. O antigo veto, quer dizer, a exclusão dos homens do Paraíso, após o pecado de Adão e Eva.

40 Julguei até que murmurava: Ave!,
porque também ali se via Aquela
que do supremo amor conduz a chave,

43 na face impressa esta legenda bela
— *Ecce ancilla Dei* — tão claramente,
como na cera a marca se chancela.

46 "Deixa aqui desprender-se a tua mente",
disse-me o mestre, que me acompanhava,
posto onde pulsa o coração à gente.

49 E, pois, volvendo a vista, eu divisava,
para além de Maria, e bem do lado
em que Virgílio junto a mim marchava,

52 novo quadro no mármore entalhado.
Rapidamente, ultrapassei meu guia,
por tê-lo, inteiro, aos olhos desvendado.

55 Na nívea pedra, nítida, se via
a carreta de bois, com a Arca Santa,
temor de quem da norma se desvia.

58 Atrás se congregava a gente — e quanta! —
em sete coros: e um dos meus sentidos
me insinuava Não, mas o outro Canta.

61 Por igual os vapores desprendidos
do incenso a arder punham-me a vista e o olfato
entre o ser e o não ser, ali, partidos.

41. Porque também ali se via Aquela: e, diante do Anjo Gabriel, estava, ali, a Virgem Maria...
44. *Ecce ancilla Dei*: eis a serva de Deus.
46. Deixa aqui desprender-se a tua mente: mas não deixes prender-se a tua mente à observação apenas deste quadro: há outros ainda, esculpidos aí, e dignos de tua atenção.
48. Posto onde pulsa o coração à gente: ao dizer-lhe as palavras acima, Virgílio caminhava à esquerda de Dante, naquele lado, portanto, em que pulsa nosso coração.
56. A carreta de bois, com a Arca Santa: o novo quadro, ali entalhado, representava a Arca Santa, quando levada a Jerusalém. Prevalecia a crença de que ninguém podia tocar impunemente aquele símbolo sagrado, a não ser os sacerdotes incumbidos de sua guarda. Apontava-se o exemplo de Oza, que caiu fulminado, porque, imaginando que a Arca se desequilibrara, e ia tombar, tentou ampará-la, imprudentemente.
59. E um dos meus sentidos me insinuava Não: tão real era a pintura, que o poeta supunha ouvir o canto das pessoas que se congregavam ali, formando os sete coros. Na verdade, as notas do canto não lhe chegavam ao ouvido: mas seus olhos enlevados, parecendo substituir o sentido da audição, induziam-no quase a ouvi-lo.
61. Por igual os vapores desprendidos: e também o fumo do incenso, cujas volutas ali se viam, punha em conflito a vista e o olfato. A perfeição do desenho quase fazia o poeta sentir o aroma do incenso, o qual, todavia, não podia realmente chegar-lhe.

64 A preceder o santo vaso, em ato
de dança, ia o salmista, humildemente;
e era menos e mais que um rei, de fato.

67 À sacada do paço, bem à frente,
Micol, tristonha, a cena contemplava,
o seu desdém mostrando, claramente.

70 Afastei-me do ponto onde me achava,
por observar de perto a nova história
que, adiante de Micol, se desenhava.

73 Nela contada estava a suma glória
do príncipe leal, cujo valor
moveu Gregório à esplêndida vitória.

76 Refiro-me a Trajano, o imperador,
e àquela viúva, que levava a mão
ao freio do corcel, imersa em dor.

79 Dos soldados em torno a multidão,
lanças ao alto, as águias suspendia,
inquietas, a flutuar à viração.

82 Em meio à pompa, a pobre parecia
dizer: "Vinga, Senhor, a morte fera
do filho meu, razão desta agonia".

85 E ele, então: "Até que eu volte, espera!"
"E se não voltas?", eis que respondeu,
como alguém a que a mágoa desespera.

88 E ele: "Fá-lo-á o que estiver onde eu
estou". E ela: "Ajuda o alheio bem,
acaso, a quem do próprio se esqueceu?"

---

65. Ia o salmista, humildemente: o salmista, o rei Davi, que dava naquele ensejo um grande exemplo de modéstia, dançando, pobremente vestido, à frente da Arca. E sua atitude, se era aparentemente indigna de sua condição de rei, tornava-o, pela humildade, maior que um rei.

68. Micol, tristonha, a cena contemplava: Micol, filha de Saul, e esposa de Davi. A humildade demonstrada pelo marido parecia desgostar à orgulhosa Micol, que, à distância, de um dos balcões do Palácio, assistia à cena.

73. Nela contada estava a suma glória: o novo quadro representava o exemplo de humildade (a suma glória), dado pelo Imperador Trajano. Acreditava-se, durante a Idade Média, que o Imperador, depois de morto e levado ao Inferno, foi, por intercessão de São Gregório, dali retirado e conduzido ao Paraíso. Não há dúvida de que esta teria sido a esplêndida vitória de Gregório, a que aqui se alude.

77. E àquela viúva, que levava a mão: quando Trajano, à frente de seus soldados, ia partir para a guerra, foi interceptado por uma pobre viúva, que, levando a mão ao freio de seu cavalo, reclamava justiça pelo assassinato de seu filho. E Trajano (foi esse o seu grande exemplo de humildade) aquiesceu em diferir sua partida, para cumprir antes, naquele caso aparentemente insignificante, o seu dever de Imperador.

"Em meio à pompa, a pobre parecia
dizer: 'Vinga, Senhor, a morte fera
do filho meu, razão desta agonia.'"
(Purg., X, 82/4)

PURGATÓRIO

91   "Vai tranquila", tornou-lhe, "pois convém
      que eu cumpra o meu dever: mais que a piedade,
      o zelo da justiça me retém".

94   O céu, que desconhece novidade,
      tais vozes engendrou certo inaudíveis
      e estranhas à habitual realidade.

97   Enquanto eu contemplava estes visíveis
      exemplos de humildade, que somente
      podia o seu autor fazer possíveis.

100   "Eis que dali aflui copiosa gente",
      ouvi dizer o poeta, "e ao passo lento,
      há de nos demonstrar o rumo à frente".

103   O meu olhar, a tudo em torno atento,
      sequioso de mais ver, para ele então
      se volveu, num ligeiro movimento.

106   Não se abata, leitor, tua intenção
      de retamente agir, vendo o rigor
      que preside à divina punição.

109   Não fiques na aparência só da dor:
      olha o depois! Vê que ela além do dia
      do Juízo não irá, pelo pior!

112   "O que ora observo ali", eu disse ao guia,
      "e vem chegando, não parece gente,
      na sua forma incerta e fugidia".

---

94. O céu, que desconhece novidade: o céu, isto é, a divina providência, Deus, para quem nada de novo pode existir, pois que é o princípio e a razão de tudo, é que, só ele, podia ter engendrado aquele falar das figuras entalhadas, o qual, na realidade, se ouvia vendo, e não escutando, de um modo totalmente estranho à realidade terrena.
99. Podia o seu autor fazer possíveis: o seu autor, a divindade, Deus.
103. O meu olhar, a tudo em torno atento: à palavra de Virgílio, Dante voltou imediatamente o olhar para o seu mestre, no desejo de observar a gente a que ele se referia.
109. Não fiques na aparência só da dor: a dor, o castigo. Não te deixes impressionar aqui, leitor, apenas com a dureza, a intensidade do castigo que ora vês, mas lembra-te, sobretudo, de que após o sofrimento virá a redenção. Não te esqueças de que, no Purgatório, as penas são transitórias, e, na pior das hipóteses, não irão além do dia do juízo final.

115 Respondeu-me: "O castigo deprimente
à terra tão curvados os inclina,
que não os vi, de início, claramente.

118 Com atenção repara, e descortina
que sob as pedras já ressaem braços,
batendo o peito, à usada disciplina".

121 Cristãos soberbos, míseros e lassos,
que cega à luz a mente conservais,
e julgais avançar, volvendo os passos!

124 Não entendeis que nós não somos mais
que vermes vis, dos quais a ninfa cresce,
por se elevar aos sumos tribunais?

127 Por que este orgulho, que vos intumesce,
se sois exatamente como o inseto,
que sua formação ainda padece?

130 E tal, às vezes, a suster um teto
vê-se de um corpo a cópia forcejar,
que, unindo o peito aos joelhos, no conspecto

133 algo suscita em nós do mal-estar
que o cremos afligir, posto inventado
— assim o bando vi, lento, achegar.

136 Um era menos, outro mais curvado,
segundo os fardos, neles, desiguais;
e dentre todos o mais conformado

139 parecia bradar: "Não posso mais!"

116. À terra tão curvados os inclina: as almas, no grupo que se aproximava, mantinham uma estranha posição, curvadas quase em arco, ao peso das enormes pedras que suportavam às costas. Era, como adiante se verá, o grupo dos soberbos e orgulhosos, cuja presença já explicava, por si só, aquelas obras de entalhe, ao fundo, figurando exemplos de humildade.
120. Batendo o peito, à usada disciplina: curvados sob o fardo (as pedras imensas), já se distinguiam os vultos dos soberbos, que batiam no peito, em ato de contrição, como usual no Purgatório.
123. E julgais avançar, volvendo os passos: e pensais avançar no rumo das glórias terrenas, quando na verdade, por vossa conduta, retrocedeis cegamente no caminho da virtude.
125. Que vermes vis, dos quais a ninfa cresce: o ser humano é comparado aos vermes, que engendram a borboleta, e a passagem pela vida à sua mutação na crisálida, e, finalmente, na borboleta (a angélica *farfalla*), a qual terá que se alçar um dia à presença de Deus para o inexorável julgamento.
130. E tal, às vezes, a suster um teto: para figurar, exatamente, a posição em que se encontravam as almas dos soberbos; sob os fardos, o poeta relembra aquelas obras de escultura por vezes usadas como pilar para sustentação de tetos e estrados. Os músculos se retesam, o tórax se curva profundamente no esforço por sustentar o imenso peso, e tais esculturas parecem produzir em nós a mesma impressão do mal-estar de que, embora fingido, as cremos possuídas.
136. Um era menos, outro mais curvado: no grupo uns estavam mais, outros menos curvados, segundo mais, ou menos, os oprimiam as pedras às costas, proporcionadas, em seu tamanho, à gravidade dos pecados de cada um, isto é, a intensidade de sua soberba e orgulho. E tanto era insuportável o seu sofrimento, que o mais conformado parecia gritar, em pranto: "Não aguento mais!"

CANTO XI

Com os soberbos e orgulhosos, no primeiro terraço do Purgatório, os poetas ouvem Humberto Aldobrandesco, sem, todavia, poderem identificá-lo em meio da turba curvada ao peso das imensas pedras. Mas Dante reconheceu ali o pintor miniaturista Oderísio de Gúbio, com quem se entreteve, e que lhe apontou Provenzano Salvani, líder gibelino de Siena e acérrimo inimigo dos Florentinos.

1   "Ó Padre Nosso, que nos céus estás,
    não circunscrito, mas pela imanência
    do primo amor que neles se perfaz,

4   louvados sejam o teu nome e a essência
    tua, pela Criatura, humildemente,
    como convém à suma onipotência.

7   Venha a nós de teu reino a paz, que à frente,
    para alcançá-la, se por si não vier,
    não é o nosso engenho suficiente.

10 Como os Anjos, que inteiro o seu querer
    a ti submetem, exclamando: Hosana!
    — assim devemos todos proceder.

13 Provê-nos da ração quotidiana,
    sem a qual não irá nesta subida
    mesmo quem, por fazê-lo, mais se afana.

16 Visto que nós a ofensa recebida
    perdoamos, possa a tua graça pia
    isentar-nos da falta cometida.

19 Nossa frágil virtude, fugidia,
    contra o inimigo guarda, contumaz,
    que do rumo do bem presto a desvia.

---

1. Ó Padre nosso, que nos céus estás: aqui (versos 1 a 24) se exprime uma paráfrase do Padre-Nosso. É uma prece entoada, em coro, pelas almas dos soberbos, carregados com os imensos fardos, no primeiro terraço do Purgatório; e, assim, o texto do Padre-Nosso aparece adaptado à sua condição.
13. Provê-nos da ração quotidiana: do pão nosso de cada dia... Aqui, para as almas sob o castigo, a graça a apressar a sua redenção.
14. Sem a qual não irá nesta subida: a subida do Monte do Purgatório, significando a marcha para a salvação.
19. Nossa frágil virtude, fugidia: o pedido, aqui, para preservar da tentação do demônio a virtude humana, já não é feito em intenção das almas elas mesmas, mas dos vivos, como se esclarece nos versos seguintes (22 a 24).

22 E o rogo aqui final, Senhor, se faz
    não já por nós, que somos trespassados,
    mas pelos que ficaram para trás".

25 Iam assim os vultos, encurvados
    — por nós e por si mesmos implorando —
    como no sonho os íncubos entrados,

28 na esplanada primeira caminhando,
    sob o peso dos fardos, variamente,
    a caligem do mundo eliminando.

31 Se ali se pensa em nós tão nobremente,
    o que daqui por eles operar
    não podem os que ao bem votam a mente,

34 ajudando-os as nódoas a apagar,
    por que, livres enfim da sujidade,
    se lhes descerre o páramo estelar?

37 "Que a justiça de Deus, sua piedade
    as asas vos libertem à revoada
    que vos conduza onde é vossa vontade!

40   Apontai-nos o rumo da escalada;
    e se existir mais de um para a passagem,
    que seja o que tiver mais suave a escada:

43 pois meu amigo, ao peso da roupagem
    da carne que do pai Adão lhe veio,
    somente a custo faz aqui a viagem".

46 Assim disse Virgílio, e eis que do meio
    das almas uma voz se ergueu, fluente,
    sem que eu pudesse ver de quem proveio:

27. Como no sonho os íncubos entrados: as almas curvadas sob os fardos são comparadas aos incubos num pesadelo.
28. Na esplanada primeira: ao longo do primeiro giro ou terraço iam os espíritos curvados sob os pedrouços que os oprimiam, e eram de tamanho e peso diversos, segundo o grau de intensidade de seu orgulho.
30. A caligem do mundo eliminando: e assim se purgavam do pecado do orgulho, que é comparado à caligem (la caligine del mondo), por lhes haver obscurecido a mente, cegando-os para a via da virtude.
31. Se ali se pensa em nós tão nobremente: o poeta considera que, se no Purgatório aquelas almas tanto se apiedam dos vivos, também deveriam estes voltar para elas sua atenção, ajudando-as, pela prece, a se salvarem mais rapidamente.
39. Que vos conduza onde é vossa vontade: que vos conduza ao Paraíso, por que ansiais.
43. Pois meu amigo, ao peso da roupagem: é Virgílio quem fala, e, pois, refere-se a Dante, que, por ser vivo, só com extrema dificuldade movia o peso de seu corpo montanha acima.

PURGATÓRIO

49 "Pela direita andai conosco, à frente,
e logo um trilho vos será mostrado,
à subida de um vivo conveniente.

52 E se eu não fosse do grão fardo obstado,
que à cerviz orgulhosa ora sustento,
e meu olhar mantém ao chão, forçado,

55 estaria o mortal fitando, atento,
por ver se o conheci, quando vivente,
e se se apieda do meu sofrimento.

58 Sou da Toscana, filho do eminente
Guilherme Aldobrandesco lá nascido;
não sei se o recordais, presentemente.

61 De minha grei o nome distinguido
ao sangue me infundiu um tal desplante,
que, da origem dos homens esquecido,

64 a todos desprezei, cego e arrogante.
Daí meu fim, que em Siena se murmura,
e em Campanhático inda o escuta o infante.

67 Sou Humberto, e a soberba não se apura
somente em mim, que a toda a minha gente
ao mal ela arrastou, flamante e dura.

70 Que a carga eu leve agora é conveniente,
até que Deus se dê por satisfeito
— fazendo, morto, o que não fiz, vivente."

73 Ouvindo-o, inclinei a face ao peito,
quando um dentre eles, não o que falava,
vi contorcer-se sob o fardo, a jeito

---

58. *Sou da Toscana*: o espírito que falava, e que Dante não pôde distinguir no meio dos outros (naturalmente porque, carregando um peso maior, estava mais inclinado) era o de Humberto Aldobrandesco (nominalmente referido no verso 67), fidalgo de Santafiora, perto de Siena, e assassinado em 1259 em Campanhático, por seus inimigos.
63. *Da origem dos homens esquecido*: pois que todos os homens têm uma origem comum, provindo dos primeiros pais (Adão e Eva), são essencialmente iguais. É este um pensamento de humildade, que se opõe naturalmente à soberba, à injustificada presunção de superioridade.
66. *E em Campanhático inda o escuta o infante*: a morte trágica de Humberto, pelas circunstâncias que a cercaram, deve ter produzido intensa comoção. Ocorrida em 1259, no ano de 1300 ainda se falava dela em Siena, e em Campanhático era narrada às crianças.
72. *Fazendo, morto, o que não fiz, vivente*: o fardo de pedra aos ombros dos soberbos era, sem dúvida, uma lição de humildade. Humberto praticava ali aquela lição, por não tê-lo feito quando vivo.

76 de quem me conhecera, e me chamava,
    sua vista mantendo um pouco alçada
    sobre mim, que por vê-lo me inclinava.

79 "Não és tu Oderísio, a inigualada
    glória de Agóbio", perguntei-lhe, "e da arte
    que iluminura é em Paris chamada?"

82 "Mais belas", disse, "irmão, de tudo à-parte,
    são as obras de Franco Bolonhês,
    que tem a glória mor, que não comparte.

85 Eu não fui, quando vivo, assim cortês,
    levado pela imensa presunção
    que me abrasava — como agora vês.

88 Recebo, com justiça, o meu quinhão;
    nem estaria aqui se na verdade
    não me voltara a Deus, numa oração.

91 Ó glória vã da humana faculdade!
    Quão pouco a vicejar nas cimas dura,
    se não se segue uma sombria idade!

94 Cimabue teve a palma na pintura,
    mas Giotto o sobrepuja agora à via,
    e fez tornar-se a sua fama obscura.

97 Assim, um Guido ao outro a primazia
    na língua arrebatou, e acaso é nado
    quem os expulsará do ninho um dia.

79. Não és tu Oderísio: Oderísio, de Gúbio, antigamente Agóbio, famoso pintor miniaturista, que Dante conheceu pessoalmente, e havia morrido pouco antes, em 1299.
82. Mais belas, disse, irmão, de tudo à-parte: à pergunta de Dante, Oderísio respondeu que mais belas que suas obras eram sem dúvida as de Franco Bolonhês. E, como isto, dava, a seu turno, um exemplo de humildade, de que não foi capaz enquanto vivo, pois seu imenso orgulho jamais lhe permitira ceder a outrem a primazia na arte e no talento.
90. Não me voltara a Deus, numa oração: o miniaturista Oderísio de Gúbio significa que tamanha foi, na terra, a sua soberba, que, certamente, em vez de ter subido ao terraço, ainda se encontraria embaixo, se não se tivesse voltado para Deus, em dado momento, arrependido.
91. Ó glória vã da humana faculdade: faculdade, engenho. Significa-se quão transitório e fugaz é o engenho humano, cujo brilho nunca perdura, e é logo substituído por outro, a não ser quando se segue um período de obscurantismo e esterilidade.
94. Cimabue teve a palma na pintura: e, assim, o grande pintor Cimabue, que foi o primeiro na sua arte, cedeu rapidamente o lugar a seu discípulo Giotto, que lhe obscureceu a fama.
97. Assim, um Guido ao outro a primazia: do mesmo modo, viu-se o poeta Guido Cavalcanti, de Florença, suplantar a Guido Guinizelli, de Bolonha, na glória literária. E, provavelmente, já teria nascido alguém a que ambos deveria ofuscar.

PURGATÓRIO

100 Pois que o rumor mundano festejado
um sopro é só do vento balouçante,
mudando o nome por mudar o lado.

103 Que restará de tua voz ressoante,
inda que vás à mais extrema idade
— e fora o mesmo que morrendo infante —

106 após mil anos, que, à eternidade,
são como um piscar de olhos comparado
do céu mais lento à rotatividade?

109 O que aí vai, a custo, embaraçado,
fez na Toscana ecoar o seu valor,
e mal em Siena é hoje mencionado,

112 de que foi na verdade o grão senhor,
ao jugular a fúria florentina,
soberba, então, e agora sem pudor.

115 A fama é como a relva na campina,
que ao mesmo sol que lhe dá cor e vida
logo se cresta, e como vem declina".

118 "Certo à humildade a tua voz convida,
e meu orgulho", eu disse "dissipou:
Mas quem é ele, à pena merecida?"

121 "É Provenzan Salvani, com quem vou",
tornou-me, "e que, movido da ambição,
com mão de ferro a Siena dominou.

---

100. Pois que o rumor mundano festejado: pois que a fama não é mais que um sopro dos ventos volúveis e inconstantes, que favorecem ora a este ora àquele, segundo batem daqui ou dali.
103. Que restará de tua voz ressoante: Oderísio relembra a Dante (provavelmente para incutir-lhe o sentimento de humildade) que daí a mil anos nada mais deveria restar de sua voz (de sua obra). Morrer ainda infante, ou chegar a uma idade extremamente avançada – pouca diferença fazia quanto a este aspecto. Mesmo o período de mil anos, a que quase nunca resiste a glória humana, não é mais, em relação à eternidade, que um piscar de olhos em relação ao movimento do céu que, entre todos, cumpre mais lentamente o seu giro (o primeiro dos nove céus, o céu da Lua).
109. O que aí vai a custo, embaraçado: Oderísio aponta a Dante uma alma que se movia logo à sua frente. Tratava-se de Provenzano Salvani, famoso líder gibelino de Siena, referido nominalmente no verso 121. Houve tempo em que seu nome ressoou por toda a Toscana, mas agora, mesmo em Siena, era escassamente lembrado.
113. Ao jugular a fúria florentina: Salvani infligiu aos Guelfos de Florença sangrenta derrota em Montaperti em 1260, o que fez ressoar seu nome em Siena e em toda a Toscana. Observe-se o desabafo de Dante em relação a Florença, notando que de orgulhosa que ela era então havia-se tornado despudorada (o poeta escrevia já banido de sua terra).

124 Há muito apresentou-se à purgação,
     justo ao morrer: com tal moeda agora
     o preço satisfaz da presunção!"

127 "Se a alma", indaguei, "que a se render demora
     até sentir a morte enfim chegada,
     não deve vir aqui, mas quedar fora,

130 se por prece eficaz não ajudada,
     por prazo ao da existência equivalente
     — como teve a acolhida abreviada?"

133 "Quando", tornou-me, "era ele mais potente,
     foi à praça de Siena se postar,
     reprimindo a vergonha, humildemente,

136 para a um de seus amigos resgatar,
     pelo rei Carlos à prisão levado;
     e o sangue a referver, pôs-se a esmolar.

139 Pareça embora o senso aqui velado,
     em breve os teus contigo de tal arte
     agirão, que o verás bem demonstrado.

142 Tal gesto o liberou da pena, em parte".

---

124. Há muito apresentou-se à purgação: significa-se que Provenzano Salvani se encontrava, ali, no primeiro terraço do Purgatório, desde o instante de sua morte, o que surpreendeu Dante (vejam-se os versos 127 a 132). Salvani tombou combatendo contra os Florentinos em Valdesá, em 1269.
129. Não deve vir aqui, mas quedar fora: Dante recorda a lição ouvida antes (Canto V, versos 130 a 135), segundo a qual as almas só convertidas no instante final deveriam, antes de subir, aguardar no Ante-Purgatório por um longo prazo. O poeta estranha, pois, que Salvani haja sido admitido imediatamente.
138. E o sangue a referver, pôs-se a esmolar: um notável ato de caridade havia intitulado Salvani à dispensa daquele estágio, que era, de fato, uma agravação da pena. Um amigo de Salvani, de nome Vigna, era mantido em prisão pelo rei Carlos I d'Anjou, que exigia por sua liberdade o resgate de dez mil florins. Para conseguir esta soma o orgulhoso Salvani começou a esmolar pelas ruas de Siena. E o fez, reprimindo a vergonha, mas não o sangue, que lhe subia às faces e lhe fazia tremer o pulso.
139. Pareça embora o senso aqui velado: Oderísio se escusa por relatar algo obscuramente o episódio. Mas o poeta poderia entendê-lo melhor, mais tarde, ante o tratamento que lhe iriam dispensar seus próprios conterrâneos (os Florentinos). Era, de fato, um augúrio do próximo exílio de Dante, que se veria, por sua vez, na contingência de ter que mendigar a estranhos o seu pão.
142. Tal gesto o liberou da pena, em parte: e foi esse gesto magnânimo de Salvani, despindo-se de seu orgulho, que lhe poupou a longa espera ao sopé da montanha, no Ante-Purgatório.

CANTO XII

Prosseguem os poetas a marcha ao longo da via circular em que se encontravam (o primeiro giro ou terraço), observando o piso onde estavam gravados desenhos representativos da soberba castigada. Surge, então, um Anjo que lhes indica a passagem para o terraço seguinte, na escalada do monte.

1   Como os bois sob o jugo, lado a lado,
    íamos, eu e a sombra à carga opressa,
    quando pelo meu mestre fui chamado:

4   "Sigamos!" disse: "De escutá-lo cessa!
    Convém usarmos remo e vela agora,
    nosso barco impelindo mais depressa!"

7   Desencurvei-me, alçando o busto, embora
    ainda conservasse o pensamento
    abatido e confuso àquela hora.

10 Começando a mover-me, em seguimento
    do vulto de Virgílio, vi, então,
    que era mais livre o nosso movimento.

13 "Dirige", aconselhou-me, "o olhar ao chão;
    e poderás a marcha suavizar,
    fitando o piso em que teus passos vão."

16 E qual na terra é costumeiro ornar
    de figuras as tumbas, para, à frente,
    a memória dos mortos preservar,

---

1. Como os bois sob o jugo, lado a lado: Dante ainda caminhava ao lado de Oderísio de Gúbio, que lhe falara longamente sobre a precariedade da glória. Para ouvi-lo, avançava par a par com ele, na mesma postura encurvada, como os bois jungidos.
12. Que era mais livre o nosso movimento: quando, atendendo ao chamado de Virgílio, se havia posto de pé e retomado a marcha em seguimento de seu mestre, Dante observou que os passos de ambos eram agora mais rápidos, soltos e desimpedidos.
15. Fitando o piso em que teus passos vão: Virgílio aconselhou Dante a fitar o solo, para fazer mais suave a sua marcha: é que também ao longo do piso se viam muitas gravações e desenhos, representando exemplos de soberba castigada.
16. E qual na terra é costumeiro ornar: referência ao hábito de se inscrever nos túmulos figuras e legendas, para recordar o nome, a personalidade e as ações dos mortos.

"Como os bois sob o jugo, lado a lado,
íamos, eu e a sombra à carga opressa,
quando pelo meu mestre fui chamado."
(Purg., XII, 1/3)

PURGATÓRIO

19   em torno às quais aflui, em pranto, a gente,
     tocada pela mágoa da lembrança,
     a lamentar os seus, piedosamente

22   — assim eu via, e com mor semelhança,
     por ser obra divina, o piso ornado
     ao longo da orla que do monte avança.

25   Vi o ser mais gentil que foi criado,
     quando banido do glorioso céu,
     como um raio tombando, ali ao lado.

28   Vi, bem próximo dele, Briareu,
     por um dardo varado, que jazia
     no solo, onde seu corpo se abateu.

31   Vi, rodeando o pai, que os conduzia,
     Palas, Marte e Timbreu, sob a armadura,
     entre os Gigantes mortos na porfia.

34   Vi Ninrode, a observar a grã factura,
     meio perdido, e em Senaar a gente
     que a soberba provou, amarga e dura.

37   Ó Níobe, que eu vi, doridamente,
     em meio de teus filhos figurada,
     sete mais sete, mortos de repente!

---

22. Assim eu via, e com mor semelhança: do mesmo modo, eu vi muitos desenhos gravados no piso, ali, e certamente mais verazes que os das sepulturas terrenas, porque realizados pelo Sumo Artífice.
24. Ao longo da orla que do monte avança: por toda a extensão do piso, que ressaía da escarpa e se prolongava em torno dela, formando o primeiro giro ou terraço do Purgatório.
25. Vi o ser mais gentil que foi criado: Lúcifer, que, segundo a tradição, era o mais belo dos Anjos, e ali já figurava no momento de sua expulsão do Paraíso.
Dante emprega, a partir daqui (versos 25 a 60), doze tercetos para descrever doze exemplos de soberba castigada. Os quatro primeiros tercetos se iniciam com a palavra Vedea; os quatro seguintes, com o vocativo O; e os quatro restantes com a palavra Mostrava. E, no terceto subsequente (versos 61 a 63), inicia cada verso com as mesmas palavras; Vedea, O, Mostrava. Um artifício comum na poética do tempo.
28. Vi, bem próximo dele, Briareu: ao lado da representação da queda de Lúcifer, estava a de Briareu, segundo a lenda o maior dos Gigantes, dotado de cem braços. Briareu participou da guerra movida pelos Gigantes da terra contra os Deuses do Olimpo, e foi por estes fulminado.
31. Vi, rodeando o pai, que o conduzia: em torno de Júpiter ou Jove (o pai) estavam Palas, Marte e Apolo (Timbreu), ainda revestidos de suas armas, e contemplando os corpos, dos Gigantes mortos na batalha.
34. Vi Ninrode, a observar a grã factura: Ninrode, cuja soberba o levou a erguer a Torre de Babel, na planície de Senaar. Ante o castigo celeste, que confundiu a língua dos operários da imensa obra, entrou em estado de alheamento e alucinação. A grã factura: a Torre.
37. Ó Níobe, que eu vi, doridamente: segundo a mitologia, Níobe, orgulhosa de ser mãe de catorze filhos (sete homens e sete mulheres), menoscabou a Latona, mãe de apenas dois, Apolo e Diana. Mas estes, por vingar a mãe, mataram os catorze filhos de Níobe.

"Ó Aracne, que eu via, por sinal,
em mutação, ao pé da tecelagem,
que belamente urdiste, e foi teu mal!"

(Purg., XII, 43/5)

40 Ó Saul, que de encontro à própria espada
marchaste em Gelboé, sítio fatal,
da chuva abandonado e da orvalhada!

43 Ó Aracne, que eu via, por sinal,
em mutação, ao pé da tecelagem,
que belamente urdiste, e foi teu mal!

46 Ó Roboão, ali a tua imagem
não ressumava o antigo atrevimento,
mas só pavor, às pressas, na carruagem!

49 Mostrava ainda o rude pavimento
como Almeone à mãe tornou dolente
o cobiçado e trágico ornamento.

52 Mostrava como os filhos, de repente,
em pleno templo, deram, da ira ao fogo,
ao pai Senacheribe um fim pungente.

55 Mostrava, em meio à ruína, o desafogo
de Tamires a Ciro aprisionado:
"Quiseste sangue, e em sangue, pois, te afogo!"

58 Mostrava o rei assírio derrotado,
morto Holofernes, indo à retirada
mais os restos do corpo mutilado.

61 Vi Troia em lixo e cinzas transformada!
Ó pobre Ilión, como abatida e vil
mostrava tua glória ali a estrada!

---

40. Ó Saul, que de encontro à própria espada: Saul, de Israel, ao ser derrotado pelos Filisteus, sem que pudesse, em seu orgulho, suportar a adversidade, traspassou-se de sua própria espada, no monte Gelboé. Davi amaldiçoou, então, Gelboé, para que jamais caíssem ali a chuva ou o orvalho, transformando o monte num sítio fatal: Montes Gelboé, *nec ros nec pluvia veniant super vos*.
43. Ó Aracne, que eu via, por sinal: Aracne, hábil tecelã, tendo pretendido ultrapassar na excelência de sua arte a Minerva, foi por esta transformada em aranha.
46. Ó Roboão, ali a tua imagem: por livrar-se das ameaças e maus tratos, que lhes eram infligidos, as tribos de Síquem levantaram-se contra Roboão, filho de Salomão, o qual, aterrorizado, fugiu num carro.
50. Como Almeone à mãe tornou dolente: Erifile, esposa de Anfiarau, revelou a Polinice o esconderijo de seu marido, recebendo, por isso, um valioso colar. Seu próprio filho, entretanto, Almeone, matou-a, para castigar sua traição.
52. Mostrava como os filhos, de repente: Senacheribe, rei dos Assírios, promoveu o cerco de Jerusalém, mas foi ali completamente batido. Regressando a Nínive, e quando orava num templo, tombou assassinado por seus próprios filhos, que não lhe perdoavam a derrota.
55. Mostrava, em meio à ruína, o desafogo de Tamires: Tamires, rainha dos Scitas, venceu a Oro, rei dos Persas (tio do outro Ciro, que se ia tornar famoso sob o cognome de o Conquistador), e, aprisionando-o, fez-lhe cortar a cabeça, imergindo-a numa bacia cheia de sangue.
58. Mostrava o rei assírio derrotado: os Assírios, tendo à frente o seu rei, moveram-se à retirada, em Israel, depois que Judite matou Holofernes, que lhes comandava as tropas. Via-se, também, ali, o corpo mutilado de Holofernes.
63. Mostrava tua glória ali a estrada: e como a gravação, no piso do terraço, mostrava baixa e vil a condição de Troia, outrora gloriosa e soberba, após sua destruição pelos Gregos!

64 Que mestre do pincel ou do buril
    capaz seria de um lavor igual,
    maravilhando o engenho mais sutil?

67 O morto é morto, o vivo é como tal:
    quem viu o fato verdadeiro, mais
    do que eu não o viu, nem tão real.

70 Ó filhos de Eva, que à soberba inflais,
    seguindo, sem curvardes nunca a fronte
    por não verdes a senda em que pisais!

73 Da altitude do sol sobre o horizonte
    não dera conta ali meu pensamento,
    e nem da caminhada em torno ao monte,

76 quando meu guia me bradou, atento:
    "Ergue a cabeça, e à frente a vista assesta!
    Esquece o vão temor, o desalento!

79 Vê o Anjo, luminoso, que se apresta
    por vir a nós! E vê como já torna,
    operária do dia, a serva sexta!

82 De gentileza a face e o gesto adorna,
    por que aquiesça o rumo a nos mostrar:
    Lembra que o dia passa, e não retorna!"

85 Tantas vezes o usado admoestar
    sobre o tempo eu lhe ouvira, que, naquela
    hora, não me era cluso o seu falar.

88 Marchava para nós a visão bela,
    na clara veste, e tendo o olhar fulgente
    a cintilar, qual matutina estrela.

67. O morto é morto, o vivo é como tal: tanta era a perfeição das imagens gravadas no piso que, nelas, os mortos estavam realmente mortos e os vivos realmente vivos. E por isso pôde o poeta dizer que mesmo os que presenciaram tais fatos não os viram mais distintamente do que ele os via, seguindo, ali, curvado, o olhar fixo no chão.

73. Da altitude do sol sobre o horizonte: tão absorto ia o poeta contemplando aqueles quadros, que não percebeu quanto o sol se elevara no horizonte, e nem imaginava a extensão da marcha que haviam realizado no terraço.

81. Operária do dia, a serva sexta: Virgílio é que lhe chamou a atenção para o tempo transcorrido, observando que a serva sexta já tornava ao serviço do dia, isto é, que já era meio-dia. Na divisão do tempo, então adotada, a chamada hora sexta indicava o meio-dia.

84. Lembra que o dia passa, e não retorna: já que o tempo vai e não retorna, é necessário acelerar a marcha para atingirmos nosso objetivo. A oportunidade não deve ser perdida, e sim aproveitada, pois como o tempo ela não volverá — eis, em suma, o conselho de Virgílio a Dante.

85. Tantas vezes o usado admoestar: Dante estava acostumado à constante preocupação de seu companheiro com o tempo, desde que haviam iniciado a viagem. Por isto, as palavras de Virgílio, embora veladas, eram claras para ele.

91   Abrindo asas e braços, juntamente,
        "Vinde", falou, "que fica perto a escada,
        por onde continuar ao alto e à frente.

94   Somente a alguns ela é, por Deus, franqueada:
        — Ó gente humana, para o voo nascida,
        mas que de um sopro vai aniquilada!"

97   Levou-nos onde a penha era rompida;
        e roçando a asa tensa à minha fronte,
        tranquilizou-me, à voz, para a subida.

100   Como, à direita, ao cimo indo do monte,
        onde o templo se vê que, sobranceiro,
        domina a bem regida, em Rubaconte,

103   por tornar praticável o carreiro
        foi uma escada feita, outrora, quando
        o livro era fiel e o peso inteiro.

106   Eu via ali a senda se elevando,
        estreita tanto, e rude, a serpejar,
        que só a muito custo a fui galgando.

109   Já quase no alto, súbito, cantar
        Pauperes beati spiritu ouvia,
        em tom que não me atrevo a figurar.

112   Quão diverso do inferno era o que eu via:
        vai-se no monte sob um doce canto,
        mas sob o pranto lá, sob a agonia.

---

94. *Somente a alguns ela é, por Deus, franqueada*: o anjo significa que só alguns têm acesso àquela escada, porque a maioria das pessoas, dada a fragilidade da condição humana, marcha de preferência à danação do que à salvação.
98. *E roçando a asa tensa à minha fronte*: o anjo, ao tocar com a ponta da asa a fronte de Dante, na verdade lhe apaga o primeiro dos PP nela gravados embaixo (Canto IX, versos 112 a 114). O primeiro P era relativo ao pecado da soberba. O poeta, entretanto, não se apercebeu do fato, só vindo a sabê-lo mais tarde, como adiante se verá.
100. *Como, à direita, ao cimo indo do monte*: a via para ascender ao segundo terraço lembrava ao poeta a escada que antigamente se construíra em Florença, na colina de San Miniato, que domina a ponte de Rubaconte, para dar acesso à igreja erguida no alto.
102. *Domina a bem regida, em Rubaconte*: pela bem regida, Dante designa, sarcasticamente, Florença, sua terra.
105. *O livro era fiel e o peso inteiro*: com esta alusão às fraudes que haviam ocorrido por aqueles tempos em Florença (a adulteração de livros públicos e o emprego de medidas viciadas, no comércio), o poeta significa que a ponte fora construída em época bem antiga, quando a corrupção ainda não havia invadido a cidade.
111. *Em tom que não me atrevo a figurar*: o canto que o poeta ouviu, já quase ao topo da escada, era tão suave o seu dulçor não poderia ser figurado com palavras.

115 Quanto mais eu galgava o topo santo,
    mais o caminho se fazia suave:
    nem na planura, embaixo, o fora tanto.

118 "Mestre", eu disse, "parece que algo grave
    de mim se desprendeu, e sem cansaço,
    já não sinto no andar qualquer entrave".

121 "Quando de cada P", tornou-me, "o traço
    que à fronte levas te for cancelado,
    como o primeiro já, de espaço a espaço,

124 será o passo teu aligeirado;
    e irás, mais solto o corpo e livre a mente,
    pelo prazer do curso inebriado".

127 A jeito, então, dos que, distraidamente,
    tendo à cabeça algo de estranho, vão,
    mas aos sinais que lhes dirige a gente,

130 passam, por descobri-lo, ali, a mão,
    de um lado e de outro, trêmula, apressada,
    sem se servir poderem da visão;

133 assim, levei à fronte a destra alçada,
    e seis letras das sete achei, por fim,
    da marca, embaixo, nela desenhada:

136 E o mestre, a olhar, sorria para mim.

---

118. Mestre, eu disse, parece que algo grave: grave, isto é, pesado. O poeta sentia-se como que liberto do peso, que antes lhe tolhia a marcha, e, assim, ia-se locomovendo com muito mais facilidade.
123. Como o primeiro já, de espaço a espaço: dos sete PP gravados pelo Anjo porteiro à fronte do poeta, representativos dos sete pecados capitais (Canto IX, versos 112 a 114), já o primeiro havia sido cancelado (verso 98). As marcas deveriam ser apagadas; a uma e uma, e, à medida em que o fossem, mais liberta e fácil se tornaria a marcha. À informação de Virgílio, Dante se mostrou surpreso.
127. A jeito então dos que, distraidamente: para exprimir sua reação ao ser informado de que uma das marcas lhe fora apagada na testa, o poeta figura o símil de alguém que vai pela rua tendo à cabeça, sem o perceber, algo de estranho, um trapo, uma pena, coisa assim; e, alertado aos sinais dos passantes, leva confuso a mão à cabeça, por verificar de que se trata.
136. E o mestre, a olhar, sorria para mim: observando o embaraço, meio cômico, de seu companheiro, Virgílio sorriu, naturalmente.

CANTO XIII

No segundo terraço, divisam os dois poetas as almas dos que, em vida, foram dominados pela inveja. Estavam recostados à amurada interna, e tinham as pálpebras costuradas por fios de ferro, que as cerravam e lhes impediam totalmente a visão. Dante fala com uma dama de Siena, Sapia, da importante família Salvani.

1   Atingíramos o ápice da escada,
    onde mais uma vez se retraía
    o monte, a que a alma vai por ser lavada.

4   Em torno um grão terraço se estendia,
    no jeito e na estrutura ao outro igual,
    só que seu arco um pouco se encolhia.

7   Vulto não se avistava, nem sinal;
    confundiam-se o muro e o piso além
    na cor da pedra lívida e neutral.

10 "Se aqui ficarmos a esperar alguém
    que nos oriente", o poeta murmurou,
    "deter-nos-emos mais do que convém."

13 O seu olhar, então, ao sol levou,
    e o destro pé firmando, como a um centro,
    o flanco esquerdo súbito girou:

16 "Ó luz, a cujo influxo", disse, "adentro
    esta ignorada e misteriosa via,
    desvenda-nos o rumo aqui por dentro!

---

1. *Atingíramos o ápice da escada:* uma trilha íngreme e estreita, à feição de uma escada, levava do primeiro ao segundo terraço. Galgando esta vereda, os poetas se encontraram, pois, em um novo piso circular, formado, como o anterior, por uma espécie de retração do monte.
6. *Só que seu arco um pouco se encolhia:* à medida em que se galgava o monte, os terraços formados pelas retrações sucessivas descreviam, cada um, em torno à penha, um círculo menor do que o anterior; e, por isto, o arco apresentado pelo círculo do segundo terraço era menor que o do primeiro.
7. *Vulto não se avistava, nem sinal:* ao contrário do primeiro terraço, de que o muro ao fundo e o piso estavam ornados com muitos quadros e figuras, aqui não se via nada. Tanto o muro quanto o piso se confundiam na mesma cor triste e acinzentada das pedras.
14. *E O destro pé firmando, como a um centro:* firmando-se no pé direito, Virgílio girou o seu flanco esquerdo. Quer dizer, voltou-se à direita, para ficar de frente para o sol.

19   Pois que o mundo iluminas dia a dia,
     se razão mais potente não o impede
     sê para nós o costumeiro guia!"

22   Distância igual à que entre nós se mede
     por uma milha fôramos, a andar,
     que ao tempo às vezes a vontade excede,

25   quando algo percebemos a revoar,
     que não vimos o que era, mas, falando,
     parecia à bondade convocar.

28   A voz primeira que passou, voando
     "*Vinum non habent*" disse, claramente,
     e o repetiu, como se fora ecoando.

31   Antes que se apagasse totalmente,
     uma segunda veio ao nosso ouvido:
     "Eu sou Orestes!" — e diluiu-se à frente.

34   "Que é isto, mestre?", eu disse, surpreendido.
     E mal o interrogara, eis que a terceira
     "Ama", bradou, "a quem te haja ofendido!"

37   E meu bom guia: "Aqui se pune inteira
     da inveja a culpa, e pois é natural
     que do amor os flagele a voz ligeira.

40   Com seu contrário se detém o mal:
     Seguirás escutando este concerto,
     até ao passo do perdão final.

---

22. Distância igual à que entre nós se mede: entre nós, significa na terra, no mundo dos vivos. Os poetas haviam, então, avançado sobre o terraço um trecho equivalente ao que na terra se estima por uma milha (ou mil passos). E fizeram-no com muito maior rapidez do que se podia esperar em tempo tão exíguo, levados naturalmente pela sua imensa vontade de progredir no trajeto.
27. Parecia à bondade convocar: por cima voavam espíritos angélicos, que os poetas, entretanto, não lograram avistar. Mas ouviam suas palavras que lembravam exemplos ou episódios de bondade, caridade e altruísmo, certamente apropriados àquele sítio em que penavam os invejosos.
29. *Vinum non habent*: "Eles não têm vinho", palavras ditas por Maria a Jesus, que, então, operou o milagre da transformação da água em vinho, nas bodas de Caná.
33. Eu sou Orestes!: grande exemplo de altruísmo, quando Pílades apresentou-se como sendo seu amigo Orestes, que fora condenado à morte. Pílades não recuou ante o extremo sacrifício, para salvar a vida do amigo.
36. Ama, bradou, a quem te haja ofendido: alusão ao ensinamento de Cristo: "Amai os vossos inimigos".
37. Aqui se pune inteira da inveja a culpa: Virgílio explica a Dante que o segundo terraço era destinado à punição dos invejosos, e assim convinha que os mesmos fossem flagelados ouvindo aqueles incitamentos à bondade e ao altruísmo. O mal se elimina pelo seu contrário.
41. Seguirás escutando este concerto: Virgílio adverte a Dante de que deverá seguir escutando tais vozes até atingir o passo do perdão, isto é, a trilha ou escada que os levaria ao próximo terraço, o terceiro (local onde, também, o Anjo lhe iria cancelar da testa o segundo P).

PURGATÓRIO

43 Conserva, entanto, teu olhar desperto,
    e almas verás sujeitas ao tormento,
    amparadas à rocha, ao fundo, perto".

46 Permaneci, mais do que nunca, atento;
    e gente divisei, envolta em mantos
    da mesma cor do muro e pavimento.

49 Não demorou que a ouvisse, pelos cantos,
    gritar, aflita: "Orai por nós, Maria!";
    e mais: "Pedro, Miguel, Todos-os-Santos!"

52 Não creio que na terra se acharia
    alguém tão duro por não ser movido
    de compaixão pelo que ali se via.

55 Quanto a mim, mal me fui a eles reunido,
    encontrando-os na angústia mergulhados,
    não pude o pranto reprimir dorido.

58 De cilícios humílimos velados,
    sustinham-se às espáduas mutuamente,
    à amurada do fundo reclinados.

61 Estavam como os cegos, quando à frente
    vêm do templo esmolar, na usada cena,
    e a fronte um sobre a do outro inclina, rente,

64 por melhor despertar a alheia pena,
    não só à voz, mas à visão também
    de sua inópia, ali, presente e plena.

67 E como a luz do sol já lhes não vem,
    assim às sombras tristes recostadas
    não se mostrava a que do céu provém,

70 Viam-se-lhes as pálpebras baixadas
    por um fio de ferro, tal a trava
    posta aos olhos das aves não domadas.

67. E como a luz do sol já lhes não vem: e, do mesmo modo como aos cegos, esmolando à porta das igrejas, não chega a luz do sol, assim aquelas almas recostadas à rocha, ao fundo, nada podiam ver. Na realidade, tinham as pálpebras costuradas a arame, como se explica nos versos seguintes.
71. Tal a trava posta aos olhos das aves: aquela gente, com as pálpebras costuradas a arame, e que nada podia enxergar, fazia lembrar o processo empregado pelos falcoeiros para amestrar os falcões apanhados bravios. Consistia tal processo em vendar os olhos às aves, usando finíssimos fios metálicos.

"Estavam como os cegos, quando à frente
vêm do templo esmolar, na usada cena,
e a fronte um sobre a do outro inclina, rente (...)"
(Purg., XIII, 61/3)

73 De certa forma indigno eu me julgava,
   estando a olhá-los, sem ser percebido;
   volvi-me, pois, ao sábio que me guiava.

76 O meu silêncio foi presto entendido:
   antes que eu lhe narrasse o que ocorria,
   "Fala-lhes", disse, "breve e decidido".

79 Virgílio ia comigo sobre a via
   da parte em que é possível resvalar,
   porque nenhum respaldo a guarnecia.

82 Do lado oposto estavam, a implorar,
   as almas, a que a insólita sutura
   fazia o pranto mais extravasar.

85 "Ó gente", eu comecei, "ora segura
   de irdes um dia à alta benemerência,
   de que o desejo vosso não descura,

88 possa a graça limpar-vos a consciência,
   a fim de que, como um preclaro veio,
   flua por ela a vera Inteligência!

91 Dizei-me, por favor, se em vosso meio
   não há alguém de estípite latina;
   talvez lhe seja bom que eu saiba, creio."

94 "Uma só pátria aqui nos determina;
   mas não queres de uma alma perguntar
   que haja andado na Itália peregrina?"

97 Esta voz parecia dimanar
   de um ponto além daquele onde eu me achava;
   e, pois, mais me adiantei, por escutar.

73. De certa forma indigno eu me julgava: ficar a observar outras pessoas, sem que estas sejam alertadas sobre a presença do observador, constitui ato moralmente indigno, demonstrativo de baixeza de caráter. O sentimento cavalheiresco do poeta perturbou-se, assim, ante aquela situação. E, pois, Dante voltou-se, imediatamente, para Virgílio, como a pedir um conselho.
82. Do lado oposto estavam, a implorar: enquanto os poetas caminhavam à orla externa do terraço, viam-se, pouco adiante, ao fundo, as almas que, em seu martírio, invocavam a proteção dos santos, como descrito nos versos 50 e 51.
90. Flua por ela a vera Inteligência: a vera Inteligência, o pleno conhecimento de Deus, só possível na salvação. O poeta exprime o voto de que a graça depure enfim aquelas almas de seus pecados, para que em sua consciência possa fluir, como um rio, o pleno conhecimento da divindade.
93. Talvez lhe seja bom que eu saiba, creio: ao indagar daqueles espíritos se, entre eles, não havia algum que fosse latino, isto é, italiano, Dante acentua que disso poderia advir algum proveito para o mesmo espírito. Tentava, assim, incliná-los a se manifestarem, sabido que as almas no Purgatório anseiam pelas preces que possam abreviar sua salvação.
94. Uma só pátria aqui nos determina: ali não havia propriamente que cogitar das pátrias terrenas, pois a pátria comum era o céu. Com esta explicação, um dos espíritos retifica, de certo modo, interpretando-a, a pergunta formulada pelo poeta.

"Vi alguém, entre os vultos, que mostrava
o jeito de esperar, seguramente,
e, como um cego, o rosto levantava."

(Purg., XIII, 100/2)

PURGATÓRIO

100   Vi alguém, entre os vultos, que mostrava
       o jeito de esperar, seguramente,
       e, como um cego, o rosto levantava.

103   "Ó alma", eu disse, "ansiosa e penitente,
       que ora me respondeste com lhaneza,
       fala de tua terra e tua gente!"

106   Tornou-me: "Na verdade, eu fui Senêsa,
       e aqui estou purgando a inveja fria,
       até que a Deus apraza, com certeza.

109   Não fui sábia, apesar de que Sapia
       fosse o meu nome — e só perante os danos
       de outrem feliz na teria eu me sentia.

112   Algo dos atos meus ouvindo, insanos,
       verás como me fiz, decerto, indina,
       ao declinar o curso dos meus anos.

115   Saíram os Senêses à Colina,
       em crua luta, e a Deus eu implorava
       o que já estava posto em sua sina.

118   Aniquilados, nada me alegrava
       mais que vê-los na fuga desatada,
       perseguidos, de perto, à fúria brava.

121   Aos céus ergui, então, a face ousada,
       exclamando: 'Já não vos temo mais'
       como o melro, ao julgar finda a nevada.

124   Volvi-me a Deus nos dias meus finais;
       e minha penitência, certamente,
       não fora abreviada aqui jamais,

---

106. *Na verdade, eu fui Senêsa*: Sapia Salvani, ilustre dama de Siena, notória por sua inveja.
109. *Não fui sábia, apesar de que Sapia*: verifica-se aqui, no original, um jogo de palavras, dissimulando uma ironia. Sapía, o nome da dama Senêsa, soava como a voz latina que significa sábia.
115. *Saíram os Senêses à Colina*: Sapia havia-se retirado de Siena para a Colina de Valdesá, sítio em que se verificou, em 1269, furiosa batalha em que os Florentinos derrotaram os Senêses. Sapia afirma ter-se rejubilado ante a derrota de seus conterrâneos; na verdade, chegara a pedir a Deus que este fato se verificasse, sem imaginar que era isso, exatamente, o que já estava posto pela Providência.
123. *Como o melro, ao julgar finda a nevada*: a imensa presunção de Sapia de que a derrota de seus conterrâneos Senêses se devia à força de seus pensamentos de vingança é comparada, pitorescamente, à ilusão do melro, que, tomando pela chegada da primavera um passageiro sinal de bom tempo, julga extinta a nevada, e se arrisca imprudentemente ao voo.
124. *Volvi-me a Deus nos dias meus finais*: e porque Sapia de Siena só se reconciliou com Deus ao final de sua vida, ainda estaria certamente aguardando no Ante-Purgatório o prazo para subir, se de sua alma não se houvesse condoído o santo eremita Pier Pettinaio, recomendando-a em suas orações.

127   se de Pier Pettinaio a alma clemente
       de mim não se condoesse, ao céu orando
       por minha salvação, bondosamente.

130   Mas tu quem és, que surges caminhando,
       perto de nós, com olhos desvendados,
       ao que suponho, e falas, respirando?"

133   "Os meus terei também aqui cerrados,
       mas pouco", eu disse, "pois só por momentos
       os tive pela inveja dominados.

136   Mais me confrangem a alma os sofrimentos
       do terraço anterior, que a medo vi,
       qual se à carga eu já fosse, a passos lentos".

139   Perguntou-me: "Mas quem te trouxe aqui,
       que intentas retornar ao rumo antigo?"
       "Aquele", eu disse, "que se posta ali.

142   Ainda na vida estou, ora eu te digo;
       e se o quiseres, posso, na verdade,
       mover por ti na terra um rogo amigo".

145   "Trazes-me portentosa novidade,
       sinal seguro do favor de Deus;
       pois que me valha, então, tua bondade.

148   Pelo que mais anseias sob os céus,
       se voltares à terra da Toscana,
       minha memória limpa junto aos meus.

151   Achá-los-ás em meio à gente insana
       que tenta o Talamone, como dantes
       tentou inutilmente achar a Diana;

154   até que afundem nele os Almirantes".

---

133. Os meus terei também aqui cerrados: Dante informa a Sapia que também ele irá ter ali os seus olhos vendados a fio de arame, mas espera que o seja por pouco tempo, pois tinha consciência de que sua vista não havia sido movida pela inveja senão muito raramente.
136. Mais me confrangem a alma os sofrimentos: e se o poeta não manifestava temor pelo castigo do segundo terraço (o dos invejosos), manifestava-o, porém, pelos tormentos infligidos aos soberbos no primeiro terraço — sinal de que reconheceria haver incorrido muito mais no pecado do orgulho que no da inveja.
144. Mover por ti na terra um rogo amigo: o poeta promete interceder na terra junto a alguém para que ore pela alma de Sapia.
151. Acha-los-ás em meio à gente insana: em Siena, cujos habitantes eram pelo poeta considerados desassisados, frívolos e inconsequentes. E tanto que se achavam empolgados pela temerária empresa de construir em Talamone um porto que lhes conferisse grande poder marítimo, do mesmo modo que se haviam lançado antes à fantástica tarefa de encontrar a Diana, uma torrente subterrânea que, supunham, fluía sob a cidade.
154. Até que afundem nele os Almirantes: a perda maior, na louca empresa do Talamone, deveria ser logicamente dos futuros Almirantes de Siena, que já sonhavam com a supremacia marítima.

CANTO XIV

 Entre os invejosos (ainda no segundo terraço) Dante é interrogado por dois espíritos que ali se postavam, com os olhos costurados a fio de arame. Um deles, Guido del Duca, descreve ao outro, Rinieri de Cálboli, em palavras candentes, a triste situação da Toscana, e lhe fala, igualmente, da decadência e corrupção em que imergira sua própria pátria, a Romanha.

1 "Este quem é, que nos visita a serra,
  antes de pô-lo a morte no caminho,
  e os olhos abre quando quer, e os cerra?"

4 "Não sei, mas penso não estar sozinho:
  Aborda-o, que se move de teu lado;
  e, por que fale, acolhe-o com carinho."

7 Duas sombras eu vi, que em tom velado
  destarte se entretinham, à direita;
  e uma me interrogou, o rosto alçado:

10 "Ó alma ao corpo antigo inda sujeita,
  que em demanda do céu vais por teus pés,
  deixa enfim nossa dúvida desfeita:

13 Dize-nos de onde vens e quem tu és;
  pois que nos maravilha uma tal graça,
  antes não vista aqui, mais do que crês".

16 "A meio da Toscana um rio passa,
  que lá de Falterona", eu disse, "escoa,
  e cem milhas ou mais no curso abraça.

---

1. Este quem é, que nos visita a serra: descreve-se o breve diálogo de dois invejosos ali, ambos romanheses. Quem fala primeiro é Guido del Duca (mencionado nominalmente no verso 81), de Bertinoro; e quem responde é Rinieri de Cálboli (mencionado nominalmente no verso 88), de Forli. Admiram-se da vinda de Dante, vivo, ao Purgatório. Embora tendo, como todos no segundo terraço, os olhos costurados a fio de arame, ouviram a declaração que o poeta acabara de fazer a Sapia, a dama Senêsa (Canto precedente, verso 142), de que estava vivo.
12. Deixa enfim nossa dúvida desfeita: os dois espíritos mostravam-se naturalmente curiosos de saber porque um homem vivo estava ali, percorrendo o Purgatório.
17. Que lá de Falterona, eu disse, escoa: à pergunta de Guido del Duca sobre seu nome e procedência, Dante respondeu, aludindo, numa perífrase, e sem nomeá-lo explicitamente, ao rio Arno, que nasce no Apenino, mais precisamente no monte Falterona, divide a Toscana ao meio, e banha Florença.

19   Revesti, junto ao mesmo, esta pessoa;
       meu nome vos seria indiferente,
       pois que ele, ainda, quase não ressoa".

22   "Se posso penetrar em tua mente",
       tornou-me o que me havia interrogado,
       "referias-te ao Arno, certamente".

25   O outro atalhou: "Por que razão levado
       quer manter de seu rio o nome oculto,
       como se faz com algo detestado?"

28   Pareceu-me animar-se um pouco o vulto:
       "Não sei, mas de tal vale bem seria
       que não se ouvisse nunca o nome estulto.

31   Desde o começo seu, na serrania
       de que se houve o Peloro desprendido,
       no ponto em que é mui alta a penedia,

34   até ao mar, por tê-lo ressarcido
       do contínuo vapor que ao céu expele
       e é, por seu turno, aos rios transferido

37   — vê-se a gente fugir, ao longo dele,
       do bem, como ante a serpe, ou por dureza
       do próprio sítio, ou pelo mal que a impele,

40   mudada a sua essência e natureza,
       em toda a imensidão daquela grota,
       qual se de Circe fosse a nova presa.

---

20. Meu nome vos seria indiferente: indicando, por aquela forma, sua origem, Dante recusa-se, entretanto, a declinar seu nome aos espíritos que o interrogaram, justificando-se com a declaração de que não era, então, assaz conhecido (em 1300 não havia ainda escrito a Comédia).

26. Quer manter de seu rio o nome oculto: o segundo espírito (Rinieri de Cálboli) intervém para manifestar sua estranheza ante a forma velada com que Dante indicara seu rio natal, o Arno, como se tivesse alguma razão pessoal para omitir-lhe o nome.

31. Desde o começo seu: desde a nascente do Arno, no Apenino (isto é, no monte Falterona), que ali alcança grande altitude e em cuja cadeia se compreendia outrora o Peloro (o cabo de Faro, na Sicília), depois dela desmembrado...

35. Do contínuo vapor que ao céu expele: lançando-se ao mar, o Arno de certa maneira o compensa da evaporação havida naquela cálida região. E, visto que o vapor se condensava em chuva, na atmosfera, e alimentava os rios, estes, por seu turno, desaguando no mar, faziam-no retornar a sua origem.

37. Vê-se a gente fugir, ao longo dele: desde o nascedouro até à foz, quer dizer, em toda a extensão de seu curso (o Arno é um rio essencialmente Toscano), as populações ribeirinhas mostravam-se alheias ao bem e à virtude, como se tal fosse decorrência da natureza do lugar ou de uma insita disposição de seu próprio caráter.

42. Qual se de Circe fosse a nova presa: segundo a lenda, Circe transformava em bestas os entes humanos, e em tal situação os conservava nos campos e jardins de sua ilha. Assim os vícios e paixões pareciam ter transformado em animais todos os habitantes do vale do Arno.

PURGATÓRIO

43 Em meio a porcos vis, mais à bolota
    que à humana nutrição acostumados,
    inicia mofino a incerta rota.

46 A andar abaixo, encontra cães irados,
    que ladram, ladram, mas não fazem mossa;
    e, desdenhoso, os deixa flanqueados.

49 Avança, entanto, e quanto mais engrossa
    os cães se vão em lobos transformando
    ao longo, ali, da malsinada fossa.

52 E além, pelas baixadas se espraiando,
    as raposas divisa, ao prosseguir,
    astutas, às ciladas escapando.

55 Afirmo-o, inda que o intruso o possa ouvir;
    e é bem que ele conserve na lembrança
    o que se serve o céu de me instruir.

58 Vejo o teu neto que, na praia, avança
    sobre os lobos bravios, e à deriva
    na dor e na desgraça presto os lança.

61 Põe-lhes a carne a preço, estando viva;
    em seguida os abate, e, juntamente,
    a eles da vida e a si da glória priva.

64 Sangrento, sai da selva, finalmente;
    e a deixa tal, que dentro de mil anos
    não voltará ao que era anteriormente".

43. *Em meio a porcos vis, mais à bolota*: Guido del Duca começa a se referir aos diversos povos da Toscana, a começar da nascente do Arno. O rio inicia o seu curso entre os Casentinenses, cujos senhores (os condes Guidos de Romena) eram comumente chamados Porcianos. Por isso, talvez, os denomina rudemente porcos vis, mais dignos de se nutrirem das bolotas do que de alimento próprio do homem.
46. *A andar abaixo, encontra cães irados*: deixando o Casentino, o Arno percorre as terras de Arezzo, cujos moradores são apelidados cães irados, que ladram desatinadamente, isto é, ladram mais do que mordem. Como em sinal de desprezo pelos Aretinos, os cães ruidosos, o Arno, antes de chegar à cidade de Arezzo, inflete subitamente e a deixa flanqueada.
50. *Os cães se vão em lobos transformando*: descendo mais pelo vale, o Arno se aproxima de Florença, e, pois, em lugar de cães, já encontra lobos (os Florentinos).
53. *As raposas divisa, ao prosseguir*: e espraiando-se pelas baixadas, já perto da foz, o Arno encontra, finalmente, as raposas de Pisa, tão astutas que nenhuma armadilha as apanha.
55. *Afirmo-o, inda que o intruso o possa ouvir*: a pessoa que poderia ouvir o candente discurso de Guido del Duca sobre os Toscanos era, sem dúvida, Dante, que se encontrava perto. E conviria que o poeta (que era Toscano e estava vivo) guardasse na memória o vaticínio que o loquaz espírito ia fazer naquele instante.
58. *Veio o teu neto que, na praia, avança*: Guido refere-se ao neto de Rinieri, isto é, Fulcieri de Cálboli, que iria ser capitão do povo em Florença (1302-1303). Os Negros passaram a dominar Florença, e havendo sido enviada pelos Brancos exilados uma expedição para combatê-los, Fulcieri (o neto) surpreendeu os invasores às margens do Arno (na praia) e lhes infligiu devastadora derrota. Exerceu tais represálias contra os vencidos que, privando-os da vida, também se privou a si mesmo, como vencedor, de qualquer glória ou respeito.
64. *Sangrento, sai da selva, finalmente*: ao deixar o poder, em Florença, Fulcieri estava, pois, coberto de sangue. Florença é indicada aqui como a selva, o que levou alguns dantólogos a conjeturar caprichosamente sobre a selva referida nos versos iniciais do Inferno: *Nel mezzo del cammim di nostra vitalmi ritrovai per una selva oscura.*

67   Como ante o anúncio de futuros danos
     queda-se quem o escuta conturbado,
     nos seus efeitos cogitando, insanos,

70   notei ali o que lhe estava ao lado
     pender, curvado, o rosto, em desalento,
     mal foi o vaticínio formulado.

73   De um a voz e do outro o sofrimento
     acicataram meu desejo e, enfim,
     de seu nome indaguei, cortês e atento.

76   Ao meu pedido, o que falava assim
     me respondeu: "Impetras-me que eu faça
     por ti o que ora me negaste a mim.

79   Mas, pois que é Deus que o rumo aqui te traça,
     far-te-ei no teu desejo satisfeito:
     Guido del Duca — é esta a minha graça.

82   Na vida à inveja sórdida sujeito,
     bastava-me outrem ver posto em ventura
     para quedar-me presa do despeito.

85   Ora recolho aqui tal semeadura:
     Ó gente humana, por que pões o tento
     no que somente a poucos se assegura?

88   Este é Rinieri, a glória e o luzimento
     dos Cálboli, entre os quais, infelizmente,
     ninguém lhe herdou o grão merecimento.

91   E não só eles, mas inteira a gente
     do Pó ao mar, do monte ao Reno, impura,
     ao bem voltou as costas loucamente.

94   que já aquela terra se satura
     tanto vilmente desta escória ao fardo,
     que não comporta mais qualquer cultura.

---

78. Por ti o que ora me negaste a mim: recorde-se que Guido del Duca indagara anteriormente o nome de Dante, mas o poeta se omitiu, e não o declinou (versos 13 e 20 a 21).
87. No que somente a poucos se assegura: os bens materiais, ou os dons pessoais, que muitos desejam, mas somente a poucos são outorgados pela fortuna.
91. E não só eles, mas inteira a gente: e não só os atuais representantes dos Cálbolis, em Forli, mas em toda a Romanha os habitantes haviam entrado em decadência e corrupção. São referidos aqui os limites do país romanhês ao tempo de Dante — o rio Pó, o mar, o Apenino, o rio Reno.

PURGATÓRIO

97 Onde se encontra Lísio, onde Mainardo,
    Pier Traversaro e Guido de Carpigna?
    Ó povo romanhês, ora bastardo!

100 Pois em Bolonha um Fabbro inda caminha?
    E em Faenza um Bernardin de Fosco,
    que de raiz humílima provinha?

103 Não deves estranhar que eu chore, ó Tosco,
    ao recordar Guido da Prata, honrado,
    mais Ugolino d'Azzo, ali conosco,

106 Frederico Tignoso e o clã louvado,
    as greis de Anastagí e Traversara
    (às quais nenhum herdeiro foi deixado),

109 as damas e os varões de alma preclara,
    os feitos de honra, cortesia e amor,
    onde somente, agora, o mal se ampara.

112 Por que não ruíste, Bretinoro, à dor
    de ver chegar ao fim a senhoria,
    em meio a tantos, vítimas do horror?

115 Bagnacavalo o viu, que não procria;
    Castrocaro se perde, e é pior em Cônio,
    que em gerar gente tal inda porfia.

118 Aos Paganis convém que o seu Demônio
    parta depressa, que manchado e impuro
    lhes deixou para sempre o patrimônio.

121 Ugolino de Fántoli, seguro
    podes estar de teu renome agora,
    que já não resta quem o faça obscuro.

97. Onde se encontra Lísio, onde Mainardo: Guido del Duca alude a notáveis romanheses do passado, cujo valor, entretanto, não encontrava representantes na geração presente: Lísio, de Valona, Arrigo Mainardi, de Bertinoro, Pier Traversari, de Ravena, Guido de Carpigna, de Montefeltro, Fabbro Lambertazzi, Bernardin de Fosco etc.

115. Bagnacavalo o viu, que não procria: os senhores de Bagnacavalo extinguiram-se sem descendência, o que devia ser considerado um bem ante o que sucedia com as diversas famílias da Romanha.

118. Aos Paganis convém que o seu demônio: os Paganis, antiga e nobre linhagem de Faenza e Ímola, mas que havia perdido o prestígio de seu nome através da conduta de Mainardo Pagani, cognominado o Demônio. Seria conveniente para tal grei que Mainardo desaparecesse quanto antes, não obstante já houvesse manchado indelevelmente a honra e a fama da família.

124 Mas prossegue, Toscano, pois nesta hora
mais me agrada gemer do que falar,
tamanho o mal que em minha boca aflora".

127 No seu silêncio os dois, como a escutar
meus passos pela estrada ressoando,
dir-se-iam nosso rumo confirmar.

130 Mal umas jardas fomos avançando
eis que uma voz, em tom rude e certeiro,
do alto desceu, de encontro a nós, bradando:

133 "Mate-me aqui o que chegar primeiro!"
— e se esvaiu, assim como o trovão
que as nuvens rompe, ao retumbar, ligeiro.

136 Ainda se ouvia a sua vibração,
e nova voz ressoou, na arremetida,
como se fosse da outra a projeção:

139 "Eu sou Aglauro, em pedra convertida!"
Volvi-me, a medo, a me reunir ao poeta,
ficando um pouco a marcha interrompida.

142 Já a aura, em cima, se tornara quieta;
e logo ao mestre ouvi: "É este o freio
para os homens levar à boa meta.

145 Porém nunca resistem ao meneio
do velho imigo que a isca lhes atira,
sem que de vozes tais lhes valha o enleio.

148 Chama-os o Céu, que no alto se abre e gira,
e com beleza eterna lhes acena,
mas seu olhar somente à terra mira

151 — onde quem tudo vê certo os condena".

127. No seu silêncio os dois, como a escutar: os dois espíritos que se ocupavam da Toscana e da Romanha calaram-se, enfim, enquanto os poetas retomavam a marcha. Quedaram-se, parecendo prestar ouvido atento às passadas de Dante; e, como nada dissessem, os poetas interpretaram seu silêncio como aprovação do rumo que seguiam. Deviam estar no caminho certo.
133. Mate-me aqui o que chegar primeiro: um espírito passou no ar, bradando esta frase, que, saída da boca de Caim após ter matado Abel, relembrava, ali, um episódio de inveja castigada.
139. Eu sou Aglauro, em pedra convertida: novo brado, desferido do alto sobre os poetas. Aglauro, a filha de Ereteu, rei de Atenas, tentou, por inveja, impedir os amores de sua irmã Erse com Mercúrio, e foi por este transformada em pedra.
143. É este o freio para os homens levar: Virgílio explica a Dante que aquelas vozes são uma advertência para livrar os homens da inveja, mantendo-os no bom caminho. Mas nem sempre sabem resistir às insídias do demônio (o velho imigo), e mordem a isca do pecado. Em lugar de atender à voz do Céu, que lhes acena com a glória e a salvação, tendem aos prazeres e cuidados mundanos — e por isso Deus, finalmente, os castiga.

CANTO XV

Os poetas passam do segundo ao terceiro terraço, que é o sítio onde padecem os iracundos. Dante sente-se, de imediato, arrebatado por uma espécie de visão, em que lhe aparecem exemplos de mansuetude e de misericórdia. Ao voltar a si, e depois de caminhar algum tempo com Virgílio ao longo do piso, viu adensar-se à frente uma nuvem de fumo, que a tudo se estendia.

1   O mesmo trato que de luz a esfera,
     da hora primeira à terça, demonstrava,
     como a criança que a brincar se esmera,

4   inda, por tramontar, ao sol restava:
     lá era a tarde, enquanto aqui, silente,
     já a meia-noite o manto desdobrava.

7   Seus raios nos feriam frontalmente;
     tínhamos tanto o monte contornado
     que o ocaso estava bem à nossa frente.

10   Meu olhar foi de súbito ofuscado
     por luz inda mais viva que a primeira,
     e me quedei, de espanto dominado.

13   Mas logo sobre a fronte a mão ligeira
     levei, como anteparo, ao jeito velho
     de reduzir-lhe a força verdadeira.

16   Tal o raio de sol que na água ou espelho
     se vê saltar, reflexo, à oposta parte,
     e, como veio, ressair parelho,

---

1. *O mesmo trato que de luz a esfera*: procede-se à indicação da hora, através da comparação do tempo nos dois hemisférios. Desde o seu raiar, até à então chamada hora terça, o sol realiza um movimento de 45 graus, equivalente a três horas. Quer dizer que ali, no Purgatório, era de tarde (faltavam três horas para o sol se pôr), enquanto aqui (no hemisfério boreal), já era meia-noite. Cálculos efetuados levaram alguns comentadores a opinar que Dante escreveu este Canto (como outros do Purgatório) em Paris, e não na Itália, dada a diferença da hora.
11. *Por luz inda mais viva que a primeira*: os poetas marchavam ali, diretamente, rumo ao sol que se punha. E, pois, era o sol a luz fulgurante que de princípio feriu a vista de Dante, a primeira luz. A outra, ainda mais viva e forte, que surgiu logo depois, era a do Anjo que lhes ia mostrar a passagem ao terceiro terraço.
14. *Ao feito velho de reduzir-lhe a força*: por proteger-se contra o excesso de luz à sua frente, o poeta levou aos olhos as mãos, usando-as como anteparo, como se faz instintivamente em tal situação.
16. *Tal o raio de sol que na água ou espelho*: quando o raio do sol incide numa superfície polida ressalta, pela reflexão, sob o mesmo ângulo de incidência, em direção contrária.

19 e no ir e vir distância igual comparte
sobre a linha da pedra desprendida,
segundo mostram experiência e arte

22 — assim a luz no solo refletida
à vista me incidia tão potente,
que não a pude ter nela mantida.

25 "Mestre", indaguei, "que é isto à nossa frente
que seu fulgor não posso sustentar,
e de nós se aproxima, certamente?"

28 "Não temas", apressou-se a me falar:
"É mais alguém da corte celestial,
e vem para a passagem nos mostrar.

31 Em breve hás de essas coisas, afinal,
ver calmamente, e de feliz aspecto,
na plenitude de teu natural".

34 Achegando-se mais, o ser dileto
nos disse, com doçura: "É aqui a entrada",
junto de um trilho menos que o outro ereto.

37 E já sobre os degraus daquela escada,
Beati misericordes soava, e logo
"Feliz tu que venceste", à voz pausada.

40 Seguindo o mestre, e agora em desafogo,
eu ia a encosta rápido galgando.
Por me valer de seu auxílio, um rogo

43 lhe dirigi, curioso, perguntando:
"Que quis dizer a sombra romanhesa,
aquilo que é de poucos mencionando?"

---

20. Sobre a linha da pedra desprendida: a perpendicular à superfície polida, formando o eixo em cuja base se confundem a incidência e a reflexão, é definida como o cair da pedra (a pedra desprendida).
29. É mais alguém da corte celestial: Virgílio explica, então, a Dante que a intensa luz refletida à sua frente anunciava a presença do Anjo, que vinha para lhes franquear a passagem ao terceiro terraço (o dos iracundos).
38. *Beati misericordes*: felizes os que perdoam — palavras do Anjo, e, sem dúvida, encorajadoras para o poeta, que deixava o terraço dos invejosos.
44. Que quis dizer a sombra romanhesa: a sombra romanhesa era Guido del Duca, que no segundo terraço havia falado ao poeta (Canto XIV, versos 81 a 87), referindo-se à tendência da espécie humana a cobiçar aquilo que somente a poucos se assegura (razão da inveja). Parece que o poeta não compreendeu bem o sentido das palavras de Guido del Duca, e pois pede a explicação a Virgílio.

46   Tornou-me: "Pois que em si viu a dureza
     do mal da inveja, bem se compreende
     que ora lhe aponte a falsa natureza.

49   Quando a humana vontade ansiosa tende
     às coisas que lhe veda a posse alheia,
     a inveja a senhoreia, e, certo, a ofende.

52   Mas se o ínsito amor da suma ideia
     para o céu a impelisse, tal vontade
     livre do mal se vira, que a salteia.

55   Posto que quanto mais, à saciedade,
     ali se afirma: É nosso — mais o bem
     se espalha e mais recresce a caridade."

58   "De teu juízo", eu disse, "estou aquém,
     como antes de te haver interrogado;
     e dúvida maior inda me vem.

61   Pois como pode o bem a tantos dado
     acrescer em seus donos a riqueza
     mais do que quando a poucos outorgado?"

64   "Tendo a mente", tornou-me, "ainda presa
     às ilusões da terra rude e crassa,
     não vês da eterna luz toda a pureza.

67   No céu a esplêndida, a inefável graça,
     por sua essência, flui ao vero amor,
     como através do vidro o raio passa.

70   E mais se entrega quanto mais ardor
     o dom da caridade na alma acende,
     sua luz lhe infundindo e seu calor.

52. Mas se o ínsito amor da suma ideia: mas se o amor de Deus fizesse com que os homens voltassem para o Céu os seus desejos, ficariam eles livres da inveja.
55. Posto que quanto mais, à saciedade: à medida que mais almas se reúnem no Céu, usufruindo os dons divinos, mais aumenta sua beatitude. A caridade é, assim, fonte de glória e prazer, ao contrário da inveja, que o é de sofrimento.
58. De teu juízo, eu disse, estou aquém: a dúvida que aquelas palavras de Guido del Duca haviam suscitado em Dante não foi solvida com esta explicação preliminar de Virgílio. E, pois, o poeta diz ao seu guia que permanece tão insatisfeito como antes do pedido de explicação, e até teve sua dúvida agravada.
61. Pois como pode o bem a tantos dado: o poeta manifesta sua dificuldade em aceitar a ideia de que os bens distribuídos entre muitas pessoas pudessem trazer a seus possuidores maior abundância que se permanecessem em mãos de poucos.
67. No céu a esplêndida, a inefável graça: a bondade divina, Deus, que beatifica as almas intituladas à caridade (o vero amor).

73　　E quanta gente mais lá se compreende,
　　　mais pode amar a Deus e ser amada,
　　　e é como o espelho em que seu brilho esplende.

76　　Se esta questão, porém, tens por velada
　　　logo verás Beatriz, que, plenamente,
　　　a fará a teus olhos desvendada.

79　　Espera só que sejam, finalmente,
　　　removidas as chagas que estou vendo
　　　levares inda à fronte, penitente".

82　　Antes que eu lhe dissesse: "Agora entendo",
　　　já estava do outro giro no limiar;
　　　calei-me, pois, a vista distendendo.

85　　E pareceu-me ali ser, pelo ar,
　　　como em visão extática, levado
　　　a um templo, onde se via gente a orar.

88　　À porta entrava a Mãe, o olhar velado
　　　pelo pranto, a dizer: "Ó filho meu,
　　　por que razão nos deste tal cuidado?

91　　Vimos buscar-te aqui, teu pai e eu".
　　　E mal foi esta frase proferida,
　　　a cena inteira se desvaneceu.

94　　Outra senhora vi, logo em seguida,
　　　a lagrimar também, mas na ansiedade
　　　do rude orgulho e da ira desabrida,

97　　que bradava: "Se és rei desta cidade,
　　　por cujo nome o Olimpo contendeu,
　　　e que legou a ciência à humanidade,

---

75. E é como o espelho em que seu brilho esplende: as almas transfiguradas pela caridade são como o espelho em que Deus reflete a sua luz.
80. Removidas as chagas que estou vendo: Virgílio revela a Dante que este terá a oportunidade de ouvir de Beatriz uma clara exposição de semelhante doutrina. E explica que o poeta chegará à presença dela logo que lhe forem apagados os sinais que ainda levava à fronte (os sete PP incisos pelo Anjo porteiro). No primeiro e no segundo terraço já haviam sido removidas duas marcas; restavam cinco.
88. À porta entrava a Mãe, o olhar velado: Maria, que se encontrava à procura de seu filho, Jesus, que era ainda um menino, e se havia afastado do lar. Foi encontrá-lo, no templo, entre os doutores. Três episódios de mansuetude e misericórdia se representaram ao poeta, tomado por um rapto alucinatório no limiar do terceiro terraço.
94. Outra senhora vi, logo em seguida: a esposa de Pisístrato, rei de Atenas, a qual instigava o marido a punir um jovem que se atrevera a abraçar em público a princesa, sua filha.
98. Por cujo nome o Olimpo contendeu: alude-se à cidade de Atenas, de que Pisístrato era rei. Segundo a tradição, Netuno e Atena (Minerva) se disputaram duramente no Olimpo o privilégio de dar o nome à cidade.

100 castiga o moço aqui que se atreveu
a abraçar nossa filha, deslumbrado,
ó Pisístrato!" E o rei lhe respondeu,

103 em tom tranquilo e gesto moderado:
"Que faremos com quem nos desacata,
se a quem nos ama houvermos condenado?"

106 Mostrou-se após um grupo, à ira insensata
que a um jovem, a pedradas, atacava,
sob imensa atoarda: "Mata! Mata!"

109 E enquanto o pobrezinho ao chão tombava,
já prestes a render sua alma aflita,
os olhos para o céu ainda elevava,

112 pedindo a Deus, no transe da desdita,
que desse a seus algozes o perdão,
sob o fervor que só a fé suscita.

115 E quando retornei de todo, então,
à verdade exterior à minha mente,
o senso compreendi de tal visão.

118 Virgílio, que me vira, exatamente,
de profundo torpor estar vizinho,
falou-me: "Mas que tens, que agora, à frente,

121 andaste meia légua do caminho
de passo cambaleante e olhar perdido,
como alguém sob o sono ou a ação do vinho?"

124 "Se podes, mestre", eu disse, "dar-me ouvido,
estou pronto a falar sobre o portento
que vi, dês que meu passo foi tolhido".

127 "Mesmo que tu de máscaras um cento
trouxesses, para o rosto te ocultar,
inda eu leria no teu pensamento.

---

107. Que a um jovem, a pedradas, atacava: o jovem era santo Estevão, que, lapidado, implorava a Deus o perdão para seus agressores.
116. À verdade exterior à minha mente: e quanto voltei, da espécie de sono ou letargia em que imergira, de novo às coisas externas, isto é, à realidade...
127. Mesmo que tu de máscaras um cento: mesmo que tivesses o rosto coberto por muitas máscaras, ainda assim eu seria capaz de ler teu pensamento. Com estas palavras, Virgílio dispensa Dante de narrar-lhe suas visões, pois havia percebido do que se tratava.

"E enquanto o pobrezinho ao chão tombava,
já prestes a render sua alma aflita,
os olhos para o céu ainda elevava (...)"
(*Purg.*, XV, 109/11)

130   Tudo te foi mostrado por levar
       tua alma a abrir-se à água lustral da paz,
       da eterna fonte aqui a promanar.

133   Não perguntei 'Que tens?', como o que o faz
       mirando à vista indiferente e incerta
       adiante um corpo que prostrado jaz.

136   Mas só por te animar à senda aberta,
       como convém fazer aos sonolentos,
       por trazê-los à ação, a alma desperta".

139   E pela tarde andávamos, atentos
       à distância a que ia o nosso olhar,
       sob os raios do sol, descendo lentos.

142   Vimos, então, em torno a nós baixar,
       qual névoa, pouco a pouco, um fumo escuro,
       que não cessava, ali, de se espraiar:

145   e a vista nos tolheu, e mais o ar puro.

---

133. Não perguntei "Que tens?" como o que o faz: Virgílio reporta-se à pergunta que fizera a Dante (verso 120): Mas que tens, que agora, à frente... Não a fez, porém, como alguém que, indiferente, vê outro em dificuldade, ou abatido no solo. Sabendo do que se tratava, pretendia apenas despertá-lo, animá-lo para a caminhada.

145. E a vista nos tolheu, e mais o ar puro: e o fumo a se propagar por toda a parte, ali, àquela altura do terceiro terraço (e dentro padeciam os iracundos), não só lhes tolheu completamente a visão, como perverteu o ambiente. tornando o ar irrespirável.

CANTO XVI

Os poetas adentram a nuvem de fumo dos iracundos, no terceiro terraço, e são acompanhados, durante algum tempo, por um dos espíritos ali, Marco Lombardo. Este se entretém com Dante sobre a corrupção da Lombardia, e do mundo em geral, demonstrando as razões que a determinaram.

1   Do inferno a sombra e a noite desprovida
    da luz dos astros, sob exíguo céu,
    quando por nuvens densas invadida,

4   não revestiram mais escuro véu
    que o da fumaça, ali, de nós tão perto,
    que já tocava, untuosa, o rosto meu,

7   e me turbava o olhar, algo encoberto.
    O mestre amigo me travou do braço,
    por me guiar pelo caminho certo.

10 E como o cego que se cola ao passo
    de quem o leva, atento e temeroso
    de algum perigo à frente, ou outro embaraço

13 — assim, naquele trecho tenebroso,
    eu ia a custo, e o guia me bradava:
    "Não te afastes de mim! Sê cuidadoso!"

16 Uma prece escutei, que se elevava,
    entoada a muitas vozes, a implorar
    ao Cordeiro de Deus que as manchas lava.

19 Por Agnus Dei se viam começar,
    em coro estas palavras modulando,
    como os anseios seus a harmonizar.

---

2. Da luz dos astros, sob exíguo céu: do interior dos vales angustos, o céu apresenta naturalmente aspecto mais limitado do que quando visto da planície ou das montanhas. E, à noite, a escuridão é neles mais profunda, principalmente quando nuvens densas se acumulam ao alto.
16. Uma prece escutei, que se elevava: nada se podia ver através da fumaça densa. Mas os poetas ouviram o coro das almas, invocando o Agnus Dei. Eram os iracundos, que se purgavam de seus pecados.

"'Mas tu, quem és, que adentras nossas sendas,
e falas, e te moves cambaleante,
como se ao tempo foras das calendas?'"

(*Purg.*, XVI, 25/7)

22 "São almas, mestre", eu disse, "ora rezando?"
    "Decerto", respondeu-me, "e é bom que o entendas:
    da ira que as afligiu se vão purgando."

25 "Mas tu, quem és, que adentras nossas sendas,
    e falas, e te moves cambaleante,
    como se ao tempo foras das calendas?"

28 A voz nos vinha, clara e não distante.
    E a mim meu guia: "Torna-lhe, e lhe indaga
    se é possível daqui ir por diante".

31 "Alma", falei, "que vais limpando a chaga,
    por subires a Deus, chega mais perto,
    e um portento ouvirás, que não se apaga!"

34 "O quanto possa, seguir-te-ei, decerto;
    e por ser-nos difícil a visão,
    terei o ouvido à tua voz desperto".

37 "Inda em meu próprio corpo", eu disse, então,
    "ascendo a esta montanha, após do inferno
    ter palmilhado a vasta escuridão.

40 E já que Deus, em seu poder superno,
    me faculta chegar à sua corte,
    como no tempo não se viu moderno,

43 declara-me quem foste antes da morte,
    e se no rumo vamos desejado;
    o teu dizer nos servirá de norte".

46 "Nasci Lombardo, e Marco fui chamado:
    A virtude prezei, quando vivente,
    valor por todos hoje abandonado.

27. Como se ao tempo foras das calendas: Dante foi interpelado por um espírito (que lhe ouvia o diálogo com Virgílio), e que se verá a seguir ser Marco Lombardo, referido nominalmente no verso 46. Marco, que estranhou o tom do diálogo, dirige-se ao poeta, mencionando que ele falava e se movia como se ainda estivesse vivo, isto é, como se ainda medisse o tempo pelas calendas.
33. E um portento ouvirás, que não se apaga: Dante convida Marco a aproximar-se, prometendo-lhe que, se o fizesse, ouviria algo certamente extraordinário. Quer dizer: Saberia que Dante estava vivo e como havia chegado ao Purgatório. (versos 37 a 39).
42. Como no tempo não se viu moderno: registravam-se, na literatura e na doutrina antigas, casos de visitas de pessoas vivas ao reino eterno, como os de Eneias e São Paulo. Mas nos tempos modernos (como o próprio Dante observa à Marco), esta era a primeira vez que tal ocorria.
46. Nasci Lombardo, e Marco fui chamado: Marco Lombardo, que alcançou em Veneza foros de nobreza, e foi certamente famoso na Itália medieval.

"'O quanto possa, seguir-te-ei, decerto;
e por ser-nos difícil a visão,
terei o ouvido à tua voz desperto.'"

(Purg., XVI, 34/6)

49 Para subir é só marchar à frente.
    E quando ao Céu chegares, sem demora,
    roga de lá por mim, piedosamente".

52 "Minha palavra", eu disse, "tens agora;
    mas anseio por ver eliminada
    a dúvida que à mente aqui me aflora.

55 Era pequena, mas se fez dobrada
    ante o reparo em teu discurso inserto,
    deixando-me inda mais a alma abalada.

58 Pois que do bem o mundo está deserto,
    como assegura a tua afirmação,
    pela malícia e o vício recoberto,

61 de efeito tal demonstra-me a razão
    — que este diz ser o céu, a terra aquele —
    por que eu a veja, e externe esta lição".

64 Como quem, num gemido, a dor expele,
    começou, suspirando: "Na verdade
    o mundo é cego, e vê-se que vens dele.

67 Vós, os viventes, com simplicidade,
    julgais estar aos céus tudo imputado,
    por força de fatal necessidade.

70 Mas com isto se vira erradicado
    o livre-arbítrio, e senso não faria
    haver-se o mal punido e o bem premiado.

---

54. A dúvida que à mente aqui me aflora: as palavras proferidas por Marco, no sentido de estar a virtude totalmente abandonada pelos homens (versos 47 a 48), fizeram reviver em Dante a dúvida que o salteara ao ouvir, no segundo terraço, Guido del Duca falar da corrupção na Toscana e na Romanha (Canto XIV, versos 37 a 39 e 91 a 93).A que se deveria atribuir a causa de tal corrupção: a um inevitável desígnio dos céus ou à desídia dos próprios homens?
55. Era pequena, mas se fez dobrada: a dúvida nascida das palavras de Guido del Duca (Canto XIV) revigorara-se de súbito e se tornara mais instante em face da advertência de Marco Lombardo (o reparo em teu discurso inserto) sobre o total e geral abandono da virtude pelos homens. O problema já não era, pois, local, da Toscana ou da Romanha, mas se apresentava agora com ampla generalidade.
62. Que este diz ser o céu, a terra aquele: e porque alguns atribuíam a razão da perfídia humana aos céus, isto é, a um desígnio dos astros, e outros a localizavam na própria terra — o poeta pede a Marco para esclarecer devidamente esta questão.
69. Por força de fatal necessidade: é costume dos homens atribuir aprioristicamente a razão de seus atos a um desígnio dos céus, como se tais atos obedecessem a uma necessidade inflexível, quase a uma lei mecânica.

PURGATÓRIO

73 O céu os vossos atos inicia,
    não direi todos, mas se assim fizesse,
    dada vos foi a luz que aponta a via.

76 Quem contra o mal, seguro, se enrijece,
    e a luta adentra, de consciência dina,
    acaba por vencer e não perece.

79 A uma ordem superior, por ser divina,
    livres, vos sujeitais; e ela é que a mente
    criou em vós, à própria disciplina.

82 Visto que o mundo se transviou presente,
    a causa está em vós, de vós aceita;
    e isto o demonstrarei bem claramente.

85 A alma, daquela mão que à vida a deita,
    e com carinho a afaga, como o infante
    que em pranto e riso a um tempo se deleita,

88 emerge, ingênua e simples, ignorante
    de tudo em torno, salvo do pendor
    que a leva a se expandir, irradiante.

91 Logo de um falso bem prova o sabor;
    e assim se engana, e o persegue, e corre,
    se um freio, presto, não lhe amaina o ardor,

94 o princípio da lei daí decorre.
    É mister ter um rei, por que se veja
    ao menos da cidade ver a torre.

73. O céu os vossos atos inicia: embora não se possa negar o influxo dos céus, ou dos astros, sobre os homens (no sentido de que nossas próprias inclinações e nossas reações físicas ou nervosas determinam muitos de nossos atos), ainda assim a cada um foi dada a capacidade de auto-determinar-se e de distinguir entre o bem e o mal (o livre-arbítrio).
79. A uma ordem superior, por ser divina: criados por Deus, os homens estão necessariamente sujeitos à ordem divina. Mas esta, ao dar-lhes a vida, os dotou de inteligência capaz de discernir entre o bem e o mal, e determinar-se por sua própria liberdade. Por isto, sujeitando-se à ordem divina, os homens se encontram, contudo, livres.
82. Visto que o mundo se transviou presente: e, assim, a causa da corrupção e transvio do mundo só pode estar nos próprios homens, como resultante de suas ações e de sua vontade.
85. A alma, daquela mão que à vida a deita: a alma, ao sair das mãos de Deus, seu criador...
95. É mister ter um rei, por que se veja: parece que se menciona, aqui, como rei, o chefe espiritual, o Papa, que deve guiar os homens e os povos à salvação. A cidade vera: o Paraíso, a salvação. A torre: a doutrina, segundo alguns, a Igreja, segundo outros. Esta última imagem é tomada das cidades medievais, geralmente identificáveis à distância por uma alta torre.

97 Existem leis, mas não quem as proveja.
Nem demonstra o pastor a unha fendida,
embora sempre a ruminar esteja.

100 E a gente, quando vai apercebida
de que seu guia tende ao que ela preza,
se satisfaz, quedando embrutecida.

103 De fato, esta conduta cega e lesa
foi que levou à extensa corrupção,
e não um mal da humana natureza.

106 Bem haja Roma, que ao bom mundo, então,
ergueu dois sóis, por revelar a estrada
ali da terra, e aqui da salvação.

109 Mas um o outro eclipsou, e uniu-se a espada
à pastoral; e, juntos, claramente,
não podem bem cumprir sua jornada.

112 Assim, já não se temem, mutuamente:
Se não me crês atenta para a espiga,
onde se mostra a força da semente.

115 No chão que do Ádige e do Pó se irriga
o valor se exaltava e a cortesia,
antes que Frederico andasse à briga.

118 Buscam-no agora em ruído e correria
os mesmos que o evitavam por temor
da multidão dos bons que o recobria.

98. Nem demonstra o pastor a unha fendida: o pastor, o Papa. O passo é sem dúvida obscuro. Explica-se, habitualmente, pela referência ao preceito mosaico que restringia os sacrifícios religiosos aos animais que, simultaneamente, fossem ruminantes e tivessem o casco bipartido. Na ruminação via-se o símbolo da sabedoria, na unha fendida o símbolo da distinção entre o bem e o mal, quer dizer, da justiça. Interpreta-se, então, que o Papa (naturalmente o Papa reinante, na época Bonifácio VIII), se era necessariamente dotado de sabedoria, como vigário de Cristo, falhava totalmente na administração da justiça. Ou, talvez, porque insistisse em reunir ao poder espiritual, que lhe competia, o poder temporal, que deveria estar reservado ao Imperador, segundo a teoria dantesca.
106. Bem haja Roma, que ao bom mundo, então: ainda a teor de que a atividade espiritual (ou religiosa) há de estar separada da atividade temporal (ou política), invoca-se o exemplo de Roma antiga, que se fez sede do poder universal nos dois domínios (ergueu dois sóis), mantendo-os íntegros e distintos em sua majestade e poder (o império e a Igreja).
109. Mas um o outro eclipsou, e uniu-se a espada: mas um dos dois sóis (naturalmente o poder espiritual) eclipsou o outro (o poder temporal, o múnus privativo do Imperador), e essa esdrúxula união fez com que o curso próprio de cada um se conturbasse profundamente, daí se originando males sem conta.
115. No chão que do Ádige e do Pó se irriga: na Lombardia, especialmente, e parte das regiões vizinhas (a Lombardia era a terra de Marco, que é quem fala neste momento), cultivavam-se amplamente os valores espirituais e morais, antes que se iniciasse a luta do Imperador Frederico II da Sicília com os Pontífices romanos.

PURGATÓRIO

121   Três inda lá parecem se antepor
      ao mal presente, mas da idade ao fardo
      a Deus imploram já vida melhor:

124   Conrado de Palazzo, e mais Gerardo,
      e Guido de Castel, dito também,
      à maneira gaulesa, o bom Lombardo.

127   A Igreja, pois, de Roma, que se atém
      a nas mãos enfeixar dois regimentos,
      na lama imerge e deita ao largo o bem".

130   "Ó Marco", eu disse, "ouvi teus argumentos,
      e já vejo porque do grão legado
      foram os filhos de Levi isentos.

133   Mas Gerardo, quem é, por ti louvado
      como expressão daquela extinta glória
      no mundo corrompido e transviado?"

136   "Tua pergunta é vã ou ilusória:
      se da Toscana vens, como senti,
      não pode ser-te estranha a sua história.

139   Pois que outro nome não lhe conheci
      direi que é pai de Gaia festejada.
      Já me despeço, e Deus vos leve aqui.

142   Observa a luz, por entre o fumo alçada:
      é o Anjo, sim, e me convém partir,
      que inda não fui chamado àquela estrada".

145   E se afastou, sem mais querer ouvir.

---

128. A nas mãos enfeixar dois regimentos: mas, então, a Igreja cuidava de exercer, simultaneamente com o poder espiritual, o poder temporal, e com isso se frustrava em sua alta e essencial missão.

131. E já vejo porque do grão legado: entre os Hebreus era vedada aos sacerdotes (os filhos de Levi) a posse ou herança dos bens materiais, para que os cuidados e interesses do mundo não os desviassem de sua missão espiritual.

136. Tua pergunta é vã ou ilusória: Marco estranha a pergunta de Dante sobre Gerardo, suspeitando que seu interlocutor pretendia enganá-lo ou experimentá-lo. Tendo percebido (pelo acento da voz do poeta) que falava com um Toscano, Marco não podia conceber que ele não tivesse ouvido mencionar a Gerardo.

CANTO XVII

Ao sair do fumo, os dois poetas chegam à escada que dá acesso à plataforma superior. Guindam-se à estreita vereda, antes de os surpreender a noite, que os impediria de subir. Na pausa que fizeram, à entrada do quarto terraço, onde se redimem os que foram pouco diligentes nas obras da fé e da caridade, Virgílio explica a Dante como se acham distribuídas as almas nos sete giros do Purgatório, segundo a natureza de seu pecado.

1   Leitor, se alguma vez, na cordilheira,
    já foste pela névoa surpreendido,
    olhando sob um véu, como a toupeira,

4   recorda como, ao ser um pouco erguido
    à brisa o denso manto, debilmente
    entra por ele o lume enfraquecido:

7   e configurarás exatamente
    o que eu senti ao divisar no espaço
    de novo o sol girando sobre o poente.

10 Assim, junto a meu guia, passo a passo,
    saí da treva às amplidões serenas,
    de que se despedia o brilho escasso.

13 Ó imaginação, que nos alienas,
    e tais nos deixas que não damos tento
    mesmo a trombetas mil ressoando plenas,

16 qual é, fora de nós, teu fundamento?
    Decerto lá nos céus alguma influência,
    a agir por si, ou por mais alto intento.

3. Olhando sob um véu, como a toupeira: acreditava-se que a toupeira, afeita à vida subterrânea, dispunha de um sentido de visão muito rudimentar. Dizia-se que uma película lhe cobria os olhos e por isso só enxergava com extrema dificuldade. O poeta se serve do símile da toupeira para exprimir o embaraço de visão de quem, no alto de um monte, se vê surpreendido pela nevasca ou pelo nevoeiro denso.
5. À brisa o denso manto, debilmente: e quando a brisa ergue um pouco o denso manto da névoa, que começa a esgarçar-se, o sol se filtra pelas abertas, debilmente.
12. De que se despedia o brilho escasso: morria a tarde; e os raios do sol, em declínio, enviavam apenas um brilho escasso às amplidões que a vista do poeta reencontrava, ao emergir, com Virgílio, no terceiro terraço, da fumaça em que se debatiam os iracundos purgando o seu pecado.
13. Ó imaginação, que nos alienas: a imaginação, que nos arrebata no vórtice de um pensamento, ou de uma visão subitânea, costuma deixar-nos tão fora de nós mesmos que, se mil tubas houvesse soando em torno, não lhes perceberíamos o estridor.
16. Qual é, fora de nós, teu fundamento?: se a imaginação, que destarte nos arrebata, não tem seu fundamento em nossos sentidos, é decerto movida por alguma influição celeste, que age por seu próprio efeito, ou em razão de uma vontade superior.

PURGATÓRIO

19 A senhora cruel, que na aparência
    do pássaro cantor se viu mudada,
    revelou-se, de súbito, à evidência,

22 em minha mente, em si tão concentrada,
    que fora dela coisa alguma havia
    a que sua atenção fosse voltada.

25 Em seguida surgiu-me à fantasia
    alguém, pendido à cruz, mas rude e fero
    inda mostrando o aspecto, na agonia.

28 Postavam-se ao redor o grande Assuero,
    sua consorte Ester, e Mardoqueu,
    na palavra e na ação justo e sincero.

31 Mal este quadro se desvaneceu,
    como a rompida bolha de sabão,
    quando a água lhe escasseia sob o véu,

34 foi a vez de uma jovem, na visão,
    que chorava, a clamar: "Por que marchaste,
    ó rainha, pela ira, à perdição?

37 Por não perder Lavínia te mataste,
    deixando-me perdida: e, tristemente,
    deploro, mãe, o mal que me causaste".

40 E como o sonho que, subitamente,
    se extingue à claridade inesperada,
    antes de se cumprir integralmente,

43 assim foi esta imagem dissipada
    por um fulgor à frente, irradiante,
    que me feria a vista deslumbrada.

19. A senhora cruel, que na aparência: ao emergir do fumo, no terceiro terraço, o poeta viu-se tomado por algumas visões, em que se representavam episódios de ira punida. A primeira foi a de Progne (a senhora cruel), que, segundo a lenda, matou o filho por vingar-se de seu marido. Foi, então, transformada em rouxinol.
25. Em seguida surgiu-me à fantasia: Amã, todo-poderoso ministro do rei Assuero, fez erguer uma cruz para nela supliciar Mardoqueu, homem sábio e justo. Mas ele próprio, e não Mardoqueu, é que foi nela executado. A cena de sua morte foi a segunda visão de Dante.
34. Foi a vez de uma jovem, na visão: na sequência de suas visões, representou-se ao poeta, em terceiro lugar, a figura de Lavínia, filha do rei Latino e da rainha Amata. Estando prometida a Turno, Lavínia foi dada por esposa a Eneias, o que levou Amata, numa crise de ira e desespero, ao suicídio.

46 Voltei-me a olhá-lo, trêmulo, hesitante,
    quando uma voz vibrou, num chamamento:
    "Entrai, que por aqui se vai adiante!"

49 Tanto se concentrou o meu intento
    no som daquela voz que nos chamava,
    que me alheei de todo pensamento.

52 Como ante o sol, que a vista nos agrava,
    e no próprio esplendor a forma vela,
    de fato coisa alguma eu divisava.

55 "É o Anjo, que a passagem nos revela,
    sem esperar por nossa rogativa;
    não se lhe vê, à luz, a imagem bela.

58 Ao próprio bem, como o homem, não se esquiva:
    pois quem aguarda o rogo, vendo o mal,
    já se inclina, com isto, à negativa.

61 Não vacilemos ante o apelo leal:
    precisamos subir enquanto é dia
    e o sol nos manda seu clarão final".

64 Atento ao que meu mestre me dizia,
    eu caminhei para a vereda erguida;
    mas antes que ascendesse àquela via

67 senti roçar-me a fronte a asa tendida,
    e "*Beati pacifici*" ouvi, "chegando
    livres aqui da fúria desabrida!"

52. Como ante o sol, que a vista nos agrava: se fitamos o sol não logramos, deslumbrados pelo seu fulgor, divisar-lhe distintamente a forma. Assim o poeta não logrou discernir a figura do Anjo em meio à intensa luz que o nimbava.
58. Como o homem, não se esquiva: o Anjo convocou os dois poetas à subida, sem esperar qualquer pedido. E, nisso, procedeu em relação a eles como todo homem procede em relação a si mesmo: pois, se aspira a alguma coisa, procura obtê-la imediatamente, sem aguardar que alguém o mova a fazê-lo. Só que o Anjo não foi levado por nenhum sentimento egoístico, mas pela razão moral que impõe a prestação imediata de socorro em presença da necessidade.
59. Pois quem aguarda o rogo, vendo o mal: quem, vendo e sentindo a necessidade de outrem, fica esperando o pedido de socorro, para agir, já demonstra com isso sua recusa à ajuda.
62. Precisamos subir enquanto é dia: o sol já estava no ocaso, a tarde agonizava. Recorde-se que, segundo a teoria de Dante, era impossível subir à noite as encostas do monte do Purgatório.
67. Senti roçar-me a fronte a asa tendida: ao pé da íngreme passagem (a escada) que conduzia ao terraço superior Dante sentiu, como antes, roçar-lhe a fronte a ponta da asa distensa do Anjo. Com isso, lhe foi apagado o terceiro P dos sete que lhe haviam sido gravados à testa. Ao mesmo tempo ouviu as palavras do Anjo, uma saudação aos que deixavam o terceiro terraço por estarem pacificados, isto é, isentos do pecado da ira.

PURGATÓRIO

70 O sol ia os seus raios apagando
    ante a pressão das sombras vespertinas,
    e vi no céu os astros cintilando.

73 "Ó força humana, por que assim declinas?" —
    eu dizia comigo, pois sentia
    as minhas pernas tardas e mofinas.

76 Mais degraus por galgar já não havia;
    e ficamos os dois, sem movimento,
    como as naus abrigadas na baía.

79 Permaneci no entanto à escuta, atento
    a algum rumor no novo giro à frente;
    depois, me dirigi ao mestre isento:

82 "Peço-te, ó caro guia, instantemente,
    que me fales do mal deste terraço:
    presos temos os pés, mas livre a mente".

85 Tornou-me: "Aqui do bem o amor escasso
    e tardo se restaura hora por hora,
    corrigindo-se ao remo o omisso braço.

88 Para que o vejas claramente agora,
    no que te vou dizer o juízo apura;
    e terás compensada esta demora.

91 Relembra que o Criador como a criatura
    não se compreendem sem o dom do amor,
    ou natural, ou de vontade pura.

73. Ó força humana, por que assim declinas?: no topo da escada, já quase ao limiar do quarto terraço, o poeta sentiu faltarem-lhe as forças. Caía a noite — e seus movimentos começavam a ser tolhidos, segundo a lei da imobilidade noturna, para a subida, característica do Purgatório.
84. Presos temos os pés, mas livre a mente: ao solicitar a Virgílio informação sobre o pecado que se redimia ali, no quarto terraço, Dante observa ao companheiro que se os seus pés se haviam imobilizado para um descanso necessário (presos temos os pés), sua mente estava desperta e poderiam usar as palavras.
85. Aqui do bem o amor escasso e tardo: Virgílio explica, então, a Dante que ali (no quarto terraço) se purgava a falta de diligência (a remissão ou omissão) havida em relação aos deveres da fé e da caridade, isto é, à prática do bem e da virtude.
91. Relembra que o Criador como a Criatura: para explicar a seu companheiro o princípio da distribuição dos pecados pelos sete terraços do Purgatório, Virgílio desenvolve uma teoria sobre a tendência ao bem dada por Deus às criaturas, sujeita, entretanto, a erros e desvios. A regra é que, como o Criador, a criatura não se pode compreender sem o dom do amor (amore, segundo a concepção dantesca, ora manifestada, tem o sentido de tendência ao bem). Tal tendência reveste dois aspectos: é de ordem natural (no sentido de que foi criada por Deus) e é também um produto da vontade humana, apta a discernir o próprio bem e buscar a felicidade.

94   O natural é infenso a erro ou torpor,
      mas o outro se defrauda em seu efeito,
      ou por excesso, ou falta de vigor.

97   Dês que ao primeiro bem tenda direito,
      e se volva ao segundo moderado,
      causa não pode ser de algum defeito.

100   Mas quando ao mal procede, incontrolado,
      ou menos do que deve o zelo acende,
      contra o Criador opera o ser criado.

103   E, pois, um tal amor, ao que se entende,
      é que nos leva a toda perfeição,
      como também à ação que a Deus ofende.

106   Já que de sua essencial razão
      não pode, então, o amor ser removido,
      ninguém pretende a própria perdição.

109   E posto não se admite dividido
      o humano ser da suma divindade,
      a esta não vai seu ódio dirigido.

112   Resta, pois, se argumento com verdade,
      que o mal alheio é só que se deseja;
      e em três formas se exprime esta ansiedade.

115   Há quem, por elevar-se mais, almeja
      do próximo a desgraça, que reclama
      como se fosse um ato de defesa.

---

94. O natural é infenso a erro ou torpor: L'*amore* natural ou instintivo, porque infuso por Deus nas criaturas, não se acha exposto a qualquer erro, tendendo inalteravelmente ao bem. Mas o outro, l'amore de ânimo, isto é, da vontade, é suscetível de errar, e geralmente erra, quando tende ao seu objeto (o bem real, ou simplesmente suposto ou imaginado) ou com exagerado vigor ou sem o entusiasmo necessário.
97. Dês que ao primeiro bem tenda direito: o primeiro bem, o bem divino, Deus. Se, então, este segundo amore (o da vontade, do ânimo, ou da inteligência) se dirige retamente a Deus, ou se se volve ao segundo bem, isto é, às coisas terrenas, com critério e moderação, não se apresentará nunca como causa de pecado.
100. Mas quando ao mal procede, incontrolado: mas o homem, levado pelo amore de ânimo, pode buscar no mal a satisfação de seus desejos, ou, então, mesmo tendendo ao bem, fazê-lo displicentemente. Quer numa situação, quer na outra, ofende ao seu Criador e incide em pecado.
106. Já que de sua essencial razão: o amor, como atributo da alma, não pode ser concebido independentemente de seu sujeito (o ser em que se manifesta). Daí, todo homem tende naturalmente ao seu próprio bem e não pode odiar-se a si mesmo.
109. E posto não se admite, dividido: do mesmo modo como não se odeia a si mesmo, também não pode o homem odiar a divindade de que procede e que lhe transmitiu o dom do amor natural.
113. Que o mal alheio é só que se deseja: não aspirando ao mal de si mesmo, nem ao da divindade, o homem, em sua inclinação para os bens e prazeres mundanos (l'amore d'animo), é levado frequentemente a desejar o mal do próximo. Esta corrupção moral se apresenta sob três formas distintas, enumeradas a seguir.
115. Há quem, por elevar-se mais, almeja: alguns, na presunção de sobressair vantajosamente entre seus vizinhos, tendem ao aniquilamento ou à humilhação destes; e são os soberbos.

118   Há quem teme perder a honra e a fama,
        se porventura alguém se lhe avantaja;
        e se lamenta do que mais o inflama.

121   E há inda quem, quando uma injúria o ultraja,
        que à vingança se entrega desabrida,
        e na desgraça do ofensor se engaja.

124   Ao mal esta tendência, tripartida,
        viste punida embaixo; e agora entende
        da outra, que visa ao bem, mas corrompida.

127   Cada um do sumo bem a ideia apreende,
        que lhe suaviza a rude inquietação
        e às exigências de sua alma atende.

130   Mas se mostra, em buscá-lo, hesitação,
        e disto se arrepende e se desdiz,
        neste terraço enfrenta a punição.

133   Há outro amor, que o ser deixa infeliz,
        e não reencontra, certo, a ordem divina,
        do verdadeiro bem fruto e raiz.

136   Quem a esse tipo de afeição se inclina,
        nos três giros de cima acha o castigo;
        mas como em cada qual se discrimina,

139   por que o vejas tu mesmo, ora não digo".

---

118. Há quem teme perder a honra e a fama: outros veem com maus olhos a preeminência e a felicidade alheias e começam a odiar nos demais aquilo que mais desejam para si mesmos; e são os invejosos.
121. E há inda quem, quando uma injúria o ultraja: e outros, finalmente, julgando-se alvo de alguma injúria, entregam-se ao sentimento de vingança, pretendendo a destruição de seus supostos ofensores; e são os iracundos.
124. Ao mal esta tendência, tripartida: esta corrupção do amor ao próprio bem, nas três formas por que geralmente se apresenta, resulta naqueles pecados vistos nos três primeiros terraços do Purgatório: A soberba, no primeiro terraço; a inveja, no segundo, e a ira, no terceiro.
127. Cada um do sumo bem a ideia apreende: a todo homem foi dada (às vezes confusamente) a ideia do sumo bem, a que ele tende como condição de felicidade. Mas se o faz sem a necessária diligência, se se mostra omisso ou remisso em buscar tal bem, incide em pecado. Arrependendo-se a tempo, vem purgar-se de sua desídia exatamente aqui, no quarto terraço.
133. Há outro amor que o ser deixa infeliz: ao lado da tendência ao sumo bem, de natureza moral ou religiosa, há outra tendência d'amore, que, porém, não aquieta a alma do homem, mas o torna infeliz. Tal tendência não afeta à ordem divina, restringindo-se à ordem dos prazeres materiais.
136. Quem a esse tipo de afeição se inclina: os que se abandonam a tal amor desregrado e corrupto aos bens terrenos vão purgar-se nos três terraços superiores do Purgatório. Trata-se da avareza, da gula e da luxúria. Virgílio não antecipa, porém, a ordem em que ocorre a punição de tais pecados, pois Dante iria vê-la com seus próprios olhos.

CANTO XVIII

    À entrada do quarto terraço, e já ao vir da noite, Virgílio demonstra a Dante o natural movimento da alma para o prazer e o bem, sujeita, todavia, esta tendência ao poder da vontade. Aparecem, em correria, as almas dos omissos, negligentes e tardos na prática do bem e da virtude, mostrando agora o zelo e a diligência que não exerceram em vida. A seguir, Dante adormece.

1   Encerrando o discurso, finalmente,
      Virgílio, atento, o rosto me observava,
      por ver se eu me quedara, ou não, contente.

4   Nova sede, entretanto, me instigava;
      e, calado, segui conjecturando:
      "Meu constante inquirir quem sabe o agrava?"

7   Mas o guia dileto, adivinhando
      de meu pensar o enleio, suavemente
      falou-me, à fala, pois, me incentivando.

10   "Tanto se aclara, mestre, a minha mente
      à tua luz", eu comecei, "que a gosto
      tudo compreendo que me pões à frente.

13   Curioso estou, porém, de ver exposto
      o conceito do amor, a que atribuías
      o princípio do bem e o seu oposto".

16   "Segue", tornou-me, "do intelecto as vias,
      e o erro dos cegos te será mostrado
      que pensam aos demais servir de guias.

---

1. Encerrando o discurso, finalmente: Virgílio chegara ao fim de sua exposição da teoria do amor natural (*amore naturale*) e do amor do ânimo ou da vontade (*amore d'animo*), como atributos da alma e fundamento das boas e das más ações (Canto XVII, versos 94 a 139).
4. Nova sede, entretanto, me instigava: as palavras de Virgílio suscitaram nova dúvida em Dante, que, entretanto, se mostrava hesitante em propô-la, com receio de, com tantas perguntas, agravar a seu companheiro.
9. Falou-me, à fala, pois, me incentivando: Virgílio, que percebera a hesitação de Dante, falou-lhe, animando-o a expor o seu pensamento.
14. O conceito do amor: Dante pediu a Virgílio que lhe desse, então, uma definição precisa do amor que, nos seus dois aspectos, o natural e o de ânimo, era apontado como razão quer do bem quer do mal.
17. E o erro dos cegos te será mostrado: raciocina comigo (diz Virgílio), e perceberás facilmente o erro de tantos cegos ou ignorantes que se arvoram em guias, isto é, prelecionam aos demais enganosamente sobre esta matéria.

PURGATÓRIO

19 o espírito, ao amor vocacionado,
    a qualquer coisa tende que lhe apraz,
    e nela se concentra, descuidado.

22 A fantasia extrai, do que é veraz,
    um sentido, uma forma peregrina,
    aos quais rendido o ânimo se faz.

25 A força que a figuras tais o inclina
    força é de amor, impulso de natura,
    que através do prazer o homem domina.

28 E como o fogo, de que mais se apura
    sua forma, subindo intensamente,
    por buscar mor vigor na plena altura

31 — a alma dos vivos, sob a flama ardente,
    que é moto espiritual, só cobra alento
    quando se satisfaz inteiramente.

34 Podes ver como é falso o julgamento
    da gente vã que, afoita, considera
    revestir todo amor merecimento.

37 Sua matéria é na aparência vera,
    mas nem sempre é perfeito e bom o selo
    inda que chancelado em boa cera".

40 "Ao meu engenho o teu discurso belo
    fez esse impulso", eu disse, "desvendado;
    mas em algo não posso compreendê-lo.

19. O espírito, ao amor vocacionado: por uma disposição insita, que o Criador lhe atribui, o espírito é naturalmente inclinado ao amor, e por isso tende instintivamente a tudo que lhe desperta prazer.
22. A fantasia extrai, do que é veraz: das coisas concretas e reais (o mundo objetivo que se lhe oferece), o espírito extrai uma imagem subjetiva (um sentido, uma forma peregrina), inclinando-se para essa imagem com toda a sua força própria e natural.
25. A força que a figuras tais o inclina: e tal inclinação à imagem subjetiva que o espírito se forma de algo do mundo real e contingente é que constitui o amor.
28. E como o fogo, de que mais se apura: a inclinação do amor é comparada ao fogo, que, por sua natureza, tende ao alto (e quanto mais alto, mais intenso). E a alma, movida ao amor por um impulso da natureza, só se realiza e aplaca (como o fogo) quando se satisfaz, inteiramente, na matéria que a alimenta.
34. Podes ver como é falso o julgamento: assim podes perceber (diz Virgílio a Dante) como é enganoso e falso o julgamento dos que proclamam que o amor é em si necessariamente digno. Para muitos, alude-se aqui aos epicuristas, em cuja doutrina o prazer é sempre válido, posto que prazer. Seriam os cegos que se arvoravam em guias da humanidade (verso 18).
36. Sua matéria é na aparência Vera: pois que se esta inclinação do amor é, em princípio, verdadeira, está sujeita a exercer-se viciosamente, a exemplo do sinete, que nem sempre é próprio e legítimo ainda que estampado na melhor cera.

43   Visto que ele de fora nos é dado
     e de per si nosso ânimo domina,
     que pode este fazer, se é certo ou errado?"

46   "Explico o que à razão se discrimina",
     tornou-me: "Quanto ao mais, Beatriz, à frente,
     te ensinará, por ser lição divina.

49   A forma espiritual, que insitamente
     emana da matéria, e é à mesma unida,
     possui virtude própria, a qual somente

52   por sua operação é percebida,
     e só no efeito mostra sua essência,
     como no seu verdor a planta a vida.

55   Assim, de onde procede a inteligência
     do primo bem não tem o homem noção,
     nem de onde para o amor essa tendência,

58   que nele é tal na abelha a inclinação
     de o mel fazer; impulso, é claro, isento
     quer de louvor, quer de condenação.

61   Mas como outros lhe vêm em seguimento,
     a natural virtude da alma ensina
     a lhes dar ou negar assentimento.

64   Deste princípio, creio, se origina
     de cada ser o mérito, segundo
     ou para o bem ou para o mal se inclina.

---

43. *Visto que ele de fora nos é dado:* Dante manifesta aqui nova dúvida a Virgílio. Visto que a tendência ao amor é imposta, de fora, à alma, e só esta tendência é que a leva a afeiçoar-se ao objeto que se lhe apresenta – que responsabilidade pode ter a alma em fazê-lo certa ou erradamente?
46. *Explico o que à razão se discrimina:* ao responder a Dante, sobre esta questão, Virgílio explica que só pode fazê-lo segundo a forma por que a razão a concebe. Mas o que em tal matéria era pertinente à fé ser-lhe-ia exposto por Beatriz, quando chegasse até ela.
49. *A forma espiritual, que insitamente:* parece que sob esta designação de forma espiritual (*forma sustanzial*) se contempla especificamente a alma. Quer dizer, a alma, ínsita na matéria, e com esta naturalmente unida, dela se distingue por uma força ou virtude próprias. Essa virtude só se manifesta pela sua peculiar afirmação, isto é, pelo seu operar, e só nos efeitos deste demonstra sua essência, como a vida da planta se demonstra pela sua fronde verdejante.
55. *Assim, de onde procede a inteligência:* e como a força ou virtude da alma, ínsita na matéria, não pode ser deduzida racionalmente, resulta que o homem não tem noção da origem de seu sentimento de Deus, nem do que produz essa tendência de amore, que é nele instintiva como o é na abelha a inclinação de fabricar o mel.
61. *Mas como outros lhe vêm em seguimento:* mas em torno desta primeira e instintiva inclinação, ínsita na alma, outras muitas vão-se-lhe reunindo no curso da vida, cabendo, então, à própria virtude natural do homem a oportunidade de lhes dar ou negar assentimento.

PURGATÓRIO

67 Quantos de tal questão foram ao fundo
à luz chegaram desta liberdade,
razão da lei moral ditada ao mundo.

70 Posto que à força da necessidade
todo apetite nele é despertado,
o homem tem de contê-lo a faculdade.

73 Este poder é por Beatriz chamado
de livre-arbítrio — e lembra tal noção,
quando enfim te encontrares a seu lado".

76 A lua, quase à meia-noite, então,
ia surgindo, e escassa nos fazia
das estrelas a luz ao seu clarão;

79 e marchava no céu àquela via
que o sol inflama, se de Roma olhado,
entre Sardos e Corsos, na agonia,

82 o espírito gentil, de cujo fado
houve Pietola, mais que Mântua, alento,
do peso meu me havia liberado.

85 Já tendo recolhido o fundamento
àquela indagação, eu prosseguia,
como quem vai a custo, sonolento.

88 Mas emergi da semi-letargia
pelo rumor, atrás de nós, da gente
que ligeira e gritando ali surgia.

67. Quantos de tal questão foram ao fundo: os antigos filósofos, notadamente Platão e Aristóteles, que foram ao fundo deste problema, reconheceram a capacidade do homem de auto-determinar-se (à luz chegaram desta liberdade) e, com base nela, deduziram para a humanidade a lei moral.
73. Este poder é por Beatriz chamado: o poder de auto-determinação dos homens, de que se ocuparam os filósofos antigos, foi admitido pela teologia e a religião como o livre-arbítrio. Beatriz, no Paraíso, era para Dante um símbolo da verdade, da fé e da santidade, e pois nela como que se personaliza, aqui, poeticamente, um princípio teológico.
76. A lua, quase à meia-noite, então: designa-se que era aproximadamente meia-noite no Monte do Purgatório. A lua, que surgia ali, em razão do tempo, àquela hora, ofuscava e às vezes apagava as estrelas.
82. O espírito gentil, de cujo fado: Virgílio, cuja fama projetara justamente Pietola, a pequena aldeia em que nasceu, mais ainda que a vizinha Mântua – havia-me satisfeito com suas explicações, aliviando-me do peso de minhas dúvidas.
86. Eu prosseguia, como quem vai a custo: recorde-se que os poetas haviam atingido o limiar do quarto terraço justamente quando começava a noite. Depois de escurecer não era permitido galgar as encostas do Monte, isto é, ascender de um terraço ao outro, mas era possível caminhar ao longo dos pisos. E, pois, enquanto discutiam aquelas profundas e relevantes questões tinham prosseguido por muito tempo.
89. Da gente que ligeira e gritando: as almas dos negligentes e omissos na prática do bem e da virtude, que se purgavam no quarto terraço.

"Mas emergi da semi-letargia
pelo rumor, atrás de nós, da gente
que ligeira e gritando ali surgia."
(*Purg.*, XVIII, 88/90)

91   E como, à noite, vinha de repente
     junto ao Asopo e Ismeno a multidão,
     a dirigir a Baco a prece ardente,

94   assim, sobre o terraço, em profusão,
     ela acorria ali se atropelando,
     por ir ao bem com mais disposição.

97   Logo nos alcançou, como que voando,
     aquela turba que não vi tamanha;
     à frente estavam dois, que iam bradando:

100 "Maria mais veloz foi à montanha"
     e "César, que de Ilerda não se esquece,
     põe em sítio Marselha, e corre à Espanha!"

103 "Vamos! Vamos! que o tempo se esvanece
     à lentidão", gritavam, juntamente:
     "Somente ao zelo a graça se oferece!"

106 "Ó almas que, pelo fervor presente,
     procurais apagar a antiga imagem
     da culpa vossa omissa e negligente,

109 eis um vivo que chega a esta paragem
     e quer subir tão logo surja o dia:
     mostrai-nos, pois, o jeito da passagem".

112 Assim lhes dirigiu a voz meu guia.
     E uma das almas: "Vinde prestamente,
     atrás de nós, e encontrareis a via.

115 Temos de nos mover continuamente;
     e escusas vos rogamos, que em verdade
     a nossa culpa nos impele à frente.

---

92. *Junto ao Asopo e Ismeno a multidão*: o Asopo e o Ismeno eram rios da Beócia. Às suas margens acorriam os Tebanos para invocar os favores de Baco, seu deus protetor.
100. *Maria mais veloz foi à montanha*: as almas se purificavam, naturalmente, evocando exemplos contrários à acídia em que incorreram. Aqui são referidos dois desses episódios de solicitude e diligência. O da Virgem Maria, ao enfrentar as dificuldades de rude jornada para visitar Isabel, após a Anunciação; e o de Júlio César que, para submeter Ilerda (Lérida), não perdeu tempo em Marselha: deixou-a sitiada, e correu, pressuroso, à Espanha.
115. *Temos de nos mover continuamente*: a própria natureza da punição e purificação daquelas almas não lhes permitia suspender a correria. E, pois, o espírito que fala se escusa junto aos poetas, por não poder deter-se ali.

118   De São Zeno, em Verona, fui abade,
      sob o bom Barbarossa, de que a impura
      Milão inda lamenta a autoridade.

121   Alguém, já com um pé na sepultura,
      se apresta por pagar em breve o mal
      que ao mostciro causou sua impostura,

124   quando um filho, no físico anormal,
      e na alma inda pior, e mal nascido,
      pôs em lugar de seu pastor real".

127   Não sei se se calou, pois removido
      para a frente se fora, distanciado;
      e nada mais reteve o meu ouvido.

130   Virgílio me falava, atento, ao lado:
      "Eis dois ali, que à extrema exaltação,
      mantêm o bando mais estimulado".

133   Vinham atrás, gritando: "A multidão
      à qual o mar se abriu chegou à morte
      primeiro que seus filhos ao Jordão!

136   E a gente que por medo à lida forte
      de Eneias o seu chefe abandonou,
      não conheceu senão mesquinha sorte!"

139   Quando a fila das almas se afastou
      até que nada mais notei à frente,
      uma ideia diversa me tomou,

142   da qual outras surgiram, febrilmente;
      e de tal modo entre elas divaguei
      que, cerrando os meus olhos, lentamente,

145   do pensamento ao sonho deslizei.

---

118. *De São Zeno, em Verona, fui abade*: o espírito se apresenta, sem declinar o nome, como um abade de São Zeno, Verona, no tempo do Imperador Frederico Barbarossa. Milão, orgulhosa e impura, ainda se recordava amargamente do peso da autoridade do Imperador, que a castigou por sua rebelião.
121. *Alguém, já com um pé na sepultura*: vaticina-se a próxima morte de Alberto della Scala, *podestà* de Verona, que deveria certamente pagar no Inferno o mal que causara à mesma abadia de São Zeno. Afirmava-se que Alberto havia afastado abusivamente o legítimo pastor, designando para substitui-lo um seu filho natural, que era defeituoso fisicamente e de péssimo caráter.
132. *Mantêm o bando mais estimulado*: as duas almas, que vinham atrás das outras em correria, pareciam estimulá-las ainda mais em sua faina, lembrando-lhes exemplos de acídia, negligência e omissão punidas.
133. *A multidão à qual o mar se abriu*: os Israelistas, que passaram o Mar Vermelho, e que, por sua delonga em acompanhar Moisés, morreram antes que seus filhos vissem as águas do rio Jordão, isto é, a terra prometida.
136. *E a gente que por medo à lida forte*: os companheiros de Eneias que, recusando-se a segui-lo à Itália, onde um destino glorioso os aguardava, preferiram, por indolência, quedar-se obscuramente na Sicília.

CANTO XIX

Ao despertar do sono em que, pouco antes da madrugada, havia tido uma estranha visão, Dante chegou, com Virgílio, à íngreme vereda que levava ao quinto terraço. Aí o Anjo lhe cancelou mais um dos sinais em sua fronte. Alçam-se, então, os poetas ao novo giro, onde se viam as almas dos avarentos, estendidas de bruços, com os olhos unidos ao solo e tendo atados os pés e as mãos.

1   À hora da noite em que o calor diurno
já não detém da lua a essência fria,
pela terra vencido, ou por Saturno,

4   quando aos geomantes clara se anuncia
no oriente, antes de vir a madrugada,
a Mor Fortuna na ensombrada via

7   — em sonho uma mulher me foi mostrada,
com olhos vesgos, voz tartamudeante,
coxa e maneta, a face descorada.

10   Fitei-a; e como à luz do sol radiante
se vai um corpo gélido animando,
assim, de meu olhar ali diante,

13   desprendeu-se-lhe a língua, e o busto inflando,
ela se ergueu, no rosto macilento
um súbito rubor se demonstrando.

---

1. À hora da noite em que o calor diurno: entre quatro e cinco horas da manhã. É quando a lua se torna mais frígida, porque pouco lhe chega do calor solar durante algum tempo retido pela terra. Tal calor vai-se esvaindo à noite, quer pelo próprio frio natural de nosso planeta (era o que se supunha), quer por influência de Saturno, também considerado um astro glacial. O poeta, que havia adormecido após percorrer o quarto terraço (era necessário aguardar o dia para subir à outra plataforma), teve, então, àquela altura, o sonho que vai descrever.
4. Quando aos geomantes clara se anuncia: e também a essa hora é que surgem no oriente as constelações de Aquário e Peixes, que antecipam, por dizer assim, o nascer do sol. Os geomantes eram adivinhos que interpretavam o futuro por meio de sinais lançados, casualmente, no solo ou outra superfície. Quando, porventura, tais sinais inculcavam as figuras de Aquário e Peixes configuravam-se felizes prenúncios. A Mor Fortuna, pois, dos geomantes.
7. Em sonho uma mulher me foi mostrada: esta mulher simboliza a tentação que induz o homem ao gozo pecaminoso dos prazeres materiais (avareza, gula e luxúria), que se purgam nos três terraços restantes (versos 58 a 60). A transformação, aqui, demonstra o caráter enganoso e falso da tentação. A mulher que se apresenta sob a forma de sedutora sereia é, na essência, uma desprezível figura, com olhos vesgos, gaga, coxa e maneta.

16 E recobrado já da voz o alento,
    começou a cantar, de vida cheia,
    destarte me prendendo o pensamento.

19 "Eu sou", cantava, "a plácida sereia
    que os marinheiros paraliso e encanto,
    ao som da melodia, que os enleia.

22 A Ulisses desviei, pelo meu canto,
    de seu ansiado curso; e a mim chegado,
    quase ninguém escapa ao meu quebranto".

25 Não fora inda o seu canto terminado
    quando outra dama, agora de feição
    honesta e santa, nos surgiu ao lado.

28 "Ó Virgílio, Virgílio, é ela, então?"
    — como em clara censura, perguntou
    ao poeta, que a fitava em compunção.

31 Alçando a mão, a veste à outra rasgou,
    e o ventre lhe exibiu, de que saía
    fétido odor que, então, me despertou.

34 Ao mesmo tempo, ouvi dizer meu guia:
    "Três vezes te chamei. Sê diligente!
    Busquemos por subir agora a via".

37 Ergui-me, e já o dia renascente
    aclarava os terraços, sobre o monte;
    co' o sol por trás, andamos prestamente.

40 Seguindo o mestre, eu encurvava a fronte
    ao peso dos cuidados da jornada,
    tal, na postura, um arco sob a ponte.

43 Súbito, ouvi: "Chegai! É aqui a entrada!"
    a uma voz tão gentil como jamais
    terá sido, entre os vivos, escutada.

26. Quando outra dama, agora de feição honesta e santa: representação da virtude, que se opõe naturalmente à tentação.
31. Alçando a mão, a veste à outra rasgou: a segunda dama que Dante viu surgir ali, no seu sonho, e que apresentava aspecto honesto e santo, ergueu a mão e rasgou, à frente, as vestes da sereia, exibindo-lhe o ventre. E deste emanou um fétido odor, cuja intensidade fez com que o adormecido poeta despertasse.

46 Asas distensas, às de um cisne iguais,
    o que falara a trilha nos mostrava,
    ao pé de erguidos muros laterais.

49 Da leve pluma o rosto me afagando,
    "*Qui lugent*", murmurou, "abençoados,
    ao supremo consolo ora rumando".

52 "Por que no piso os olhos tens cravados?"
    Interrogou-me o guia, sempre atento,
    mal nos vimos um pouco distanciados.

55 "O sonho que sonhei faz um momento
    tanto minha alma", eu disse, "inda embaraça,
    que dele não se afasta o meu intento".

58 "Viste", tornou-me, "a feiticeira crassa,
    razão do pranto que se escuta adiante;
    mas viste como o mal se lhe rechaça.

61 Que isto te baste! Vamos, pois, avante:
    Olha para o alto, onde se move e gira
    a esfera que nos chama, irradiante!"

64 Como o falcão, que os pés de início mira,
    e já se volve ao grito, e, pois, no espaço,
    na ânsia da presa, rápido, se atira

67 — assim eu fiz, e todo o extenso passo
    da vereda galgando, reanimado,
    alcei-me, enfim, à borda do terraço.

49. Da leve pluma o rosto me afagando: roçando, à ponta da asa, a fronte do poeta, o Anjo cancelou nela o quarto dentre os PP que lhe haviam sido incisos (e representativo do pecado da acídia).
50. *Qui lugent*, murmurou: ao mesmo tempo, o Anjo o saudava, com as palavras de Cristo: "Felizes os que choram, porque serão consolados". *Qui lugent*: os que choram, os que sofrem.
55. O sonho que sonhei faz um momento: o sonho que tive há pouco (versos 7 a 33) — diz Dante a Virgílio — ainda me intriga e preocupa. E, com tal sonho na mente, o poeta avançava ali, cabisbaixo e pensativo.
58. Viste, tornou-me, a feiticeira crassa: viste, em teu sonho (Virgílio explica a Dante), a feiticeira (a sereia, a tentação), responsável pelos pecados que se purgam nos três últimos terraços, a partir do quinto; mas viste também como se pode combatê-la (com a ajuda da dama honesta, a virtude).
64. Como o falcão, que os pés de início mira: e tal como o falcão, que observa primeiro seus pés, por ver se já os tem livres da presilha, depois se volve ao grito de incitamento do falcoeiro, e se lança então ao alto, sequioso do voo e da presa — assim (diz Dante), eu, animado pelas palavras de Virgílio, lancei-me vereda acima, até alcançar a borda do outro terraço.

"'Por que no piso os olhos tens cravados'?
Interrogou-me o guia, sempre atento,
mal nos vimos um pouco distanciados."
(*Purg.*, XIX, 52/4)

70 E quando ao giro quinto fui chegado
sombras eu vi, de bruços, no tormento,
mantendo o rosto para o chão voltado.

73 "*Anima mea adhesit pavimento*",
soluçavam, ali, à voz sentida,
de que mal se colhia entendimento.

76 "Ó almas, a que a pena merecida
inda a esperança abranda certamente,
ensinai-nos o rumo da subida".

79 "Se é que não vindes por ficar, e à frente
desejais encontrar depressa a via,
segui pela direita, à escarpa rente".

82 Assim falou o poeta, e assim se ouvia
vir de perto a resposta; eu percebi
qual era a sombra ali que a proferia.

85 A meu mestre os meus olhos dirigi:
e dele tive, a um gesto, o assentimento
ao que por essa forma lhe pedi.

88 E visto que era esse o meu intento,
aproximei-me então do condenado
de que só pela voz eu dera tento,

91 e disse: "Ó tu que a prantear, prostrado,
maduras para a Deus ires enfim,
suspende um pouco agora o teu cuidado.

94 Dize-me quem és tu, e porque assim
te estendes aí de borco; eu não me nego
a orar por ti, na terra de onde vim".

71. Sombras eu vi, de bruços, no tormento: alcançando o limiar do quinto terraço, o poeta viu imediatamente muitas almas, deitadas ao comprido, de bruços, com o rosto colado à terra. Eram os avarentos, que se redimiam por essa forma de seu pecado.
73. "*Anima mea adhesit pavimento*": palavras de um salmo de Davi que significam: minha alma voltou-se para o chão, isto é, inclinou-se exclusivamente para os prazeres materiais.
79. Se é que não vindes por ficar, e à frente: uma das almas prostradas ali dirigiu a palavra aos poetas. Como Dante logo a seguir percebeu, tratava-se da alma do Papa Adriano V. Já que não vindes — dizia-lhes aquele espírito — para vos purgardes conosco do pecado da avareza, encontrareis a saída, avançando pela direita.

97 "Primeiro", respondeu, "*scias quod ego
    successor Petri fui*: verás também
    porque no pó o meu semblante esfrego.

100 Entre Siestri e Chiaveri, no alto, além,
    um rio flui, precípite, a cantar,
    do qual o nome antigo nos provém.

103 Num mês e pouco pude bem provar
    quanto o grão manto pesa a quem o traz,
    tornando as outras cargas pluma no ar.

106 A minha conversão foi lenta assaz;
    e só depois de feito alto pastor,
    da glória a imagem descobri falaz.

109 Nela não se amainou a minha dor,
    embora sem igual fosse na vida:
    a esta outra, pois, volveu-se o meu amor.

112 Até ali era a minha alma infida,
    inimiga de Deus, corrupta e avara;
    e, como vês, por isto vai punida.

115 O que a avareza opera se declara
    deste castigo à forma, exatamente;
    nem há no monte pena mais amara.

118 E pois que a nossa vista, impenitente,
    não via o céu, mas só à terra olhava,
    ora a justiça o chão lhe põe à frente.

121 E tal como a avareza nos negava
    o dom da fé, e o bem, pois, nos tolhia,
    ora aqui a justiça os pés nos trava

---

97. "*Scias quod ego successor Petri fui*": sabe que eu fui sucessor de Pedro. A alma estendida no solo, à pergunta de Dante, adverte-o de que fora Papa (Adriano V), e diz-lhe que lhe explicará também a razão de seu castigo.
102. Do qual o nome antigo nos provém: o nome de nossa família foi tomado do belo rio que corre entre Siestri e Chiaveri, isto é, o rio Lavagna. E, de fato, Otobuono Fieschi, sagrado Papa como Adriano V, pertencia à linhagem dos condes de Lavagna.
103. Num mês e pouco pude bem provar: Adriano V, ascendendo ao pontificado em 11 de julho de 1276, morreu a 18 de agosto seguinte, tendo sido Papa trinta e oito dias. E, nesse breve prazo, pôde verificar o quanto pesa o manto papal a quem o mantém imune à lama; era imensa carga, perto da qual todas as demais podiam considerar-se verdadeira pluma.
109. Nela não se amainou a minha dor: nem mesmo a excelsa glória de ser Papa, a mais eminente do mundo (na vida), podia consolar a dor que me avassalou a alma ao tomar consciência de meu erro passado; e, a partir daquele instante, toda a minha aspiração volveu-se para a outra vida, isto é, para a vida eterna.
112. Até ali era a minha alma infida: até ali, até o momento em que fui sagrado Papa, e foi o instante de minha tardia conversão.

124   e liga as mãos ao que mais nos prendia;
       e quanto a Deus se sirva de ordenar,
       ficaremos assim, nesta agonia".

127   Pus-me de joelhos, para lhe falar;
       apenas comecei, tendo notado,
       só pelo ouvido, que o estava a honrar:

130   "Por que", bradou, "te quedas ajoelhado?"
       "A eminência de vossa posição
       não me deixa", tornei-lhe, "estar alçado".

133   "Enganas-te", falou-me; "ergue-te, irmão:
       vê bem que, como tu, e aos mais parelho,
       Deus nos nivela aqui a condição.

136   Se algum dia a palavra do Evangelho
       que soa '*Neque nubent*' compreendeste,
       acharás a razão deste conselho.

139   Agora, vai-te; assaz te detiveste:
       Tua presença um pouco aqui me priva
       do pranto em que maturo, qual dissesse.

142   Minha sobrinha Alágia ainda está viva,
       e praza a Deus que o exemplo deprimente
       dos nossos não a faça ao bem esquiva;

145   só ela é que me resta, finalmente".

---

124. E liga as mãos ao que mais nos prendia: todos ali haviam sido avarentos, e, assim, o que mais os prendia era a cobiça dos bens da terra. Natural, pois, que a justiça divina lhes prendesse agora as mãos à terra.
127. Pus-me de joelhos para lhe falar: Dante, ao ver que estava diante do Papa Adriano V, pôs-se de joelhos para lhe falar, tal como o exigia a eminência de sua posição.
134. Vê bem que, como tu, e aos mais parelho: mas o Papa Adriano informa a Dante que não havia razão para ficar ali de joelhos, pois que a morte nivela todos os homens, não cabendo mais qualquer distinção entre eles.
136. A palavra do Evangelho que soa *Neque nubent*: depois da morte cessa todo vínculo matrimonial, segundo São Mateus, XXII (*Neque nubent*). O Papa, esposo da Igreja, na terra, já não o era na outra vida.
141. Do pranto em que maturo, qual dissesse: remissão à saudação que Dante lhe dirigira: "Ó tu que maduras para a Deus ires enfim" (versos 91 a 92). A presença do poeta, ali, por mais tempo, distraindo-o da prece, poderia retardar sua purificação...
142. Minha sobrinha Alágia ainda está viva: finalmente, Adriano informa a Dante que sua sobrinha Alágia, uma alma bondosa, ainda vivia. E não podia valer-se de ninguém mais, a não ser dela, para ter abreviada junto a Deus a sua salvação.

"'Por que', bradou, 'te quedas ajoelhado?'
'A eminência de vossa posição
não me deixa', tornei-lhe, 'estar alçado'."

(*Purg.*, XIX, 130/2)

CANTO XX

Prosseguem os poetas na caminhada pelo quinto terraço, entre os avarentos estendidos no solo. Deixando o Papa Adriano V, entretém-se com outro espírito, o de Hugo Capeto, tronco da dinastia então reinante na França, e que lhes faz amargos vaticínios. Pouco depois, um rude abalo sacode o Monte, infundindo angústia e temor a Dante, mas despertando-lhe também o desejo de conhecer a causa que o havia determinado.

1   Contra razão melhor, razão não luta;
    e por satisfazê-lo, aborrecido,
    a minha esponja recolhi enxuta.

4   Acompanhei meu guia que, premido
    ao fundo, nos vãos livres, caminhava,
    como entre ameias sobre um muro erguido:

7   que a gente ali, de cujo olhar manava
    o mal que o mundo incrédulo castiga,
    por todo o espaço externo se espalhava.

10 Maldita sejas, velha loba imiga,
    que tantas presas tomas, vorazmente,
    na fome ilimitada que te instiga!

13 Ó céus, de que se crê que o giro à frente
    a nossa sorte possa transformar,
    quando virá quem afinal a enfrente?

---

1. Contra razão melhor, razão não luta: remissão ao encontro com o Papa Adriano V, narrado no Canto precedente (versos 97 a 105, especialmente, e 136 a 145). Dante resignou-se a ceder à vontade de Adriano (a razão melhor), o qual dera por findo o diálogo. Estava ainda desejoso de fazer-lhe algumas perguntas, mas teve que recolher a esponja de sua curiosidade antes de impregná-la da água daquela fonte.
4. Acompanhei meu guia que, premido ao fundo: como naquele ponto as almas dos avarentos ocupavam todo o piso, até à borda externa, só restava aos poetas seguir por uma estreita faixa, deixada livre, ao fundo, bem rente à escarpa. E Dante acompanhou Virgílio, que já por ali avançava, guindando-se por vezes às arestas, a jeito de quem caminha sobre um muro de ameias, passando de uma fresta a outra.
10. Maldita sejas, velha loba imiga: a velha loba imiga é a avareza que flagela o mundo, movida por fome cruel e insaciável. Podiam-se ver os seus efeitos ali, no quinto terraço. A mesma loba que barrara os passos do poeta na selva escura, como referido no Canto I do Inferno, versos 49 a 51 e 97 a 99.
15. Quando virá quem afinal a enfrente?: recorde-se que no Canto I do Inferno (versos 100 a 111) o poeta vaticinara a vinda de um herói (o Veltro) para eliminar a loba (a avareza), causa dos males que afligiam a Itália. Volta-se aqui, embora de passagem, ao mesmo tema.

"Movíamos os passos, devagar;
eu ia atento às sombras, e as ouvia
confusamente lamentar-se e orar."

(Purg., XX, 16/8)

PURGATÓRIO

16 Movíamos os passos, devagar;
    eu ia atento às sombras, e as ouvia
    confusamente lamentar-se e orar.

19 De súbito escutei "Doce Maria!"
    gritar ali, como a mulher em pranto,
    que nas dores do parto se crucia.

22 "Foste tão pobre", continuava, "quanto
    se demonstrava pelo humilde hospício
    onde o teu fruto depuseste santo!"

25 E a voz seguia: "Ó ínclito Fabrício,
    que preferiste uma pobreza honrada
    à fortuna manchada pelo vício!"

28 De jeito tal me foi a alma tocada,
    que avancei mais depressa, na intenção
    de ver de quem a voz era emanada.

31 Já passara a exaltar a doação
    feita por Nicolau às três donzelas,
    para eximi-las à degradação.

34 "Ó tu", falei, "que evocas coisas belas,
    dize quem foste, e por que és tu, somente,
    que à plena voz aqui ora as revelas?

37 Gravarei tal favor em minha mente,
    se voltar, como espero, ao horizonte
    da vida, que se esvai celeremente".

40 Tornou-me: "Eu o direi, não porque conte
    com tua ajuda, mas pela sagrada
    graça que ora te traz, vivente, ao monte.

---

22. Foste tão pobre: a voz que o poeta ouvia exaltava os exemplos de pobreza, dados pela Virgem Maria e por Fabrício, e de altruísmo, dado por São Nicolau — e isso constituía um incentivo para as almas que se purgavam do pecado da avareza. Quem falava era o espírito de Hugo Capeto, referido nominalmente no verso 49.
23. Se demonstrava pelo humilde hospício: o humilde hospício, a manjedoura de Belém, onde nasceu Cristo.
25. Ó ínclito Fabrício: Caio Fabrício, cônsul romano, que morreu pobre, e de que consta haver recusado os riquíssimos dons que lhe oferecia o rei Pirro, para que se abstivesse de combatê-lo.
31. A doação feita por Nicolau: São Nicolau, de Bari, que fez, anonimamente, doação de grande parte do que possuía a três moças do lugar, para evitar a extrema pobreza em que viviam as levasse à prostituição.
35. Dize quem foste, e por que és tu, somente: emocionado ante o que ouvia, Dante se aproximou do espírito que proferia aquelas palavras. E, pela forma como o interrogou, o poeta parecia supor que só aquela alma, ali, em meio a tantas, é que se ocupava de exaltar a pobreza.
40. Eu o direi, não porque conte: vê-se que Hugo Capeto (que era quem falava) não demonstrou maior interesse pela promessa de Dante de que poderia ajudá-lo com suas orações, na vida temporal. Ora, sabido que as preces dos vivos abreviam a penitência das almas no Purgatório, o fato não deixa de ser extraordinário. Supõe-se, então, que Hugo Capeto, que morrera havia já trezentos anos, estava prestes a ser redimido.

43   Fui a raiz da planta malsinada
     que ensombra a cristandade, e raramente
     se vê de algum bom fruto carregada.

46   Pois Lille, Gand, Douai, Bruges à frente,
     se pudessem, ter-se-iam já vingado;
     e isto é que imploro a Deus, honestamente.

49   Hugo Capeto lá eu fui chamado:
     a Felipe dei nome, e dei a Luís,
     dos quais o chão gaulês é governado.

52   Provim de um magarefe de Paris:
     tão logo ao fim a antiga estirpe veio,
     restando um só, que andou em traje gris,

55   ficou-me às mãos do reino, inteiro, o freio;
     à força da riqueza acumulada,
     com imenso poder, de amigos cheio,

58   fiz com que fosse presto colocada
     à frente de meu filho a insígnia real;
     e a nova dinastia foi sagrada.

61   Até que o grande dote provençal
     o senso lhe tolhesse da vergonha,
     era acanhada, e não causava mal.

---

43. Fui a raiz da planta malsinada: à pergunta de Dante (verso 35), o espírito (de Hugo Capeto) declara ter sido o tronco da malsinada dinastia de seu nome, e que ainda reinava sobre a França, Nápoles e Espanha. Aquela dinastia, pelos erros de seus príncipes (árvore que raramente dava bom fruto), afligia, assim, toda a cristandade.
46. Pois Lille, Gand, Douai, Bruges à frente: cidades da Flandres, tomadas pelo monarca então reinante, Felipe o Belo (um dos exemplos dos péssimos frutos da árvore dos Capetos). Se tivessem meios já aquelas cidades se teriam vingado de seu opressor. E, de sua parte, ele, Hugo Capeto, que conhecia o caráter de seu descendente, implorava a Deus que propiciasse tão justa vingança.
50. A Felipe dei nome, e dei a Luís: na dinastia dos Capetos os nomes mais frequentes eram os de Felipe e de Luís.
52. Provim de um magarefe de Paris: historicamente, Hugo Capeto, de que se havia originado a dinastia reinante, era da nobre família dos condes de Paris e duques de França. Entretanto, a legenda popular medieval se comprazia em atribuir-lhe a origem a um negociante de carnes, o magarefe de Paris.
53. Tão logo ao fim a antiga estirpe veio: a dinastia anterior, a dos Carolíngios (768-987), extinguira-se com a morte de Luís V. Seu último representante (Rodolfo, provavelmente) havia-se feito monge (andou em traje gris), renunciando, assim, à sucessão. Com isto, achei-me casualmente (Hugo Capeto é quem fala) com o poder de decisão política, e fiz com que a coroa viúva fosse imposta à cabeça de meu filho (Roberto, coroado em 988), sagrando-se, pois, a nova dinastia (dos Capetos).
61. Até que o grande dote provençal: em 1245, um Capeto, Carlos d'Anjou, desposou Beatriz, filha de Raimundo Berlinghieri, senhor da Provença. Morrendo Raimundo, seus direitos passaram a Beatriz, e deste modo foi a Provença adjudicada ao reino dos Capetos. Foi esse o grande dote provençal, que despertou a cobiça na dinastia reinante, a qual vivia antes em relativa obscuridade, não causando os males que viria a causar depois.

PURGATÓRIO

64   Mas ao roubo a levou essa peçonha:
       logo Ponthieu tomou, por penitência,
       e a Normandia, assim como a Gasconha.

67   Carlos à Itália foi, por penitência,
       e deixou Conradino ali prostrado;
       e ao Céu enviou Tomás, por penitência.

70   Vejo um tempo, e não tarda a ser chegado,
       em que outro Carlos deixará a França,
       por se tornar, e ao seu brasão, notado.

73   Sem exército, armado só da lança
       que Judas manejou, brande-a, cruento,
       contra Florença e em pleno ventre a alcança.

76   Em vez de terras, só aviltamento
       destarte logrará, e só pecado,
       dos quais nem chega, estulto, a se dar tento.

79   Vejo o outro, que já foi desembarcado,
       preso, da nau, e a filha irá vender,
       como um corsário a escrava, no mercado.

82   Que mais pode a avareza lhe fazer
       depois de tanto assim a degradar,
       a ponto de do sangue se esquecer?

---

64. *Mas ao roubo a levou esta peçonha*: esta peçonha, a cobiça, suscitada pelo grande dote provençal, e que levou os Capetos a empreender guerras de conquista, como no caso de Felipe o Belo, tomando Ponthieu, a Normandia e a Gasconha. Diz o poeta, ironicamente, que Felipe se lançou a tais ações, por penitência, isto é, por purgar-se do mal feito à Provença. Dante usa a mesma expressão, *por penitência*, ao se referir às outras violências dos Capetos, empregando a locução *per ammenda*, por três vezes, como rima, nestes dois tercetos (versos 64 a 69).
67. *Carlos à Itália foi, por penitência*: refere-se a Carlos I d'Anjou, que se apoderou de Nápoles e da Sicília, depois de bater Manfredo e Conradino, últimos representantes da família do Imperador Frederico II, de Suábia. Manfredo morreu em combate e Conradino, feito prisioneiro, foi decapitado. Dante atribui, igualmente, a Carlos d'Anjou a morte de São Tomás de Aquino, por envenenamento.
70. *Veio um tempo, e não tarda a ser chegado*: depois de narrar fatos pretéritos, Hugo Capeto passa a anunciar acontecimentos futuros, mas iminentes. E vaticina que em breve um outro Carlos (era Carlos de Valois, conhecido como Carlos Sem Terra, e irmão do rei Felipe o Belo) iria deixar a França e perpetrar negra traição contra Florença. O fato se verificaria, realmente, em 1301, em consequência, segundo Dante, de um conluio entre o Papa então reinante, Bonifácio VIII, e Felipe o Belo. Recorde-se que a desgraça política de Dante, sua condenação à morte, seu exílio definitivo, resultaram desse episódio.
79. *Veio o outro, que já foi desembarcado*: o outro Carlos (o terceiro aqui mencionado) é Carlos II d'Anjou, filho de Carlos I (verso 67), e que em 1283, após a batalha travada no golfo de Nápoles, havia sido feito prisioneiro por Ruggiero de Lauria. Muitos anos depois, já tendo recuperado a liberdade e sido reposto no reino de Nápoles, deu sua filha Beatriz em casamento ao velho Marquês Azzo VIII d'Este, tendo, ao que se dizia, recebido pelo seu assentimento às núpcias vultosa importância em dinheiro.
84. *A ponto de do sangue se esquecer*: e tamanha foi a degradação destes membros de minha família (continua Hugo Capeto) que, por dinheiro, chegaram a se esquecer de seu próprio sangue, como no caso dos esponsais de Beatriz d'Anjou.

85 E para os outros crimes lhe atenuar,
    vejo invadir Alagna o lis dourado,
    e em seu vigário Cristo aprisionar,

88 por novamente ser vilipendiado,
    e provar outra vez vinagre e fel,
    e, entre os ladrões, ser novamente alçado.

91 Vejo o novo Pilatos, tão cruel,
    que não saciado ainda, sem decreto,
    impõe ao Templo sua mão infiel.

94 Quanto, Senhor, há de me ser dileto
    ver chegada a vingança que, escondida,
    se aninha em teu desígnio alto e secreto!

97 O louvor, que eu fazia, à esposa ungida
    do Santíssimo Espírito, razão
    de ser tua palavra a mim volvida,

100 é de nossos anseios o refrão,
    durante o dia; mas, quando anoitece,
    o uso é fazer contrária increpação.

103 Lembramos Pigmalião, em nossa prece,
    feito traidor, ladrão e parricida,
    à fome do ouro, que nada há que cesse.

106 Mais a desgraça que do avaro Mida
    veio a coroar a sórdida ambição,
    nunca bastante, em riso, escarnecida.

86. Vejo invadir Alagna o lis dourado: e, por fim, se relata o maior dentre tais crimes, tão grande que os demais, perto dele, como que se atenuavam. Refere-se à invasão de Alagna, residência do Papa Bonifácio VIII, pelo embaixador de Felipe o Belo, Guilherme Nogaret, e Sciarra Colona, que o acompanhava. O fato ocorreu em 1303. O lis dourado, quer dizer, a insígnia dos reis de França. Bonifácio VIII foi aprisionado e levado a Roma, onde morreu.
91. Vejo o novo Pilatos, tão cruel: o novo Pilatos é Felipe o Belo, que teria inspirado o atentado ao Papa. E, não satisfeito com a sacrílega empreitada, encetou violenta e desumana perseguição contra a Ordem dos Templários, destruindo-a. Sem decreto, quer dizer, sem procedimento regular ou legal, porque, tratando-se de uma Ordem religiosa, qualquer providência a seu respeito deveria caber exclusivamente à Igreja.
97. O louvor, que eu fazia, à esposa ungida: após as candentes palavras sobre sua progênie, Hugo Capeto reporta-se à exaltação que fazia à pobreza da Virgem Maria (versos 19 a 24), e que fora a razão pela qual Dante lhe havia dirigido a palavra. E explica, então, que o costume ali era invocar, durante o dia, os que se mostraram imunes à avareza; à noite, entretanto, dedicavam-se a exprobrar os que foram sujeitos ao nefando vício.
103. Lembramos Pigmalião: Pigmalião, rei de Tiro; assassinou seu tio e cunhado Síqueo, para se apossar de sua fortuna.
106. Mais a desgraça que do avaro Mida: o rei Mida, que obteve dos deuses o dom de transformar em ouro o que tocava; e, pois, em suas mãos, até os alimentos se convertiam em ouro, o que o tornou alvo da irrisão universal.

PURGATÓRIO

109 E ainda Acham, que a cobiçosa mão
aos despojos lançou, e foi punido
por Josué, em santa irritação.

112 Recordamos Safira e seu marido
e o coice que a Eliodoro rechaçou;
de Polinestro o nome infame é ouvido.

115 Quando ao bom Polidoro exterminou,
evocamos de Crasso a vã figura,
que o gosto amargo do ouro, ao fim, provou.

118 Digo que um grita, e o outro só murmura,
segundo o próprio mal: pois não ressoa
a nossa voz aqui à mesma altura.

121 Não era, então, eu só a entoar a loa,
como pensaste; o que houve, simplesmente,
é que não se escutava outra pessoa".

124 Nós o deixamos, prosseguindo à frente,
na ânsia de percorrer, inteira, a estrada,
como cumpria, diligentemente.

127 Eis que a montanha vi convulsionada
por um tremor, e, pois, senti o gelo
que da morte deflui, quando chegada.

130 Mais não tremeu, decerto, a antiga Delo,
antes de haver Latona nela entrado,
por dar olhos ao céu, no parto belo.

109. E ainda Acham: por ter saqueado os despojos havidos com a tomada de Jericó, o hebreu Acham foi condenado à morte por Josué.
112. Recordamos Safira e seu marido: Ananias e Safira fizeram o voto de pobreza, mas conservaram ocultamente parte de seus bens. E quando mentiam a São Pedro, a esse respeito, caíram fulminados.
114. De Polinestro o nome infame é ouvido: reboa infamado pelo Monte o nome de Polinestro, que, ao receber de Polidoro o tesouro de Troia, para que o custodiasse, mandou matar o emissário, eliminando assim o seu testemunho.
116. Evocamos de Crasso a vã figura: Marco Crasso, que, aprisionado pelos Partos, foi por estes obrigado a beber ouro liquefeito, em castigo de sua avareza e desmesurada ambição.
118. Digo que um grita, e o outro só murmura: Dante havia perguntado a Hugo Capeto porque só sua voz se erguia, ali, exaltando os exemplos de pobreza (versos 35 e 36). Seu interlocutor explica-lhe, então, que ele estava equivocado. Na realidade, todos oravam, uns mais fortemente, outros mais brandamente, segundo a intensidade da culpa de cada um. Os que estavam perto dele, àquele instante, apenas sussurravam, e por isto só sua voz se destacava.
130. Mais não tremeu, decerto, a antiga Delo: Delo, ilha do mar Egeu, e que se supunha flutuar nas águas, era, segundo a tradição, acossada por terríveis abalos, até que Latona, esposa de Netuno, ali chegou para dar à luz a Apolo e Diana, que, simbolizados no sol e na lua, são ditos os olhos do céu.

133 Ecoou por toda a parte imenso brado,
     que fez Virgílio um pouco recuar,
     por me dizer: "Conserva-te ao meu lado!"

136 "*Gloria in excelsis Deo*" a proclamar
     viam-se os vultos, a uma voz, unidos,
     como por perto pude averiguar.

139 Quedamo-nos imóveis e tolhidos,
     como os pastores ante o mesmo canto,
     até cessarem todos os ruídos.

142 E reencetamos o caminho santo,
     entre as almas de bruços sobre o chão,
     tornadas já ao costumeiro pranto.

145 Nunca o desejo de ver a razão
     das coisas me premiu mais fortemente,
     se é que a memória não me faz traição,

148 que aquele que eu levava, ali, à frente;
     à pressa, eu não podia ouvir meu guia,
     nem por si a encontrava a minha mente:

151 e assim, a medo, e pensativo, eu ia.

---

140. Como os pastores ante o mesmo canto: ao tremer o Monte, ecoou, entoado pelas almas, o cântico *Gloria in excelsis Deo*, que fora também o cântico dos Anjos em Belém, no nascimento de Cristo. E como os pastores que se quedaram extáticos e surpresos, ao ouvi-lo, do mesmo modo Dante e Virgílio permaneceram ali, até que todos os ruídos (o tremor do Monte e o próprio canto) cessaram completamente.
145. Nunca o desejo de ver a razão das coisas: o poeta ardia em curiosidade por saber a razão do tremor do Monte e do coro ouvido, mas a pressa com que haviam reencetado a jornada não permitiu que a indagasse de Virgílio, e nem podia deduzi-la pelo próprio raciocínio. Mas essa causa lhe seria em breve explicada, como se verá do Canto seguinte.

CANTO XXI

Ainda no quinto terraço, entre os avarentos, e quando seguiam em busca do ponto de acesso à plataforma superior, os poetas falam a uma sombra que subitamente se erguera dentre a multidão das almas prostradas. O espírito se identifica como o poeta Estácio, e lhes explica a causa do abalo observado na montanha e também do imenso grito de graças que reboara pela encosta até às praias, embaixo.

1   A sede da alma, que não se sacia
    senão àquela linfa abençoada
    em que a Samaritana a graça hauria,

4   apressava os meus passos pela estrada,
    à trilha do meu guia, entre a tortura
    da gente que chorava ali prostrada.

7   E como afirma Lucas na Escritura
    que a dois transeuntes Cristo se mostrou,
    de súbito, ao se erguer da sepultura,

10 assim alguém por trás se levantou
    em meio à dolorosa multidão;
    e antes que o divisássemos falou:

13 "Irmãos, que Deus vos dê a salvação!"
    A essa voz nos volvemos, e Virgílio,
    rendendo-lhe a adequada saudação,

16 tornou-lhe assim: "Que o máximo concílio
    te outorgue a paz final e verdadeira,
    pois que a mim me retém no eterno exílio".

---

1. A sede da alma, que não se sacia: a alma tende à verdade, mas só pode encontrá-la pela graça divina, como a Samaritana a encontrou na água que lhe foi dada por Cristo. O poeta alude, por essa forma, à sua intensa aspiração de vir a conhecer as causas que haviam determinado o tremor do Monte e o grito uníssono das almas, como narrado no Canto precedente.
8. Que a dois transeuntes Cristo se mostrou: narra Lucas, no seu Evangelho, que Cristo, ao ressuscitar, apresentou-se subitamente a dois de seus discípulos que se dirigiam a Emaús, com eles conversando.
10. Assim alguém por trás se levantou: recorde-se que as almas dos avarentos estavam ali prostradas no solo, de bruços. Mas uma havia-se levantado, dentre elas, por detrás dos poetas, que, pois, só a perceberam quando ouviram sua voz, saudando-os. Como adiante se verá, era o espírito do poeta Estácio, referido nominalmente no verso 91.
18. Pois que a mim me retém no eterno exílio: Virgílio pertencia ao Limbo, e, portanto, ao Inferno, onde deveria jazer eternamente. Opõe, assim, o contraste de sua própria danação à graça conferida a Estácio, a caminho da bem-aventurança.

19 "Como?", bradou, pondo-se à nossa esteira:
"Se sombras não sois vós, arrependidas,
por que à morada vindes passageira?"

22 E o mestre, então: "Repara nas feridas
de meu amigo à fronte, e claramente
verás que vai buscando as plagas fidas.

25 Mas visto que a que fia, diligente,
inda na roca lhe trabalha a lã,
reservada por Cloto a toda a gente,

28 sua alma jovem, de minha alma irmã,
não podia vir só, pois que a visão
da terra inda a perturba, incerta e vã.

31 Assim do inferno à eterna escuridão
eu fui tirado, por mostrar-lhe a estrada,
como o farei, co' a ajuda da razão.

34 Mas dize-nos por que tão abalada
foi há pouco a montanha, e a voz dileta
se ouviu até ao mar, em coro entoada?"

37 Esta pergunta, indo certeira à meta
que eu procurava, me deu novo alento,
e minha alma expandiu-se, agora quieta.

40 "O fato", respondeu, "tem fundamento
na que nos rege santa provisão;
nem foi um desusado movimento.

43 o monte é imune a toda alteração,
salvo a que o próprio céu lhe determina
em sua natural operação:

22. Repara nas feridas de meu amigo à fronte: a pergunta de Estácio, Virgílio o exorta a observar na fronte de seu companheiro, Dante, as marcas (as feridas) nela feitas pelo Anjo porteiro, sinal de que se encaminhava ao Paraíso.
25. Mas visto que a que fia, diligente: a mitologia atribuía às três Parcas o mister de fixar a duração da vida humana, simbolizada por um fio na roca. Cloto separava a porção de lã a ser fiada; Laquesis (a que fia, diligente) preparava na roca o fio; e Átropos cortava-o cerce, quando atingia a extensão adequada. Virgílio significa, então, por estas palavras, que Dante ainda estava vivo.
29. Não podia vir só, pois que a visão: e, pois, estando vivo, e não dispondo de conhecimento apropriado das coisas da vida eterna, Dante não poderia realizar sozinho aquela viagem.
37. Esta pergunta, indo certeira à meta: ao ouvir Virgílio indagar daquela sombra as causas do tremor e do grito, desfez-se a tensão na alma de Dante, extremamente ansioso por vê-las explicadas.
43. O monte é imune a toda alteração: os fenômenos físicos, usuais na terra, no mundo dos vivos, não se verificavam no Purgatório, a partir de sua entrada. O Monte tinha suas leis próprias, de origem divina, e o que ali ocorria resultava dessa ordenação singular e específica.

46 e, assim, chuva não cai, nem cai neblina,
granizo, orvalho ou neve alvinitente,
 por sobre a escada embaixo pequenina.

49 Nuvens não vão aqui no céu silente,
nem raios, nem o arco-íris colorido,
que no mundo se mostra, variamente.

52 O próprio vento nunca foi movido
para cá do portal alto e cerrado,
do vigário de Pedro protegido.

55 Talvez possa o sopé ser conturbado,
mas não creio que por oculto vento,
que jamais nesta altura foi notado.

58 Só há tremor quando um de nós, isento
da pena, deixa enfim esta morada;
o imenso grito se ergue em tal momento.

61 A noção de que foi purificada
aflora na alma, repentinamente,
ante o impulso que a move a outra escalada.

64 Decerto o desejava, anteriormente;
mas o senso da culpa lho impedia,
mantendo-a, de seus erros, penitente.

67 E, pois, eu que chorando me estendia,
de borco, há cinco séculos e tanto,
a compulsão senti de melhor via.

48. Por sobre a escada embaixo pequenina: a escada dos três degraus diversamente coloridos, ao limiar da porta do Purgatório (veja-se o Canto IX, versos 76 a 78, e seguintes).
51. Que no mundo se mostra, variamente: o arco-íris, que os antigos simbolizavam em Íris, a filha de Taumante, e que se vê na terra em várias posições, segundo a altura do sol, que o forma, ao incidir sobre os vapores.
54. Do vigário de Pedro protegido: a porta do Purgatório, sobre a escada dos três degraus coloridos, permanecia o Anjo porteiro, na realidade um delegado de São Pedro (o vigário de Pedro), que lhe conferira as respectivas chaves (veja-se o Canto IX, verso 127).
56. Mas não creio que por oculto vento: Estácio explica-lhes que o tremor havido no Monte era diverso dos terremotos ordinários. Mesmo os que se verificassem embaixo, na área anterior à porta do Purgatório, não deviam ser ocasionados por algum oculto vento, e, se o fossem, nunca repercutiriam naquela altura. Prevalecia na Antiguidade a doutrina de que os terremotos resultavam de vapores presos no interior da terra (o oculto vento).
60. O imenso grito se ergue em tal momento: o grito uníssono das almas — *Gloria in excelsis Deo* — referido no Canto precedente, verso 136.
64. Decerto o desejava, anteriormente: desde que ingressavam no Purgatório as almas acalentavam naturalmente o desejo de subir ao Céu. Mas este se continha pelo desejo, também, de cumprir o prazo da purificação. E, quando tal prazo se cumpria, a própria consciência lhes advertia de que havia soado, enfim, a hora da ascensão.

70   Eis do tremor a causa, e mais do canto
      com que estas almas, recobrando alento,
      rogam a Deus que as livre de seu pranto".

73   Assim falou: e assim como o sedento,
      que mais se farta quanto é mor a sede,
      tal foi, ouvindo-o, meu contentamento.

76   E o sábio guia: "Entendo agora a rede
      que vos apreende, e solta novamente;
      mais o tremor; e de onde a voz procede.

79   Mas dize-nos quem foste antigamente,
      e porque te quedaste assim tolhido,
      por tanto tempo, à pena pertinente".

82   "Vivi sob o bom Tito, que, assistido
      de Deus, vingou o sangue abençoado,
      por Judas o traidor antes vendido

85   — debaixo do preclaro nome e honrado
      de poeta", aquela sombra começou;
      "famoso assaz, mas não na fé entrado.

88   Tanto o meu doce canto se espalhou,
      que de Tolosa a Roma fui movido,
      onde o laurel a fronte me coroou.

91   Por Estácio inda lá sou conhecido.
      Tebas cantei e Aquiles, juntamente,
      mas ao segundo fardo fui caído.

94   O meu estro acendeu-se de repente
      àquela flama ínclita e feliz
      cuja luz aclarou a tanta gente:

73. E assim como o sedento: o espírito de Estácio, que falava, havia explicado a razão do tremor do Monte e do coro de glória das almas. A grande curiosidade de Dante em conhecer tais causas estava, pois, satisfeita, e bem se pode avaliar o seu contentamento.
76. Entendo agora a rede: Virgílio, satisfeito com a explicação, diz entender agora o movimento daquela rede, por que tolhia em suas malhas os penitentes, e por que os libertava, a razão do tremor do monte, e o motivo por que o canto de louvor e glória se elevara ao Céu.
82. Vivi sob o bom Tito: à pergunta de Virgílio, aquela alma, cuja redenção acabara de se completar, e fora a causa do tremor e do canto, se identifica, então. Disse que vivera quando reinava Tito, o imperador que tomou Jerusalém, vingando as feridas de que fluiu o sangue de Cristo (ano 70 de nossa era); e que fora poeta, tendo ido de Tolosa a Roma para receber a coroa de louros; e, enfim, que o seu nome era Estácio.
92. Tebas cantei e Aquiles, juntamente: Estácio compusera a Tebaida, um poema épico que lhe deu fama; e, quando compunha a Aquileida, outro poema épico, faleceu, deixando inacabada esta segunda obra.

97 falo da Eneida, que me foi nutriz,
    e dadivosa mãe, na grã poesia;
    a ela decerto devo quanto fiz.

100 E mais tempo no monte eu passaria,
    a gosto, se me fora concedido
    viver quando Virgílio ainda vivia".

103 No rosto de meu mestre, a mim volvido,
    "Não digas nada", eu lia, claramente:
    mas o querer nem sempre é obedecido,

106 e o riso e o pranto tão subitamente
    costumam suceder-se ao sentimento,
    no homem veraz, que os não retém a mente.

109 E eu, pois, sorria, enquanto Estácio, atento,
    e em profundo silêncio, me fitou
    no olhar, onde melhor se mostra o intento.

112 "Que ao bem possas chegar!", recomeçou:
    "Mas dize-me por que no teu semblante
    o fulgor de um sorriso lampejou?"

115 De contrários apelos vi-me diante:
    um, para me calar, o outro, dizer.
    E meu mestre, sentindo-me hesitante,

118 "Já não há", animou-me, "o que temer;
    podes narrar-lhe tudo com exação,
    e ao seu desejo, assim, satisfazer".

121 "Se o meu simples sorriso foi razão",
    principiei, "da tua ansiedade,
    inda te espera mor admiração.

100. E mais tempo no monte eu passaria: para exprimir sua imensa admiração por Virgílio (e não sabia que falava com ele), de quem se declarava um discípulo humilde, Estácio explica que se disporia a passar mais tempo sob as penas do Purgatório (e passara mais de onze séculos!) se lhe tivesse sido dado o privilégio de viver no tempo em que Virgílio vivera: teria tido assim, naturalmente, a oportunidade de conhecê-lo e falar-lhe.
103. No rosto de meu mestre, a mim volvido: Virgílio, comovido decerto pelo extremo louvor de Estácio — e talvez por modéstia — pareceu querer impedir a Dante, do modo como o olhava, de revelar ali sua identidade.
115. De contrários apelos vi-me diante: Dante encontrou-se, pois, entre dois fogos. De um lado, Virgílio, pelo olhar, lhe ordenava calar-se; e do outro, Estácio, que o instava a revelar porque suas palavras lhe haviam provocado aquele sorriso, em que se mesclavam a alegria e a cumplicidade.
118. Podes narrar-lhe tudo com exação: mas àquela altura já era impossível o silêncio. Virgílio apressou-se em autorizar seu companheiro a responder à pergunta de Estácio (versos 113 e 114).

124   O que ao meu lado está é na verdade
Virgílio, a cuja luz te acostumaste
a celebrar o herói e a divindade.

127   Se outra causa a meu riso imaginaste
ela era falsa, como agora crês;
fê-lo animar-se a voz como que o exaltaste".

130   Curvou-se, presto, de meu mestre aos pés;
mas este lho impediu, dizendo: "Irmão,
não olvides que és sombra, e sombra vês".

133   E Estácio: "Tanta foi minha emoção
ao saber que eras tu que eu tinha à frente,
que me esqueci da nossa condição,

136   agindo, sombra, como um ser vivente".

---

126. A celebrar o herói e a divindade: quer na Tebaida, quer na Aquileida, Estácio exaltava os deuses e os heróis.
127. Se outra causa a meu riso imaginaste: Dante explica, então, a Estácio, que o seu sorriso foi provocado exatamente pelo fato de vê-lo tão candentemente exaltar a Virgílio sem saber que era este que ali se encontrava.

CANTO XXII

Ao longo da vereda de acesso ao piso superior, Estácio narra a Virgílio e a Dante episódios de sua vida e de sua oculta conversão ao cristianismo. Finalmente os três poetas atingem o sexto terraço, onde se redimem os que se deram à gula e ao vício da bebida. Divisam depois uma árvore, carregada de frutos, e um fio d'água a descer-lhe sobre a copa; da folhagem emanavam vozes exaltando a temperança.

1   Já fora à entrada o Anjo ultrapassado,
    o Anjo, que uma das chagas me apagando,
    nos tinha ao giro sexto encaminhado;

4   e após ir abençoados declarando
    os que clamaram por justiça, em dores,
    com sitiunt, sem mais, se foi calando.

7   Mais leve que nas trilhas anteriores,
    eu prosseguia com dobrado ardor,
    seguindo os dois espíritos voadores.

10 Eis que Virgílio começou: "O amor
    quando virtuoso engendra amor igual,
    apenas se demonstra o seu calor.

13 Dês que no Limbo um dia Juvenal
    veio reunir-se a nós, e me dizia
    de tua admiração ardente e leal,

---

1. Já fora à entrada o Anjo ultrapassado: isto significa que os dois poetas, acompanhados por Estácio, já se introduziam na vereda íngreme que ascendia ao sexto terraço; e à entrada, embaixo, o Anjo do perdão apagara da fronte de Dante a quinta das marcas nela postas pelo Anjo porteiro.
6. Com sitiunt, sem mais, se foi calando: referência à frase bíblica (São Mateus): Beati qui sitiunt et esuriunt justitiam, bem-aventurados os que têm sede e fome de justiça. O Anjo não enunciou a frase inteira, detendo-se em sitiunt, o suficiente, entretanto, para ser entendido. Era a saudação habitual aos que deixavam, remidos, o terraço dos avarentos, e se explica pelo pensamento de que a avareza é a fonte principal de toda a injustiça.
7. Mais leve que nas trilhas anteriores: recorde-se que, como Virgílio já havia anunciado a Dante (Canto IV, versos 91 a 93), à medida em que fosse subindo aos terraços do Purgatório, o caminho se tornaria gradativamente mais fácil e suave.
9. Seguindo os dois espíritos voadores: Virgílio, seu guia, e Estácio, que, redimido para subir ao Paraíso, se lhes agregara; voadores, porque, sendo almas, pura essência, galgavam a vereda rapidamente.
13. Dês que no Limbo um dia Juvenal: refere-se, certamente, ao poeta satírico Juvenal, que foi contemporâneo de Estácio, tendo morrido antes dele. Quando Juvenal chegou ao Limbo, onde se encontrava Virgílio, falou ao autor da Eneida sobre o culto que lhe votava Estácio (veja-se o Canto precedente, versos 94 a 103).

16   nutri por ti profunda simpatia,
     qual se vê, entre estranhos, raramente;
     e ela me encurta aqui, destarte, a via.

19   Mas dize-me, e perdoa, gentilmente,
     se acaso o freio se me afrouxa à mão,
     que os amigos se falam francamente

22   — como pôde invadir teu coração
     o vício avaro, sendo tu dotado
     de uma alma nobre e de ínclita razão?"

25   Reprimindo um sorriso, algo velado,
     tornou-lhe Estácio, então, com seriedade:
     "Fico à tua palavra lisonjeado.

28   Muitas coisas ocorrem na verdade
     que podem perturbar o juízo isento,
     por lhes faltar devida claridade.

31   Assim fixou-se em ti o pensamento
     de que à avareza me rendi na vida,
     talvez pelo lugar do meu tormento.

34   Mas a tive de mim tão excluída
     que ao seu contrário andei, sem mor defesa,
     e por isto minha alma foi punida.

37   E se não fora eu ter a mente acesa
     àqueles versos em que de repente
     clamaste contra a humana natureza:

40   'Ó brilho do ouro, por que, assim, ardente,
     despertas o apetite dos mortais?'
     estaria a rolar um peso à frente.

18. E ela me encurta aqui, destarte, a via: Virgílio manifesta que, embora não tendo conhecido Estácio, nutriu por ele grande simpatia, em face das informações de Juvenal: e tanto era o prazer que experimentava por tê-lo ao seu lado, ali, que o caminho parecia mais curto do que na realidade.
33. Talvez pelo lugar do meu tormento: os dois poetas haviam encontrado Estácio no terraço dos avarentos. Era, pois, natural que Virgílio o tivesse julgado avaro, em vida.
34. Mas a tive de mim tão excluída: mas a avareza (Estácio responde a Virgílio) esteve na verdade tão distante de mim que cheguei a incorrer na paixão contrária, isto é, na prodigalidade. E por haver sido pródigo, e não avaro, é que fui punido.
37. E se não fora eu ter a mente acesa: e se não acontecesse que eu tivesse a atenção despertada por uns versos teus... As palavras citadas, de Virgílio, na Eneida. fizeram-no esquivar-se à prodigalidade.
42. Estaria a rolar um peso à frente: se não fora isso, em vez de estar aqui no Purgatório, eu estaria no Inferno, entre os avaros e os pródigos, impulsionando ao peito aqueles imensos pesos (veja-se o Inferno, Canto VII, versos 26 a 30).

PURGATÓRIO

43   Senti que abrira as minhas mãos demais,
     por despender, e, pois, de ânimo forte,
     decidi corrigir-me de erros tais.

46   Quantos ressurgirão depois da morte,
     nus e tosquiados, só pela insciência
     do mal que praticaram desta sorte!

49   E toda a culpa que, por sua essência,
     inversa se apresenta a algum pecado,
     se subordina à mesma penitência.

52   Já vês que se me achaste misturado
     às almas que se purgam da avareza,
     é que do mal oposto fui manchado".

55   "Ao cantares das lutas a rudeza
     que a Jocasta causaram dupla dor",
     tornou-lhe o mestre, "ainda com certeza

58   — pois de Clio invocavas o favor —
     não tinhas divisado as luzes belas
     dessa fé, sem a qual não basta o amor.

61   Se foi assim, que sol, então, que estrelas
     aclararam-te o rumo, e, pois, içaste
     do pescador à esteira as tuas velas?"

64   "Primeiro", disse Estácio, "me levaste
     a beber no Parnaso inspiração;
     depois o rumo a Deus me desvendaste.

67   Eras tal como quem, na escuridão,
     tendo atrás a lanterna, não se ajuda,
     mas aos que o seguem mostra a direção,

47. Nus e tosquiados, só pela insciência: já se havia dito que os condenados no quarto Círculo do Inferno ressurgiriam, no dia do Juízo final, os avaros, com os punhos cerrados, e os pródigos, com os cabelos cortados rente (Inferno, Canto VII, versos 56 e 57). O senso comum raramente encara a prodigalidade como pecado grave.
54. É que do mal oposto fui manchado: Estácio reafirma, então, ter pecado por prodigalidade, que, sendo o vício oposto à avareza, se purga no mesmo sítio, quer no Inferno, quer no Purgatório.
55. Ao cantares das lutas a rudeza: Estácio registrara na Tebaida o conflito entre Etéocles e Polinice, filhos de Jocasta, que se mataram mutuamente, causando, pois, a sua mãe uma dupla dor.
59. Não tinhas divisado as luzes belas: parecia a Virgílio que Estácio, quando compusera a Tebaida, não abraçara ainda a fé cristã.
63. Do pescador à esteira as tuas velas: o pescador, quer dizer, São Pedro.

70   quando disseste: 'O tempo se transmuda
e se restaura o bem pela novel
progênie que na luz do céu se escuda.'

73   Por ti fui poeta, e a Deus, por ti, fiel:
para que o sintas mais profundamente,
estenderei um pouco o meu pincel.

76   Já no mundo floria intensamente
a crença verdadeira, apregoada
pelos núncios do reino permanente.

79   Vi que tua sentença, ora evocada,
ressurgia na voz dos pregadores,
que a ouvir me acostumei, iluminada.

82   Eram neles tão santos tais fervores
que quando Domiciano os perseguiu,
acompanhei, magoado, as suas dores.

85   E enquanto lá o alento me assistiu,
dei-lhes ajuda, sempre os frequentando,
até que a crença antiga me fugiu.

88   Antes de a Tebas visitar, poetando,
já recebera a graça do batismo;
mas fui cristão oculto, demonstrando,

91   por grão temor, um falso paganismo.
Assim, por mais de quatrocentos anos,
paguei, no quarto giro, o imobilismo.

---

70. O tempo se transmuda: na Égloga IV Virgílio profetizava, algo obscuramente, a renovação do mundo, sob o império da justiça: *Magnus ab integro saeclorum nascitur ordo*. Estácio viu aí como que o anúncio da vinda de Cristo.
79. Vi que tua sentença, ora evocada: a sentença de Virgílio sobre a renovação do mundo, na Égloga IV, e referida aqui (versos 70 a 72).
83. Que quando Domiciano os perseguiu: o Imperador Domiciano, sucessor de Tito (que, por sua vez, sucedera a Vespasiano), tendo governado nas duas últimas décadas do primeiro século, encetou nova e grande perseguição aos cristãos.
87. Até que a crença antiga me fugiu: e ouvindo e frequentando os pregadores cristãos, acabei por perder de todo minha antiga crença pagã.
88. Antes de a Tebas visitar, poetando: antes de levar os Gregos aos rios de Tebas, isto é, antes de escrever a Tebaida, abracei o cristianismo, mas ocultamente, pois que me dominava o temor.
93. Paguei, no quarto giro, o imobilismo: e porque tive medo de me declarar abertamente cristão, embora o fosse pela própria convicção e pelo batismo, tive que pagar minha desídia por mais de quatrocentos anos no quarto terraço, isto é, entre os omissos e negligentes (veja-se o Canto XVIII); e entre os avaros e os pródigos estivera, depois, ainda quinhentos anos.

PURGATÓRIO

94 Mas tu que, casualmente, estes arcanos
    da vera fé me abriste, como digo,
    não viste lá no poço ou aqui nos planos,

97 que percorreste, o bom Terêncio antigo,
    Cecílio e Plauto e Varro, juntamente?
    Se são proscritos, qual o seu castigo?"

100 "Com eles, Pérsio e eu, e muita gente
    estamos lá", disse-lhe o guia, "ao lado
    do Grego na poesia preeminente,

103 bem no limiar do mundo condenado:
    e falamos, às vezes, sobre o Monte
    que é de nossas nutrizes habitado.

106 Agato lá está, mais Antifonte,
    Simônides e Eurípedes, além
    de vários outros com laurel à fronte.

109 E dentre os que cantaste estão também
    Antígona e Deifile, e ainda Argia,
    e Ismênia, triste como lhe convém.

112 Vê-se a que a fonte desvendou Langia,
    Tetis, e a filha de Tirésias, Manto,
    e, co' as irmãs, a bela Deidamia".

115 Calaram-se os poetas, entretanto,
    olhando em torno, após galgar a via,
    que terminava ali em tal recanto.

118 Quatro das servas já do claro dia
    se haviam sucedido, e a quinta, ardente,
    na carruagem do sol, a lança erguia.

102. Do Grego na poesia preeminente: Homero.
103. Bem no limiar do mundo condenado: no limbo, que é, a rigor, o primeiro Círculo do Inferno, e onde Virgílio se achava, com Homero e muitas outras ilustres figuras do paganismo.
104. E falamos, às vezes, sobre o Monte: sobre o Parnaso, que era onde as Musas (nossas nutrizes) habitavam.
112. Vê-se a que a fonte desvendou Langia: Isifília, que foi celebrada por Estácio, como as outras damas pouco antes, e depois, referidas. Registra a lenda que Isifília guiou os soldados que assediavam Tebas até à fonte Langia.
113. E a filha de Tirésias, Manto: sobre a adivinha Manto, filha de Tirésias, e que foi a fundadora de Mântua, pátria de Virgílio, veja-se o Inferno, Canto XX, versos 55 e seguintes.
118. Quatro das servas já do claro dia: procede-se à indicação da hora. Quatro haviam passado, e a quinta já cumprira mais de metade de sua tarefa. Quer dizer: os poetas, galgando a vereda íngreme, atingiram o sexto terraço perto das onze horas da manhã.

121   E o mestre: "Penso que por ir à frente
devemos ter voltada a mão direita
para a orla externa, como anteriormente".

124   Foi o uso o nosso guia desta feita;
e, pois, seguimos, sem temor mesquinho,
ante o sinal daquela sombra eleita.

127   Iam adiante, e eu atrás, sozinho,
mas a voz lhes ouvia, atentamente,
que do poetar me punha no caminho.

130   Quedaram-se em silêncio novamente,
vendo uma árvore ali que se elevava,
de frutos olorosos recendente.

133   Os galhos para baixo degradava,
do pinheiro ao revés, que no alto afina;
e a subida a ninguém proporcionava.

136   De cima, pelas fendas da colina,
caía uma água que constantemente
lhe borrifava a fronde, esparsa e fina.

139   Postaram-se-lhe os poetas bem à frente;
e eis que uma voz das folhas emanava:
"Procurareis o fruto, ansiosamente!

142   Mas vede que Maria não cuidava
senão de dar às bodas dignidade,
e no próprio apetite não pensava.

145   As antigas Romanas na verdade
só se serviam de água; e por fugir
à gula achou Daniel a claridade.

126. Ante o sinal daquela sombra eleita: já afeitos ao percurso no Purgatório os poetas seguiram no sexto terraço, pela direita, como de hábito. E Estácio, que então os acompanhava, mostrou-lhes, por um aceno, que estavam no rumo certo.
135. E a subida a ninguém proporcionava: pelo fato de que os ramos daquela árvore eram mais rijos e longos no ápice do tronco, reduzindo-se gradualmente até embaixo (ao contrário do pinheiro, que se degrada de baixo para cima), seria impossível subir alguém por ela (para colher-lhe os frutos, ou alcançar a água que lhe borrifava a copa).
142. Mas vede que Maria não cuidava: a voz exaltava exemplos de temperança: Ao pedir a Jesus o vinho para as bodas de Caná, Maria o fez não porque quisesse sorvê-lo, mas porque desejava que aquela cerimônia, embora humilde, tivesse a necessária dignidade.
146. Por fugir à gula achou Daniel a claridade: recusando os finos manjares que o rei Nabucodonosor lhe oferecia, Daniel se contentou com pão e água, e por isso foi inspirado por Deus.

PURGATÓRIO

148   Ó idade do ouro, que se viu fulgir
quando a própria bolota era iguaria,
e néctar a água na ribeira a fluir!

151   Porque de mel e insetos se nutria
o Batista no seu refúgio ardente,
pôde a glória alcançar, eterna e pia,

154   qual se vê do Evangelho, claramente".

CANTO XXIII

Os poetas adentram o sexto terraço, entre os gulosos, que padecem fome e sede, disso mostrando os sinais em sua aparência consumida e magra, Dante encontra seu conterrâneo e amigo Forese Donati, que o reconheceu, e, a seu pedido, lhe revela o significado da árvore, ali, coberta de pomos, e da água que fluía do alto; e explica que dessa visão é que lhes vinha o apetite, e, em consequência, o castigo que os fazia definhar.

1   Enquanto eu perscrutava a fronde basta,
    tal como o caçador impenitente
    que atrás da passarada a vida gasta,

4   meu mais que pai gritou: "Vamos à frente,
    agora, filho! Nosso tempo é escasso,
    e devemos usá-lo propriamente".

7   Volvi o rosto e ao mesmo tempo o passo
    para ambos, e escutando-os discretear,
    ia enlevado, sem nenhum cansaço.

10 "*Domine, labia mea*" ouvi cantar,
    de súbito, entre o pranto, ali por perto,
    como prazer e dor a conciliar.

13 "Que é isto, pai?" eu perguntei, desperto.
    Respondeu-me: "São almas que chorando
    se purgam neste círculo, decerto".

16 A jeito dos romeiros que avançando
    pela estrada, se veem estranha gente,
    contemplam-na à distância, não parando,

---

1. *Enquanto eu perscrutava a fronde basta*: Dante se esquecera a fitar a copa da árvore que haviam encontrado no sexto terraço (veja-se o Canto precedente, versos 131 a 135), e de cuja folhagem provinham aquelas vozes; e fazia-o a jeito do caçador despreocupado que malbarata todo o seu tempo atrás dos passarinhos. Daquele alheamento, despertou-o a voz de Virgílio, que o chamava.
8. *Para ambos*: para os seus companheiros ali, Virgílio e Estácio.
10. *Domine, labia mea*, ouvi cantar: um trecho do Miserere ressoou, então, por ali, destacando-se do rumor do pranto, que também se ouvia.

PURGATÓRIO

19 espíritos em grupo, velozmente,
    vindos de trás, passando, só tornavam
    o rosto para nós, curiosamente.

22 Seus olhos pelas órbitas entravam,
    e exibiam no aspecto tal magreza,
    que à flor da pele os ossos se mostravam.

25 Não creio que da fome na aspereza
    ficasse Eresitão mais descarnado,
    quando o jejum quebrou, com mor tristeza.

28 Eu dizia comigo: "Eis renovado
    o cenário da atroz Jerusalém,
    com Maria e seu filho mutilado!"

31 Vi-lhes os olhos, como anéis, porém
    sem pedras, e nas faces, em vez de "omo"
    estava agora um M e nada além.

34 Quem o creria, não sabendo como,
    que essa horrível penúria fosse o efeito
    do ruído d'água e da visão de um pomo?

37 Eu pensava na causa do defeito,
    que não me fora ainda manifesta,
    e os deixara acabados de tal jeito,

40 quando uma sombra vi, que alçando a testa
    voltava para mim os olhos baços,
    gritando, após: "Que maravilha é esta?"

43 Nunca o descobriria nos seus traços:
    mas o timbre da voz fez-me patente
    o que fugia dos sinais escassos.

---

26. Ficasse Eresitão mais descarnado: nem o próprio Eresitão teria demonstrado aparência mais consumida e esquelética que aquelas sombras dos gulosos. Segundo a lenda, Eresitão, por ter injuriado a Ceres, foi condenado à morte pela fome, e chegou ao extremo desespero de pôr-se a devorar partes de seu próprio corpo (quando o jejum quebrou, com mor tristeza).
30. Com Maria e seu filho mutilado: a mísera condição dos espíritos no sexto terraço fez o poeta pensar na situação a que foi levada Jerusalém, sitiada por Tito, submetida sua população à fome intensa. Registram as crônicas romanas sobre o sítio que uma mulher do povo, de nome Maria, não resistindo ao suplício, lançou os dentes a seu próprio filho.
32. E nas faces, em vez de omo: antigos escritores diziam estar prefigurada no rosto humano a palavra omo — homem —, inculcando-se o primeiro e o segundo O pelos dois olhos e o M intermediário pelo nariz e os ossos orbitais inferiores, o que se notava mais distintamente nas faces magras. O aspecto cadavérico daquelas sombras tornara vazios os olhos, eliminando os dois O, de sorte que em seus rostos persistia apenas o M.

"Mas dize-me de ti, e porque vieste,
e desses dois que ora ao teu lado vejo:
Que o teu mutismo, pois, não me moleste!"

(Purg., XXIII, 52/4)

46   Foi esta a chispa que, subitamente,
     a transmudada imagem demonstrou;
     e recompus Forese à minha frente.

49   "Ah! Não te importes", triste, começou,
     "com minha pele desbotada e agreste,
     nem co' a magreza mísera em que estou.

52   Mas dize-me de ti, e porque vieste,
     e desses dois que ora ao teu lado vejo:
     Que o teu mutismo, pois, não me moleste!"

55   "Teu rosto amigo, que pranteei sem pejo,
     ao ver-te morto, dá-me na verdade
     igual pesar", eu disse, "neste ensejo.

58   Que te trouxe a tão dura extremidade?
     Não esperes que eu fale, assim tolhido
     por justa e natural curiosidade".

61   Respondeu-me: "Do tribunal subido
     desce um influxo à linfa e mais à planta,
     o qual me torna, aos poucos, consumido.

64   Toda esta gente que, chorando, canta,
     porque se deu à gula desvairada,
     em fome e sede agora o mal suplanta.

67   A ânsia que a traz sedenta e esfomeada,
     ao aroma do fruto e ao diapasão
     da água a cair se faz mais aguçada.

70   E a cada volta do circuito, então,
     recomeça esta pena mal-sofrida;
     nem sei se pena, ou se consolação,

48. E recompus Forese à minha frente: Forese Donati, amigo e companheiro de Dante em Florença, e parente de Gema, esposa do poeta, morto poucos anos antes (1296). Era irmão de Corso Donati, líder dos Negros florentinos, e de Picarda Donati, dos quais se falará no Canto seguinte. Tão desfigurado estava Forese que o poeta não o reconheceu senão pela voz.
62. Desce um influxo à linfa e mais à planta: respondendo à pergunta de Dante, Forese Donati esclarece que o poder supremo dotara a árvore e a água que sobre a mesma se desprendia de uma influência que, suscitando nos penitentes fome e sede, ao mesmo tempo os impedia de se saciar. Daí a penúria a que estavam reduzidos.
72. Nem sei se pena, ou se consolação: ao esclarecer a origem daquele sofrimento, Forese acrescenta que não sabe se deve defini-lo como pena ou como consolação; porque, sendo um suplício, era também o caminho da salvação.

73 que o impulso, que nos leva à árvore erguida,
é o que sentiu Jesus, dizendo: Eli!
quando nos redimiu com sua vida".

76 "Forese", eu disse, "desde que te vi
deixar o nosso mundo, tristemente,
não se cumpriu um lustro até aqui.

79 Se no instante final, pois, tão somente,
quando não tinhas forças para a ofensa,
é que pensaste em Deus contritamente,

82 como houveste tão rápida a licença?
Eu ainda te supunha na região
onde o tempo co' o tempo se compensa".

85 Tornou-me: "Consegui a permissão
por vir a este agridoce sofrimento,
de minha Nela à força da oração.

88 À luz da fé ardente, o seu lamento
me retirou da encosta onde se espera,
livrando-me de mais de um pavimento.

91 Tanto é benquista a Deus minha sincera
e doce viúva, a quem na vida amei,
quanto mais na virtude persevera;

94 que na Barbágia da Sardenha, eu sei,
são mais puras as damas e leais,
que naquela Barbágia onde a deixei.

---

74. É o que sentiu Jesus, dizendo Eli: o impulso que, periodicamente, a cada volta no terraço, levava os condenados à árvore sagrada era semelhante ao que levou Cristo a dizer: Eli (Ó meu Deus!), quando verteu o seu sangue por redimir a humanidade.
82. Como houveste tão rápida a licença?: Dante se admira de que Forese, tendo morrido havia menos de cinco anos, e só se arrependido tardiamente, já estivesse lá em cima. Supunha-o ainda no Ante-Purgatório, onde as almas em tais condições deviam aguardar, por subir aos terraços, prazo equivalente ao da duração de sua vida terrena (Canto IV, versos 130 a 132).
86. Por vir a este agridoce sofrimento: o martírio nos terraços é considerado um agridoce sofrimento, naturalmente pela perspectiva da futura libertação. Recorde-se que os que ainda esperam no Ante-Purgatório anseiam por subir aos terraços, e assim enfrentar as penas que os redimirão.
90. Livrando-me de mais de um pavimento: Forese explica, então, a Dante que foram as lágrimas e as preces de Nela, sua mulher, que o retiraram do Ante-Purgatório, e ainda o eximiram ao castigo nos terraços inferiores.
96. Que naquela Barbágia onde a deixei: sua viúva (diz Forese) era mui cara a Deus, pela extrema virtude, na qual perseverava, sozinha, na viciosa e dissoluta Florença; e compara Florença com a Barbágia da Sardenha, onde as mulheres tinha péssima fama, por seus fáceis costumes.

PURGATÓRIO

97 Ó meu irmão, que posso dizer mais?
Um tempo se anuncia já vizinho,
de que diviso os nítidos sinais,

100 em que se vedará em pergaminho
sigam as despejadas florentinas
a demonstrar das tetas o alvo ninho.

103 Que brutas haverá, que marroquinas,
que precisem, por se manter cobertas,
de decreto ou corpóreas disciplinas?

106 E se já fossem porventura certas
do que o céu lhes prepara, revoltado,
teriam, por gritar, bocas abertas.

109 Se não erro, tê-lo-ão verificado
antes que a barba ao rosto vá brotada
do menino no berço ora embalado.

112 Agora, fala, e não me ocultes nada!
Vê que, além de mim, toda esta gente
contempla a tua sombra, deslumbrada!"

115 "Se inda conservas", comecei, "na mente
o que ambos fomos na terrena via,
lembrá-lo agora nos será pungente.

118 Daquela selva me tirou meu guia,
há pouco tempo, quando mais rotunda
a irmã do sol no céu aparecia.

121 Depois de percorrer toda a profunda
escuridão da morte verdadeira
— eu, neste corpo que inda me secunda —

100. Em que se vedará em pergaminho: e tal era o despudor das florentinas que estava próximo o tempo em que seria necessário proibi-las em bula ou decreto (em pergaminho) de andar exibindo publicamente os seios.
110. Antes que a barba ao rosto vá brotada: segundo Forese, não deveriam tardar estas medidas de moralização compulsória, bem como o justo e inevitável castigo. E predizia que as culpadas o veriam com os próprios olhos antes que a barba apontasse no rosto dos meninos a quem as Mães agora cantavam as canções de adormecer.
116. O que ambos fomos na terrena via: Dante diz a Forese que omitirá o que foram um para o outro na vida terrena, pois tal lembrança os faria, certamente, sofrer agora. Alude, talvez, a excessos ou abusos que teriam praticado juntos em Florença, durante o período de sua amizade.
120. A irmã do sol no céu aparecia: a irmã do sol, a lua, ambos, segundo a Mitologia, filhos de Latona, e representados por Apolo e Diana. Dante narra a Forese que Virgílio o tirara, havia pouco, da selva do vício e do pecado, em que se embrenhara — exatamente por ocasião da última lua-cheia.
122. Escuridão da morte verdadeira: escuridão do Inferno.

124   ora à região me traz aqui cimeira
      que os erros teus extinguirá um dia,
      e vou galgando e contornando, inteira.

127   Prometeu-me fazer-me companhia
      até que eu chegue diante de Beatriz;
      então encetarei, sem ele, a via.

130   É Virgílio" — e apontei-o — "com quem fiz
      esta jornada; e aquele vulto, perto,
      é por quem se abalou, desde a raiz,

133   a grã montanha, quando foi liberto".

---

131. E o outro vulto, perto: depois de haver indicado a Forese Virgílio, seu guia, Dante lhe aponta agora Estácio, que os acompanhava, explicando que a liberação da alma deste último é que houvera ocasionado o recente tremor do Monte.

CANTO XXIV

Prosseguindo pelo sexto terraço, entre os gulosos, Dante continua a se entreter com Forese Donati, que lhe nomeia algumas das almas ali e vaticina o próximo fim de seu irmão Corso Donati, chefe da facção negra florentina. Ao retirar-se Forese, os poetas chegam a uma segunda árvore, também carregada de pomos, e ouvem, dentre a folhagem, vozes a recordar exemplos de gula castigada.

1   Não nos fazia a voz o passo lento,
     nem este a moderava; e, pois, à frente
     avançávamos, como as naus ao vento;

4   e atrás, as sombras, mortas duplamente,
     nos olhos cavos iam demonstrando
     seu pasmo ao divisar um ser vivente.

7   Eu disse, meu discurso reencetando:
     "Estácio é livre já, porém retarda
     o voo, por nos ficar acompanhando.

10   Se o sabes, conta-me onde está Picarda;
     e peço-te nomear qualquer pessoa
     de prol que haja entre a gente à retaguarda".

13   "A minha irmã, que foi formosa e boa,
     qual mais não sei, já se acha no sagrado
     Empíreo, em meio à fúlgida coroa".

16   Assim disse, e ajuntou: "Aqui é usado
     nos designarmos pelo nome antigo,
     visto que o nosso aspecto foi mudado.

---

1. Não nos fazia a voz o passo lento: ao se encerrar o Canto precedente, Dante falava a Forese Donati, e se referia, precisamente, a Estácio. Quer dizer que os três poetas prosseguiam a marcha (e agora acompanhados por Forese), conversando: e do mesmo modo que a palavra não lhes coibia o passo, seu passo não lhes coibia a palavra.
8. Estácio é livre já, porém retarda: pois que falava a Forese sobre Estácio, Dante, retomando o discurso referido ao final do Canto precedente, explica que, tendo Estácio sido liberado do Purgatório, ainda se detinha ali mais do que o necessário, somente por lhes fazer companhia.
10. Se o sabes, conta-me onde está Picarda: Florentina, falecida irmã de Forese Donati, que Dante conhecera em Florença, e a quem admirava por sua excelsa virtude e pela resignação com que enfrentou a adversidade. Irá encontrá-la mais tarde, no primeiro céu (Paraíso, Canto III, versos 49 e seguintes).

"E atrás, as sombras, mortas duplamente,
nos olhos cavos iam demonstrando
seu pasmo ao divisar um ser vivente."

(Purg., XXIV, 4/6)

PURGATÓRIO

19 Eis Bonagiunta, que te acena amigo,
    Bonagiunta de Lucca; e o outro, que expia
    mais rudemente ao guante do castigo,

22 da santa Igreja foi esposo e guia:
    era de Tours, e agora, em seu jejum,
    os vinhos lembra e de Bolsena a enguia".

25 Nomeou diversos outros, um por um;
    mostravam-se com isso mui contentes,
    e à sua voz não se escusou nenhum.

28 Vi Ubaldin de Pila, ansioso, os dentes
    batendo em vão, e Bonifácio, ao lado,
    que pastoreou afortunadas gentes.

31 Vi ainda o Marquês, celebrizado
    em Forli pela sede exagerada,
    da qual jamais se declarou saciado.

34 Como o que a vista a muitos tem voltada,
    mas deve escolher um, eu no de Lucca
    detive por final minha mirada.

37 Algo lhe ouvia assim como Gentucca
    tartamudear aonde, rigorosa,
    mais a justiça ao vício lhe retruca.

40 Bradei-lhe: "Ó sombra, por falar ansiosa,
    não podes ter a voz articulada,
    e assim satisfazer-me a alma curiosa?"

43 "Vejo formosa dama, e não casada,
    que em breve acenderá tua paixão
    por minha terra", disse "caluniada.

---

19. *Eis Bonagiunta, que te acena amigo*: Bonagiunta de Lucca, poeta medíocre, mero imitador dos Provençais. Residindo na vizinha Lucca, Bonagiunta deve ter tido oportunidade de ver ou conhecer pessoalmente Dante. E, de fato, o reconheceu ali, como se vê do verso 49.
20. *E o outro, que expia mais rudemente*: nomeia-se, agora, um Papa, Martinho IV, que teve fama de glutão, afeiçoado especialmente aos vinhos brancos de Siena — a vernaccia — e às enguias do lago Bolsena.
29. *E Bonifácio, ao lado*: provavelmene Bonifácio de Fieschi, que morreu como Arcebispo de Ravena, e a quem seus jurisdicionados costumavam oferecer lautos banquetes.
37. *Algo lhe ouvia assim como Gentucca*: fixando, então, sua atenção em Bonagiunta de Lucca, Dante percebeu que ele balbuciava algo assim como Gentucca, bem no interior da garganta, onde naturalmente sentia mais agudo o castigo da fome e da sede. Bonagiunta vaticina que Dante viria a conhecer em Lucca uma jovem dama (Gentucca) que o faria tomar-se de amores por aquela cidade, mal compreendida por muitos, inclusive pelo próprio Dante (Inferno, Canto XXI, versos 38 a 42).

46 Vai, mas guarda contigo a previsão:
Se pensas que o anúncio é enganador,
espera os fatos que o confirmarão.

49 Não és, acaso, o poeta que a rigor
se dedicou à nova rima, entoando
'Damas que tendes a intuição do amor?'"

52 "Decerto", respondi-lhe, "sou, e quando
o amor me inspira, tudo, exatamente,
transcrevo que em minha alma vai ditando".

55 Falou-me: "Irmão, já vejo claramente
o que a Guittone e a mim nos impedia,
como ao Notário, o acesso à flama ardente.

58 Vejo que em vós a pena obedecia,
dócil e atenta, ao íntimo ditado,
o que, entretanto, a nossa não fazia.

61 Quem quer que o estude a fundo, separado
nisto achará do vosso o nosso estilo."
E, satisfeito, se quedou calado.

64 Como os grous que, no inverno, rumo ao Nilo,
aos céus ascendem num confuso bando,
mas se enfileiram logo, em voo tranquilo,

67 assim aquela gente, debandando,
recomeçou seu costumeiro passo,
ágil e magra, como que voando.

70 Mas a jeito de quem, sob o cansaço,
para, enquanto os demais seguem à frente,
por repousar o corpo ansioso e lasso,

---

49. Não és, acaso, o poeta que a rigor: Bonagiunta demonstra que conheceu ou teria visto, ainda que ligeiramente, Dante, pois lhe dirige aquela pergunta: "Acaso não és o poeta que tanto se distingue na nova rima (*vem de dolce stil novo*) e compôs aquela canção que começa — *Donne ch'avete intelletto d'amore*?

56. O que a Guittone e a mim nos impedia: ante a resposta de Dante, de que era realmente o poeta que se limitava a transcrever fielmente sua íntima e própria emoção (o ditado do amor), Bonagiunta declara já compreender a razão porque ele mesmo e os poetas Guittone de Arezzo, e Jacó de Lentini (o Notário) quedaram-se tão longe do stil novo, da inspiração (a flama ardente).

61. Separado nisto achará do vosso o nosso estilo: e nisto reside a diferença entre o vosso e o nosso estilo: enquanto vos preocupais em notar exatamente vossas experiências e emoções, atentos tão somente à voz da inspiração, nós nos cingimos a imitar padrões consagrados, usando apenas ilustração e artifício.

73   Forese deixou ir a grei fremente;
     e a andar comigo, perguntava, atento:
     "Ver-nos-emos um dia, novamente?"

76   "Não sei a quanto irá o meu alento",
     respondi-lhe, "mas antes de expirar
     já terei nesta praia o pensamento:

79   pois o sítio a que devo retornar
     tanto vilmente se desviou do bem,
     que em breve há de na ruína se abismar".

82   "Já vejo aquele que a mor culpa tem
     à cauda de um corcel passar atado,
     rumo ao vale das trevas", disse, "além.

85   Corre o animal a passo acelerado,
     percutindo o seu corpo pelo chão,
     até que o tenha enfim despedaçado.

88   Pouco as esferas no alto girarão"
     — seguiu, mostrando o céu — "e verás claro
     o mais que se contém na previsão.

91   Devo partir: o tempo nos é caro
     aqui no monte, e certo se me abate
     o que dissipo quando, ocioso, paro".

94   Como da esquadra em linha para o embate
     alguém se adianta, dentre os cavaleiros,
     por dar-se a primazia no combate,

97   saiu Forese, a passos mais ligeiros,
     deixando-nos ali em meio à via,
     a mim e aos meus dois ínclitos luzeiros

---

78. Já terei nesta praia o pensamento: embora não possa saber quanto tempo me resta de vida, já tenho o pensamento voltado para esta praia (quer dizer, a praia do Purgatório). O poeta dá a entender a seu interlocutor, Forese Donati, que as coisas vão tão mal em Florença (o sítio a que devo retornar), que grandes desgraças e perigos eram iminentes para todos ali, e especialmente para ele próprio.

82. Já vejo aquele que a mor culpa tem: enquadrando-se, então, na linha do pensamento de Dante, Forese lhe vaticina a futura morte de Corso Donati, embora sem o referir nominalmente, arrastado à cauda de um cavalo pelas ruas florentinas. Dante atribuía a Corso, chefe dos Negros de Florença, a culpa dos males que afligiam aquela cidade; e em razão deles o próprio poeta iria sofrer mais tarde a perseguição e o exílio.

91. O tempo nos é caro aqui no monte: Forese explica a Dante que precisa despedir-se, pois o tempo em que permanecia a conversar lhe protelava a penitência; e deveria ser-lhe deduzido, ao cabo de contas.

99. A mim e aos meus dois, luzeiros: Virgílio, que o guiava, e Estácio, que os acompanhava.

"O grupo se desfez, desenganado;
acercamo-nos da árvore que assim
se havia a tantos rogos recusado."

(Purg., XXIV, 112/4)

PURGATÓRIO

100   E já quando o seu vulto se perdia,
      mesclado, ao longe, aos outros, e na mente
      eu repassava a ouvida profecia,

103   outra árvore avistei, pompeando à frente,
      com frutos pelas ramas rebrilhando,
      já muito perto, mas à escarpa rente.

106   Em baixo, aos gritos, numeroso bando
      de almas erguia os braços para a fronde,
      como infantes, que os pomos divisando,

109   imploram-nos a alguém, que não responde;
      e, por ter-lhes o anseio exacerbado,
      levanta-os, mas à vista os não esconde.

112   O grupo se desfez, desenganado;
      acercamo-nos da árvore que assim
      se havia a tantos rogos recusado.

115   "Segui, e não tocai a mão em mim:
      Vereis, em cima, a planta a que colhia
      Eva a maçã, e dela é que eu provim".

118   A voz dentre as folhagens ressaía:
      e, pois, fomos, Virgílio, Estácio e eu,
      pela vereda, junto à penedia.

121   "Lembrai-vos", novamente a voz se ergueu,
      "dos egressos das Nuvens, que embriagados
      investiram brutais contra Teseu;

124   e também dos Hebreus apressurados
      demais à fonte, pelo que Gedeão
      não os quis, em Madiana, por soldados".

---

116. Vereis, em cima, a planta a que colhia: no cimo do Monte do Purgatório, isto é, no Paraíso Terrestre, que ali se situa, vereis a árvore em que Eva colheu o fruto do bem e do mal. E, posto que eu dela provim, originando-me de sua semente, não me toqueis. Assim lhes falava aquela árvore, que lhes deu, ali (a partir do de Eva), alguns exemplos de gula castigada.
122. Dos egressos das Nuvens, que embriagados: os Centauros, que, segundo a lenda, nasceram de uma nuvem, a que Jove infundira a forma e a aparência de sua esposa Juno.
124. E também dos Hebreus apressurados: quando Gedeão organizava o seu exército, para combater os Madianitas, ficou a observar o comportamento dos soldados em torno à fonte. Os que se lançavam a ela com demasiada sofreguidão, deitando-se para beber ao fio d'água, foram recusados; e aceitos só os que bebiam de pé, com moderação.

127 Assim, ao fundo, pelo estreito vão,
seguimos, escutando a voz alçada
contar casos de gula e de aflição.

130 Logo volvemos à deserta estrada,
por mais de milha, a passo diligente,
curva a cabeça, sem falar em nada.

133 "Ó vós que vindes meditando à frente!"
— A este grito estaquei, no mesmo instante,
como os bichos no campo, esquivamente.

136 Ergui os olhos, trêmulo, hesitante;
jamais se viu na forja trabalhar
vidro ou metal, em luz tão fulgurante,

139 como a do vulto ali a nos falar:
"Tornai à esquerda, pois é esta a entrada
de quem à paz eterna quer chegar!"

142 Ao seu fulgor tive a visão toldada;
o semblante volvi a meus mentores,
por lhes ouvir a voz abalizada.

145 E tal se vê soprar pelos albores
a aura de maio perfumosa e fria,
da relva saturada e de mil flores,

148 passou-me ao rosto um vento que fluía
do entreagitar da pluma peregrina,
difundindo os aromas da ambrosia.

151 E ouvi: "Ditosos os que a luz divina
poupou ao guante rude e extraordinário
da gula, que decerto os não domina,

154 pois se contentam só do necessário!"

133. Ó vós que vindes meditando à frente: na longa caminhada solitária sobre o sexto terraço, os poetas foram surpreendidos por uma voz, que os interpelava assim. Era o Anjo do perdão, postado, como sempre, à entrada da vereda que levava ao piso superior.
149. Do entreagitar da pluma peregrina: e, com o costumeiro movimento de suas asas, o Anjo cancelara, então, da fronte do poeta o sexto P.

CANTO XXV

Enquanto os três poetas galgavam a senda que levava do sexto ao sétimo e último terraço, Estácio, a pedido de Virgílio, faz a Dante um discurso sobre a geração do homem e a infusão da alma no corpo, para explicar-lhe como as sombras mantêm, após a morte, a aparência humana, capazes de reações, sofrimentos e alegrias, como os vivos. Ascendem, então, ao sétimo terraço, que encontram tomado pelas chamas, em meio às quais os luxuriosos expiam o seu pecado.

1 Hora não era de ir com lentidão,
   pois a Touro o merídio o sol cedia,
   como o cedia a noite a Escorpião.

4 E como os que se lançam sobre a via,
   não fazendo, por ver, qualquer parada,
   quando a necessidade os desafia,

7 fomos subindo por aquela escada,
   um após outro, os três, que o vão estreito
   nos obrigava à marcha separada.

10 Tal a cegonhazinha que a asa a jeito
   do voo ensaia, mas se aquieta à frente,
   sem do ninho se erguer, eu, contrafeito,

13 lutava co' uma dúvida na mente;
   e a pique de indagar, era levado
   quase a entreabrir a boca, ansiosamente.

16 Meu guia o viu, embora indo apressado:
   "Dispara o arco da voz", falou-me, atento,
   "que ao ponto extremo trazes retesado".

---

1. Hora não era de ir com lentidão: o tempo aconselhava os poetas a prosseguirem rapidamente em sua marcha, pois de noite seria impossível subir. Procede-se à indicação da hora, duas da tarde, aproximadamente, porque já o sol havia cedido o meridiano (o merídio) à constelação de Touro; do mesmo modo que, no outro Hemisfério, a noite já o cedera à constelação de Escorpião, que se movia em posição diametralmente oposta a Touro (eram, então, do outro lado, duas da madrugada).
7. Fomos subindo por aquela escada: a vereda íngreme que levava do sexto terraço (o dos gulosos) ao sétimo e último terraço (o dos luxuriosos). A senda era tão estreita que obrigava os três poetas a irem um atrás do outro, separados.
13. Lutava co' uma dúvida na mente: na subida, Dante ia preocupado com uma questão: Se as almas, obviamente, não precisam de alimento, por que é que a falta deste as fazia, no sexto terraço, tão consumidas? Estava ansioso por propor sua dúvida a Virgílio, mas talvez pela pressa com que se moviam, não se animava a fazê-lo, embora chegasse, por vezes, a abrir a boca para perguntar.

19 Abri-lhe, mais seguro, o pensamento:
"Como pode ficar tão consumida
a alma, que não precisa de alimento?"

22 "Relembra de Meleagro a frágil vida
a exaurir-se da tocha à combustão,
e terás", disse, "a dúvida solvida.

25 E se ponderas como a reflexão
faz sobre o espelho o gesto reanimado,
menos árdua verás esta questão.

28 Mas eis Estácio aqui, ao nosso lado;
devo implorar-lhe, pois, instantemente,
que ora te deixe desse mal curado".

31 "Não ousaria, estando tu presente,
descortinar-lhe o eterno sofrimento;
faço-o porque me pedes, tão somente"

34 — tornou-lhe Estácio; e a mim: "Se deres tento
ao que ora deixarei manifestado
a luz confortará teu pensamento.

37 O sangue, que não vai assimilado
pela artéria saciada, como à mesa
o alimento supérfluo não tocado,

40 reflui ao peito e toma natureza
adequada a engendrar a humana forma,
qual o que às veias corre na estreiteza.

---

22. Relembra de Meleagro a frágil vida: segundo a fábula, uma tocha a arder marcava a duração da vida de Meleagro; quando se apagasse, ele morreria. Com isto, Virgílio advertia a Dante que nem sempre o efeito (a magreza, a consumpção) está em relação com a causa aparente (a falta de alimento).
25. Como a reflexão faz sobre o espelho o gesto reanimado: e assim como o espelho (continua Virgílio), reflete o movimento das figuras postas diante dele, naturalmente as almas poderiam refletir o movimento dos corpos de que eram sombra ou reflexo.
31. Não ousaria, estando tu presente: ante as palavras de Virgílio, Estácio observou que jamais tomaria a iniciativa de explicar aquele ponto, estando o próprio Virgílio presente; mas iria fazê-lo, pois não poderia negar-se a seu pedido. Por esta forma, Estácio demonstra, mais uma vez, seu imenso respeito pelo poeta que havia tomado por mestre e modelo.
37. O sangue, que não vai assimilado: Estácio começa sua explanação, declarando que o sangue que não vai absorvido pelas veias já saciadas reflui ao coração e adquire a propriedade ou virtude especial da geração, isto é, da reprodução.

43 Reconcentrado, desce aonde a norma
    impõe calar; e a outro, então, se instila,
    em vaso que natura a tal conforma.

46 O segundo o recolhe, e eis que o assimila:
    um, próprio a receber, o outro a atuar,
    em razão do lugar de onde destila;

49 e vai seguindo no seu operar,
    a partir do embrião, ao qual aviva,
    como da própria força o fez gerar.

52 Nascida assim dessa virtude ativa
    — à planta quase igual, só diferente
    porque se está formando, e a outra é viva —

55 a alma evolui, e já se move e sente,
    como o fungo marinho; e, pois, então,
    os sentidos coordena, lentamente.

58 A mesma força que do coração
    do gerador procede, sempre atuante,
    as partes mais induz à formação.

61 Mas como o criado embrião em ser pensante
    se muda, inda o não vês: e nisto errou
    alguém que tu mais sábio e penetrante,

---

43. *Reconcentrado, desce aonde a norma impõe calar:* esta porção do sangue, desnecessário à atividade das veias, e dotado, então, daquela propriedade de reprodução, desce aos vasos seminais (aonde a norma impõe calar), e daí se instila em outro sangue, o sangue feminino, no órgão adequado a recebê-lo (o vaso que natura a tal conforma), e com ele se mistura, assimilando-se reciprocamente, no processo da geração de um novo corpo, um novo ser.
47. *Um, próprio a receber, o outro a atuar:* um, próprio a receber, isto é, o sangue feminino; e o outro, a atuar, isto é, o sangue masculino, que, segundo Estácio, obteve tal propriedade genetriz no coração, de onde descera aos vasos seminais.
52. *Nascida assim dessa virtude ativa:* da propriedade seminal, assim imaginada, se produz, então, uma alma, uma virtude vegetativa (o embrião a evoluir), símil à da planta, mas com a diferença de que se encontra ainda em via de formação, ao passo que a outra (a planta) já se acha acabada, inteiramente viva em sua natureza.
55. *E já se move e sente, como o fungo marinho:* a par, então, da virtude puramente vegetativa (como a da planta), o embrião, a alma nascente, vai adquirindo a virtude sensitiva, isto é, já se move e sente (como o fungo marinho), constituindo-se nele os órgãos dos sentidos.
61. *Mas como o criado embrião em ser pensante:* as virtudes vegetativas e sensitivas são, contudo, de ordem material, e não espiritual: ainda não induzem a formação da alma propriamente dita. O processo por dizer assim mecânico da criação, até agora deduzido, ainda não revelava o mistério da transformação do feto em ser pensante, racional, ou espiritual. E aqui Estácio observa que alguém, mais sábio e arguto do que Dante, incidiu em erro, ao tentar explicá-lo. Refere-se ao filósofo Averróis, que em sua doutrina afirmava não ser o intelecto um atributo da alma, pois não achou no corpo humano nenhum órgão que lhe pudesse servir de base.

64   quando em sua doutrina proclamou
não estar o intelecto à alma sujeito,
posto que a sede própria não lhe achou.

67   Abre à verdade, entanto, inteiro o peito,
e sabe que, quando se dá no feto
a integração do cérebro perfeito,

70   o primo moto o vê, e em seu afeto
à obra da natureza peregrina,
lhe infunde um sopro, de fulgor repleto,

73   que as ativas virtudes lhe ilumina,
e atrai a si, uma alma, então, formando
que vive e sente e, logo, raciocina.

76   E porque não prossigas duvidando,
pensa no sol que se transforma em vinho,
no sumo da videira se infiltrando.

79   Quando a Laquésis escasseia o linho,
parte-se a alma da carne e, virtualmente,
leva o humano e o divino em seu caminho.

82   Sem a força corpórea, agora, à frente,
a memória, a vontade e a inteligência
inda se aguçam mais que anteriormente.

85   Movida, então, por celestial influência
a uma das duas praias vai ligeira,
onde do rumo seu toma consciência.

---

70. O primo moto o vê, e em seu afeto: o primo moto, o poder divino, Deus, que, assistindo a essa obra prima da natureza, que é a geração do ser humano, volve-se para este, e lhe infunde o sopro que, a par da vida vegetativa e sensitiva, o qualifica também para a vida intelectiva. E eis, pois, que se cria o homem completo, através do sopro que lhe infundiu Deus, assim como o calor do sol se transforma em vinho, comunicando sua virtude às uvas, ao amadurecê-las.

79. Quando a Laquésis escasseia o linho: uma das três Parcas que presidem à duração da vida humana. É a que fia na roca o fio da vida. Quando, pois, a alma, pela morte, se desprende do corpo, para iniciar novo destino, leva em sua própria essência os predicados de tal natureza a um tempo humana e divina.

82. Sem a força corpórea, agora, à frente: com a morte, as qualidades e potências puramente corporais desaparecem, mas persistem aqueles atributos ínsitos à natureza humana e divina da alma, como a memória, a vontade e a inteligência.

86. A uma das duas praias vai ligeira: e, desprendida do corpo, com a morte, a alma vai necessariamente, e em tais condições, a uma das duas praias, ou à do rio Aqueronte, se destinada ao Inferno (Inferno, Canto III, versos 122 a 126), ou à foz do rio Tibre, se intitulada à salvação, através do Purgatório (Purgatório, Canto II, versos 100 a 105). E só então toma conhecimento de seu novo e agora eterno destino.

88   Ao adentrar a plaga derradeira,
sua força criativa se irradia,
e a forma antiga lhe refaz, inteira.

91   E como, no ar pluvioso, a nuvem fria,
pelos raios do sol iluminada,
de cores numerosas se atavia,

94   assim, ao seu redor, a aura animada
aquela forma assume rediviva,
que da alma mesma é nela chancelada;

97   e tal a claridade que deriva
do fogo, e o segue em toda mutação,
assim à essência acede a forma viva.

100   Dado que a essa aura deve a aparição,
sombra se diz: e dela inda os sentidos,
íntegros, toma, incluso o da visão.

103   Choramos, pois, ou rimos, impelidos
já pela angústia, já pelo prazer,
como o viste nos giros percorridos.

106   O efeito do tormento a se estender
se mostra em nossas sombras figurado:
Eis a razão que ansiavas por saber!"

109   À dor final havíamos chegado:
e fomos à direita, caminhando;
já preso a novo mal nosso cuidado.

---

88. *Ao adentrar a plaga derradeira*: chegando a alma, então, ou à margem do rio Aqueronte, ou à foz do rio Tibre, aquela mesma virtude informativa que se exprimira na geração (versos 40 a 43, e 68 a 75) volta a irradiar sua força, reconstituindo a aparência do corpo antigo, num processo análogo ao da formação do arco-íris pela reflexão dos raios solares sobre o vapor das nuvens. A própria alma faz assim constituir-se, na aura em torno dela, a rediviva imagem do corpo, agora, entretanto, só essência, só aparência. E, por isto, a alma é chamada sombra.
108. *Eis a razão que ansiavas por saber*: mas, como tal exteriorização da alma, sob a forma humana, é susceptível das mesmas reações que o corpo vivo, dispondo dos mesmos sentidos, nós (Estácio fala ainda, concluindo sua exposição) nós nos comportamos no Purgatório como seres vivos, rindo e chorando, e em nosso aspecto se demonstra a aspereza de nosso sofrimento. E esta é a resposta à pergunta que fizeste (à pergunta feita por Dante, versos 20 a 21).
109. *À dor final havíamos chegado*: tendo cumprido a subida pela vereda de acesso (enquanto Estácio falava), os poetas atingiram o sétimo e último terraço, onde se purgavam, no fogo, os lascivos. Como de hábito, seguiram pela direita, já tendo, àquela altura, o pensamento ocupado em outra coisa, isto é, no novo espetáculo que seus olhos contemplavam.

"Estava a penha chamas projetando
por todo o piso, mas o vento à frente
um pouco as rebatia, um vão deixando."

(*Purg.*, XXV, 112/4)

PURGATÓRIO

112 Estava a penha chamas projetando
por todo o piso, mas o vento à frente
um pouco as rebatia, um vão deixando.

115 Avançamos por ele, lentamente,
temendo tanto o fogo que saía
como uma queda, ali, à borda rente.

118 "Nestas paragens", disse o meu bom guia,
"é mister conservar à vista o freio
por não errar a perigosa via".

121 "*Summae clementiae Deus*" — ouvi, do meio
do grande incêndio, o canto se elevar;
e, pois, volvendo o rosto, num anseio,

124 vi sombras lentas pela chama a andar:
fitando-as, e meus passos observando,
entre uns e as outras alternava o olhar.

127 Os versos daquele hino rematando,
bradaram: "*Virum non cognosco!*", então,
ao princípio da letra retornando.

130 E gritavam, também: "Da escuridão
do bosque Diana a Élice bania,
por ceder à venérea tentação!"

133 E, ainda, o canto; e um brado, após, se ouvia,
exaltando as esposas e os maridos,
que foram castos, como lhes cumpria.

136 E assim, suponho, ali serão mantidos,
sob a vasta fogueira a crepitar,
até que estes cuidados e gemidos

139 de sua chaga os possam libertar.

---

112. Estava a penha chamas projetando: da escarpa ao fundo emanavam labaredas, que se estendiam sobre o piso. Mas as chamas eram rebatidas por um vento que soprava do exterior, e com isto se livrava estreita faixa da plataforma, rente ao abismo. Por esse vão livre do fogo os poetas avançavam a medo, procurando proteger-se, de um lado, contra o fogo, e, de outro lado, de uma possível queda no precipício.
121. *Summae clementiae Deus*: "Ó Deus de imensa misericórdia": palavras iniciais de um hino religioso, possivelmente apropriado a condenar a luxúria. Ouvindo tais palavras em meio ao fogo, o poeta voltou-se para observar de que se tratava, tendo o cuidado de reparar também na trilha onde punha os pés.
128. Bradaram: "*Virum non cognosco!*": "Não conheço homem": palavras de Virgem Maria ao Anjo, na Anunciação.
130. Da escuridão do bosque Diana a Élice bania: segundo a fábula, Diana, que vivia pura num bosque, dele expulsou sua companheira, a ninfa Élice, que se deixara seduzir por Jove.
139. De sua chaga os possam libertar: até que este castigo os possa redimir do pecado da luxúria.

"'Summae clementiae Deus' — ouvi, do meio
do grande incêndio, o canto se elevar(...)"

(Purg., XXV, 121/2)

"Vi sombras lentas pela chama a andar:
fitando-as, e meus passos observando,
entre uns e as outras alternava o olhar."
(Purg., XXV, 124/6)

CANTO XXVI

Caminhando, juntamente com Virgílio e Estácio, ao longo do sétimo e último terraço, em sua borda extrema, Dante observa mais detidamente o grupo que marchava na mesma direção que eles, mas em meio às chamas, ao fundo. E viu, pouco depois, chegar outra turma, movendo-se em sentido contrário. O poeta Guido Guinizelli, que ali se encontrava, explica-lhe, então, que o primeiro bando era dos luxuriosos segundo a natureza; e o outro, o dos lascivos contra a natureza.

1   Assim, um após outro, lentamente,
    íamos pela borda, enquanto ouvia
    o mestre me gritar: "Cuidado à frente!"

4   O sol, já declinando, me incidia
    à destra espádua, enquanto em profusão
    de luz radiosa o ocaso se tingia.

7   A minha sombra, projetada ao chão,
    contrastava co' o fogo: e a tal indício
    volveram-nos os vultos a atenção.

10 Creio que neste ponto teve início
    o seu imenso espanto, comentando:
    "Parece um corpo real, e não fictício".

13 Avançaram, de mim se aproximando,
    sempre cuidosos, no seu movimento,
    em não fugir ao fogo ali raivando.

16 "Ó tu que vais, e não por seres lento,
    mas por respeito, empós dos dois à frente,
    fala-me a mim, que sofro em tal tormento.

---

1. Assim, um após outro, lentamente: os três poetas, Virgílio, Estácio e Dante, iam seguindo, um após outro, pela orla externa, no sétimo terraço, na estreita faixa deixada livre pelas chamas que ressaíam da penha, ao fundo como narrado no Canto precedente.
9. Volveram-nos os vultos a atenção: os vultos, os luxuriosos, que ardiam nas chamas sobre o piso do sétimo terraço, e que (como tantas vezes havia acontecido antes) observaram a sombra produzida pelo corpo de Dante, vivo.
15. Em não fugir ao fogo ali raivando: ao se aproximarem do poeta, movidas pela curiosidade, aquelas almas tinham, entretanto, o cuidado de não escapar ao fogo em meio do qual se submetiam à purificação. Quer dizer: o desejo de reparar sua culpa era, como natural no Purgatório, maior que sua curiosidade.

PURGATÓRIO

19   Não sou só eu que o imploro, ansiosamente,
     pois todos de escutar-te têm mor sede
     que Etíopes e Hindus da água fluente.

22   Por que vedas o sol, como a parede,
     como se não tiveras adentrado
     inda da morte a inextricável rede?"

25   Assim, um deles: e eu já lhes falado teria,
     certo, se não visse preso
     a nova cena ali o meu cuidado.

28   Eis repontava, no caminho aceso,
     mais uma turma, pelo lado oposto,
     que me quedei a remirar, surpreso.

31   Ao chegar, cada sombra, erguendo o rosto,
     um passo dava à frente, a outra beijando,
     e se afastava, agora mais a gosto

34   — tal das fileiras negras se adiantando
     toca da outra a cabeça a ágil formiga,
     como algo da jornada segredando.

37   E, terminada a saudação amiga,
     antes que um passo adiante, um só, ocorra,
     num brado cada qual se desobriga.

40   Os últimos: "Sodoma!", e mais "Gomorra!";
     e os outros: "Pasífae, na vaca entrando,
     faz com que o touro à sua lascívia corra!"

43   E como os grous, no voo se entrecruzando,
     uns rumo ao Sul, outros do Rife à linha,
     aqui a neve, ali o sol deixando

---

22. *Por que vedas a sol, como a parede*: uma das almas ali (que se verá ser a de Guido Guinizelli, famoso poeta de Bolonha, nominalmente referido no verso 92) interroga Dante sobre o fato de estar o seu corpo projetando sombra, como se ainda não houvesse morrido.
40. *Os últimos: "Sodoma!" e mais "Gomorra!"*: os luxuriosos do sétimo terraço estavam divididos em dois grupos, marchando em direção contrária, em meio às chamas. Os que Dante vira surgir por último eram os luxuriosos contra a natureza, o que ressaltava de seu brado de auto-advertência e arrependimento: "Sodoma e Gomorra!"
41. *E os outros: "Pasífae, na vaca entrando"*: os outros eram os do primeiro grupo encontrado pelo poeta, e alguns de cujos componentes dele se haviam acercado. Tinham incidido no pecado da luxúria, mas em sua forma natural. Lamentando-se de seus excessos, evocavam o mítico episódio de Pasífae que, para se unir a um touro, Minós, entrou numa vaca oca, esculpida em madeira.
44. *Uns rumo ao Sul, outros do Rife*: nos céus da Itália costumavam surgir os grous em migração, por vezes em direções opostas, uns rumando ao Sul, isto é, aos desertos e regiões do norte da África, fugindo ao inverno, que se aproximava; e outros, voando para o Norte (o monte Rife se supunha localizado na região nórdica), por escapar aos rigores do clima em certas áreas meridionais.

46 — assim ia uma turma e a outra vinha;
e tornavam, chorando, a seus descantes,
e ao grito que a seu vício mais convinha.

49 Novamente avançaram, como dantes,
as sombras que me haviam abordado,
impressa a expectativa em seus semblantes.

52 Por duas vezes tendo-lhes notado
a ânsia profunda, eu disse: "Almas seguras
de irdes um dia a venturoso estado,

55 inda na terra, em flor, ou já maduras,
as partes não deixei do corpo humano,
que ora conduzo, em sangue, ossos, junturas.

58 Venho por escapar ao mal tirano:
uma dama no céu me alenta e inspira
a subir, ainda vivo, a este altiplano.

61 Que a glória mor a que a montanha aspira
vos seja dada, e enfim possais chegar
ao céu pleno de amor que acima gira!

64 Dizei-me — porque o faça registrar —
quem sois aqui, e quem os do outro lado,
que em direção contrária vi passar".

67 E tal o montanhês recém-chegado
à grã cidade pela vez primeira,
que olha, e emudece, rústico, assombrado,

70 quedou-se o que falara, vindo à beira;
mas tendo superado a comoção,
que é nas almas distintas passageira,

---

47. E tornavam, chorando, a seus descantes: os dois grupos dos luxuriosos, após se encontrarem e se saudarem, tornavam ao seu canto costumeiro (o hino *Summae clementiae Deus* — Canto XXV, versos 121,127 e 133); e, chegando ao fim do hino, erguiam um daqueles brados em que se exprimia o arrependimento pelo seu pecado, como referido nos versos 40 e 41, e, por igual, no Canto precedente (versos 128 e 130 a 132).
55. Inda na terra, em flor, ou já maduras: com estas palavras, Dante significa ao espírito de Guido Guinizelli, com quem falava, que não havia deixado o seu corpo na terra, quer na juventude, quer na maturidade, isto é, que ainda o trazia consigo, e, pois, estava vivo.
58. Venho por escapar ao mal tirano: faço esta viagem por adquirir a luz que me livre do pecado e me encaminhe à salvação futura; e nisto sou ajudado por Beatriz.

73   recomeçou: "Bem hajas tu que, então,
chegas por aprender ao nosso lado
da boa morte a prática lição!

76   Purga-se aquela gente do pecado
pelo qual Júlio César, já triunfando,
se viu Rainha! Por alguns chamado:

79   por isto vai "Sodoma!" ora bradando,
e a si mesma se inculpa com seu grito,
à queimadura o opróbrio acrescentando.

82   Nosso pecado foi hermafrodito;
e por termos deixado a lei violada,
como brutos seguindo o instinto aflito,

85   em penitência nossa voz alçada
o nome clama da mulher que um dia
besta se fez, em falsa besta entrada.

88   Já nos conheces, pois, e nossa orgia:
mas quanto aos nomes, que pediste, enfim,
não os posso dizer, nem saberia.

91   Atender-te-ei apenas quanto a mim:
sou Guido Guinizelli, e já me adianto
por ter-me arrependido antes do fim".

94   Como os dois filhos, a correr, no pranto
do rei Licurgo, para a mãe salvar,
assim eu fiz, mas não cheguei a tanto,

76. Purga-se aquela gente do pecado: aquela gente, a do segundo grupo, que chegara, e passara. Seu pecado era o mesmo que muitos soldados da campanha das Gálias atribuíam a seu chefe, Júlio César, o pecado contra a natureza sexual.
82. Nosso pecado foi hermafrodito: nosso, quer dizer, o do primeiro grupo que os poetas ali encontraram, e do qual fazia parte Guido Guinizelli, que é quem fala. Foi hermafrodito, quer dizer, de um sexo com o outro, e, pois, segundo a natureza.
86. Da mulher que um dia besta se fez: a mulher, Pasífae, que para se unir ao touro entrou numa vaca postiça (vejam-se, atrás, os versos 41 e 42; e no Inferno, o Canto XII, versos 12 e 13.)
88. Já nos conheces, pois, e nossa orgia: já sabes quem fomos, qual foi nosso pecado. Quanto aos nomes que pediste, entretanto, são tantos os que aqui se encontram, que não os conheço todos, e nem teria tempo para nomeá-los.
92. Sou Guido Guinizelli: famoso poeta bolonhês, considerado o iniciador, na Itália, do *stil novo* (em língua vulgar), e que Dante tinha em alta conta (veja-se o canto XI, versos 97 e 98). Guido Guinizelli, tendo morrido por volta de 1280, declara ter ido depressa ao sétimo terraço (já me adianto), porque se havia arrependido em tempo, e não *in-extremis*, de seus erros.
94. Como os dois filhos, a correr: o pranto de Licurgo, a dor em que o rei imergiu ao ver morto o seu filho, que confiara à guarda de Isifília. Esta foi, então, por ele condenada. Mas os dois filhos de Isifília precipitaram-se para salvar sua mãe. Assim Dante, ao saber que falava ali com Guido Guinizelli, adiantou-se para abraçá-lo, mas não chegou a tanto, com receio do fogo em que ele estava envolvido.

97   ao ouvir a si mesmo se nomear
       meu velho mestre e de outros mais que sei
       foram, do que eu, melhores no poetar.

100   E, sem nada dizer, ali fiquei
       a contemplá-lo, pensativo e atento:
       do fogo a medo só, não o abracei.

103   E mal de meu silêncio tomei tento,
       ofereci-lhe ajuda, a alma incendida,
       à promessa juntando um juramento.

106   E ele a mim: "Tua oferta comovida
       me deixa profundíssima impressão,
       que nem no Letes pode ser delida.

109   Mas se és veraz, explica-me a razão
       porque em tua voz e no semblante
       me demonstras tão cálida afeição".

112   "Teu estro", eu disse, "suave e penetrante,
       que enquanto perdurar o uso presente
       há de ressoar à volta e bem distante".

115   "Ó irmão", respondeu-me, "aquele à frente"
       (e uma sombra apontou, discreta e calma)
       "na língua mãe foi que eu mais eminente.

118   A todos excedeu nos versos de alma
       e no romance; embora algum estulto
       ao de Limoges atribua a palma,

121   somente ao vão rumor prestando culto,
       e deduzindo dele a opinião,
       sem a arte ouvir, e mais razão de vulto.

---

104. Ofereci-lhe ajuda, a alma incendida: como de hábito, e agora com mais razão do que em outras ocasiões, Dante se pôs à disposição de Guinizelli, desejoso de ajudá-lo no que pudesse para abreviar sua salvação.
113. Que enquanto perdurar o uso presente: enquanto perdurar o *stil novo*, isto é, o costume de exprimir a poesia no idioma vulgar...
115. Ó irmão, respondeu-me, aquele à frente: a sombra então por Guido apontada como tendo sido mais eminente que todos, nos cantos do *stil novo*, era a do poeta provençal Arnaldo Daniel, mencionado nominalmente no verso 142. Na língua mãe, no provençal.
120. Ao de Limoges atribua a palma: o poeta de Limoges, Geraldo de Borneil, que gozava de imensa fama. Se alguns o colocavam, entretanto, à frente de Arnaldo, era, segundo Dante, porque estes se deixavam influenciar por sua fama, sem considerar os aspectos da arte e sem exercer fundado julgamento.

124 Assim, em muitas bocas, ao pregão
das gentes, foi Guittone alcandorado,
até se desfazer essa ilusão.

127 Já que o alto privilégio te foi dado
de ao mosteiro subir, que inda não vi,
no qual é Cristo o abade consagrado,

130 reza por mim um Padre-nosso ali,
na parte que convém ao nosso mundo,
visto que não pecamos mais aqui."

133 E como a abrir lugar para o segundo,
chamando-o, se embrenhou na chama brava,
tal o peixe veloz, que some ao fundo.

136 Ao outro poeta, que se aproximava,
eu disse que ao seu nome o meu sentir,
por escutá-lo, já se alvoroçava.

139 E sua voz se fez, então, ouvir:
"Tanto me penhoraste me saudando,
que não posso, nem quero, me encobrir.

142 Sou Arnaldo, que choro e vou cantando:
Medito no passado e torpe ardor,
a salvação futura prelibando.

145 E ora te exorto, pelo grão valor
que te conduz ao cimo da escalada,
que te recordes lá de minha dor!"

148 E se escondeu, também, na chama alçada.

---

124. Assim, em muitas bocas, ao pregão: e assim como muitos, infundadamente, atribuíam a preeminência na nova escola a Geraldo de Borneil, em detrimento de Arnaldo Daniel, também muitos fizeram, na Itália, com o poeta Guittone de Arezzo, até que o tempo e o juízo dos entendidos desfizeram tal ilusão. A propósito de Guittone, veja-se o Canto XXIV, verso 56.
131. Na parte que convém ao nosso mundo: Guinizelli pede a Dante que, chegando ao Paraíso, reze por ele ali a parte do padre-nosso que era adequada às almas no Purgatório. Visto como essas almas não estavam mais sujeitas à tentação, poderia ser omitida a parte final da prece. E, de fato, o Padre-nosso era assim rezado pelas almas penitentes, conforme se vê do texto oferecido no Canto XI, versos 1 a 24.
136. Ao outro poeta, que se aproxima: Arnaldo Daniel, que havia sido apontado, a Dante, por Guido Guinizelli.
140. Tanto me penhoraste me saudando: Arnaldo dirigiu-se a Dante em provençal (versos 140 a 147), como se segue:

Tan m'abellis vostre cortes deman
qu'ieu no me puesc ni voill a vos cobrire.
Ieu sui Arnaut, que plor e vau cantan:
consiros vei la passada folor
e vei jausen lo jorn qu'esper, denan.
Ara us prec, per aquella valor
que vos condus al som de l'escalina,
sovenha vos a temps de ma dolor!

CANTO XXVII

 Na faixa lateral, à margem do fogo em que ardem os lascivos, os três poetas vão seguindo pelo sétimo e último terraço. Atravessando as chamas, enveredam pela senda íngreme que leva ao topo do monte, e, a meio da subida, a noite os surpreende. Pela manhã, chegam ao Paraíso terreal, onde Virgílio explica a Dante que não tem condições de guiá-lo dali para a frente; deveria ele reencetar a jornada segundo o seu próprio arbítrio, pois já era, finalmente, dono de sua vontade e de sua liberdade.

1 No ponto em que primeiro os raios vibra
  lá onde à cruz foi seu Fautor alçado,
  de sorte que o Ebro queda sob a Libra,

4 e o Ganges flui de intensa luz banhado
  — brilhava o sol: a tarde, pois, morria,
  quando o Anjo vi surgir, maravilhado.

7 Fora do fogo estava, sobre a via,
  e "*Beati mundo corde*" com acentos
  cantava de suavíssima harmonia.

10 "Só se prossegue aqui sob os tormentos
  da labareda! Vinde, presto, entrando,
  e às vozes do outro lado estai atentos!"

13 Assim nos disse, as chamas apontando:
  correu-me um frio pela espinha inteira,
  como ao que à fossa, em pranto, vai baixando.

16 Cerrando as mãos, quedei-me, esquivo, à beira,
  a olhar o incêndio, e a recordar, assim,
  os que vira morrer sobre a fogueira.

---

1. *No ponto em que primeiro os raios vibra*: procede-se à indicação da hora, deduzida da posição do sol relativamente aos dois hemisférios. O sol começava a raiar em Jerusalém (onde seu fautor, Cristo, foi crucificado): quer dizer que estava a pino (era meio-dia) sobre o rio Ganges, enquanto na Espanha (região antípoda) era, naturalmente, meia-noite; e, no Monte do Purgatório (sob o mesmo meridiano de Jerusalém), estava prestes a tramontar, devendo ser ali, aproximadamente, dezoito horas.
8. "*Beati mundo corde*": Bem-aventurados os puros de coração. Saudação, naturalmente, aos que deixavam o terraço dos luxuriosos.
15. *Como ao que à fossa, em pranto, vai baixando*: Ao convite do Anjo, para que os recém-chegados adentrassem o fogo, Dante viu-se tomado de pavor idêntico ao que acomete os condenados ao sepultamento em vida, no instante em que os algozes os fazem descer ao fosso do suplício.

PURGATÓRIO

19 Volveram-se os dois sábios para mim;
e Virgílio me disse: "Filho meu,
aqui se enfrenta a dor, mas não o fim.

22 Relembra o que passamos, vê que se eu
sobre Gerión te trouxe salvo e ileso,
que não farei, tão perto já do céu?

25 Inda que tu, em meio ao fogo aceso,
ficasses por dez séculos, em pranto,
de um só cabelo não serias leso.

28 Esta é a pura verdade, eu te garanto:
chega, pois, e por teres a certeza,
estende à chama a fímbria de teu manto.

31 Esquece o vão temor, deixa a tibieza:
move o teu passo firme, entra seguro!"
Minha vontade, entanto, estava presa.

34 Ao ver-me quedo, irredutível, duro,
prosseguiu, com tristeza: "Quem diria
que de Beatriz te separasse um muro?"

37 Tal Píramo, que à voz de Tisbe abria
os olhos, divisando-a, viva, à frente,
enquanto a amora rubra se fazia,

40 quebrado o meu temor inteiramente,
voltei-me para o guia, num assomo,
ao nome que jamais me sai da mente.

43 Vi-o agitar a fronte, e dizer: "Como?
Queres ficar aqui?" E, então, sorrindo,
como ao menino que deseja um pomo,

---

22. Sobre Gerión te trouxe salvo e ileso: para animar o companheiro apavorado, Virgílio lhe recorda os riscos anteriores, especialmente a descida no dorso de Gerión ao oitavo Círculo, como narrado no Inferno, Canto XVII, versos 79 e seguintes. Se, mesmo ali, pudera livrá-lo de tantos perigos, com maior razão fa-lo-ía agora, quando já estavam perto do Paraíso.
37. Tal Piramo, que à voz de Tisbe abria: segundo a fábula, Píramo, chegando à sombra da amoreira em que costumava encontrar-se com sua amante Tisbe, achou ali um véu ensanguentado. Supondo que Tisbe houvesse sido morta, traspassou-se com sua própria espada. Mas Tisbe chegava pouco depois e, encontrando-o agonizante, chamou-o desesperada. O sangue de Píramo salpicou as amoras brancas, que se tornaram, então, vermelhas.
42. Ao nome que jamais me sai da mente: ao nome de Beatriz. Dante decidiu-se a penetrar nas chamas, ao escutar Virgílio advertir-lhe que só elas o separavam de Beatriz.

46   foi-se na imensa chama introduzindo;
     a Estácio pediu que fosse entrado
     depois de mim, e não como antes vindo.

49   Mal a franqueei, ter-me-ia arremessado,
     sem hesitar, em vidro liquefeito,
     a fugir ao calor desmesurado.

52   Meu caro pai, por me animar, a jeito,
     a imagem de Beatriz inda evocava:
     "Já me parece ver-lhe o vulto eleito".

55   Subia no ar um canto que emanava
     do lado oposto, e andando, lentamente,
     chegamos onde a escada começava.

58   "*Venite*", ouvi dizer, distintamente,
     "*Patris mei benedicti*", como em prece,
     ao deixarmos o piso incandescente.

61   E a voz seguia: "O sol desaparece;
     não vos detendes, apressai o passo,
     rápido o monte aqui se entenebrece".

64   Lançamo-nos os três no angusto espaço,
     o meu corpo, por trás, interrompendo
     a derradeira luz do dia escasso.

67   E mal alguns degraus fomos vencendo,
     sentimos recrescer a sombra densa,
     a tudo em torno o manto distendendo.

70   Antes que pela abóbada suspensa
     a noite completasse o seu efeito
     e se tornasse a escuridão intensa,

48. Depois de mim, e não como antes vindo: já vimos que no trajeto pelo sétimo terraço Virgílio caminhava à frente; em seguida, Estácio; e, por último, Dante (Canto XXVI, versos 16 e 17). Mas aqui, ante o temor de Dante, Virgílio pediu a Estácio que cedesse o lugar a seu companheiro, e caminhasse depois dele.
57. Chegamos onde a escada começava: cruzando, ao chamado do Anjo, o terreno invadido pelas chamas, os poetas chegaram à entrada da estreita vereda que, do giro sétimo, levava ao cimo da montanha, onde se localizava o Paraíso terreal.
58. *Venite... Patris mei benedicti*: vinde, abençoados por meu Pai – palavras de Cristo, proferidas pelo Anjo de guarda ao Paraíso terreal. Ali, certamente, foi apagado o último dos sete PP, que o poeta levara inscritos à fronte.
65. O meu corpo, por trás, interrompendo: a vereda que ascendia ao Paraíso terreal desenvolvia-se na direção poente-nascente. Logo que o poeta a adentrou, pois, o sol, no ocaso, lhe incidia às costas.

73   cada um de, nós fez de um degrau seu leito,
     visto que já se estava aproximando
     o instante de parar no trilho estreito.

76   Similarmente às cabras que, pastando,
     às grimpas se alçam, ágeis e vibrantes,
     mas se juntam, saciadas, ruminando,

79   à sombra, pelas horas causticantes,
     sob o olhar do pastor, cujo cajado
     erguido as torna calmas e confiantes;

82   e como o guardador que junto ao gado
     pernoita aos ventos ríspidos, glaciais,
     por mantê-lo das feras resguardado

85   — estávamos ali, sem fazer mais,
     eu, tal a cabra, os dois, tais os pastores,
     premidos pelos muros laterais.

88   Do céu pouco se via, em seus fulgores;
     talvez por isto, os astros que eu fitava
     ressaltavam mais claros e maiores.

91   Assim pensando, e enquanto assim olhava,
     tomou-me o sono; o sono que, usualmente,
     antes de o fato ser, o apresentava.

94   Àquela hora, suponho, em que do oriente,
     sobre a montanha, Vênus incidia,
     ao raiar, sua luz, de amor fremente,

97   em sonho uma mulher me aparecia,
     indo no campo, flores a colher;
     e cantava, e seu canto assim dizia:

---

73. Cada um de nós fez de um degrau seu leito: como fosse iminente o cair da noite, durante a qual era impossível prosseguir na subida, os poetas improvisaram leitos nas anfractuosidades do rochedo, para permanecerem ali até o retornar do dia.
88. Do céu pouco se via em seus fulgores: do fundo daquela trilha, cavada na rocha, não se podia avistar senão exíguo trecho do céu. Somente poucas estrelas se tornavam, pois, visíveis, e, por serem poucas, pareciam mais vivas e brilhantes que de costume.
94. Àquela hora, suponho, em que do oriente: quase às primeiras luzes da alba, quando os raios de Vênus começavam a brilhar, o poeta, adormecido sobre um dos degraus formados na trilha, teve, como tantas vezes antes, um sonho profético. Viu uma jovem, que se identificou como a Lia (em que o poeta simboliza a vida ativa), e que lhe falou dela própria e de sua irmã Raquel (em que o poeta simboliza a vida contemplativa).

"Em sonho uma mulher me aparecia,
indo no campo, flores a colher;
e cantava, e seu canto assim dizia (...)"
(Purg., XXVII, 97/9)

PURGATÓRIO

100 "A quantos me desejam conhecer
digo que sou a Lia, e para mim
são as grinaldas que me vês tecer.

103 Por amar a beleza eu me orno assim;
mas minha irmã Raquel nunca se afasta
do espelho d'alma, num mirar sem fim.

106 Só desse ideal se ocupa, calma e casta,
como eu de me fazer mais adornada:
a visão a apaixona, e a ação me basta".

109 Já às luzes difusas da alvorada,
que acrescem no viajor sua emoção,
por ver mais perto o lar, ao fim da estrada,

112 dissipava-se a sombra, e co' ela, então,
o sono meu; e ergui-me, prestamente,
vendo os dois mestres prontos para a ação.

115 "O doce fruto, empós do qual, à frente,
corre a eterna esperança dos mortais,
provarás hoje aqui, seguramente".

118 — Assim Virgílio, com palavras tais,
volveu-se a mim: e outra promessa, creio,
melhor do que esta não ouvi jamais.

121 Mor afã por subir então me veio;
e a cada passo da última escalada
eu ia, como em voo, no extremo anseio.

124 Já pelos três vencida, inteira, a escada,
e àquela altura em seu degrau final,
Virgílio olhou-me, e disse, à voz pausada:

127 "Meu filho, o fogo eterno e o temporal
já contemplaste, e eis-te chegado à parte
que ultrapassar não posso, por meu mal.

---

114. Vendo os dois mestres prontos para a ação: ao despertar, Dante viu Virgílio e Estácio já de pé, prontos para reiniciar a jornada, na manhã nascente.
115. O doce fruto, empós do qual, à frente: o sumo bem, a graça divina, a beatitude...
127. Meu filho, o fogo eterno e o temporal: depois de passares pelo Inferno (o fogo eterno) e pelo Purgatório (o fogo temporal), eis-te chegado ao Paraíso terreal, em que já não tenho condições de orientar-te, e além do qual não posso acompanhar-te.

130   Trouxe-te aqui, usando engenho e arte;
      mas só teu juízo agora te conduz,
      para à suprema via impulsionar-te.

133   Contempla o sol, que à tua frente luz,
      observa a relva, as plantas, as umbelas,
      que a terra, à própria força, aqui produz.

136   Até que vejas, sob as frondes belas,
      a que, a chorar, contigo me fez vir,
      podes quedar-te, ou andar, à sombra delas.

139   Não mais a minha voz irás ouvir:
      dispões de livre e íntegra vontade,
      e só com ela deves prosseguir.

142   Imponho-te o laurel da liberdade!"

---

133. Contempla o sol, que à tua frente luz: quando iniciaram a subida, embaixo, no sétimo e último terraço, Dante tinha o sol poente às costas (versos 65 e 66). Ao emergir, na manhã seguinte, à borda do Paraíso terreal, o sol luzia bem à sua frente.
136. Até que vejas, sob as frondes belas: enquanto Beatriz não aparecer, podes, pois, quedar-te nesta floresta, sobre a relva, e em meio das plantas e das flores, ou passear por ela.
142. Imponho-te o laurel da liberdade: e, pois, que, apagado o último P de tua fronte, já dispões de perfeita consciência e íntegra vontade, eu te coroo com o laurel da liberdade.

CANTO XXVIII

Chegam os três poetas, no topo do Monte do Purgatório, ao Paraíso terreal, com sua bela floresta. Dante caminha por ela, aproximando-se de um pequeno rio, que lhe impede a marcha. Avista, na margem oposta, uma dama, Matelda, que lhe fala sobre a aura a mover o arvoredo e sobre os dois arroios que fluíam ali: O Letes, ou rio do Olvido, junto ao qual o poeta se detivera, e o Eunóe, ou rio da Boa-Memória, a correr mais adiante.

1   Na ânsia de me internar pela divina
    floresta virginal, ampla e sombria,
    que um pouco a luz quebrava matutina,

4   sem hesitar, tomei a aberta via,
    começando a adentrar a passo lento
    o campo, que de aromas recendia.

7   Um sopro leve, qual terreno vento,
    o rosto suavemente me afagava,
    em constante e uniforme movimento,

10 e, trêmulos e ondeantes, declinava
    os extremos dos ramos alongados
    para onde o monte a sombra projetava.

13 Não os tinha, porém, tão agitados
    que impedissem os pássaros, nas cimas,
    de modularem, juntos, seus trinados.

16 E eles, no canto alegre, as auras primas
    saudavam, entre as folhas perpassando,
    como se em contraponto a suas rimas,

---

3. Que um pouco a luz quebrava matutina: aquela selva, no topo do Monte, o Éden, ou Paraíso terreal, sendo espessa e viva (diversamente das demais paisagens do Purgatório), quebrava a intensidade da profusa luz da manhã.
4. Sem hesitar, tomei a aberta via: Virgílio havia explicado a Dante (Canto anterior, versos 127 a 142) que não tinha condições para guiá-lo no Paraíso terreal, e que ele deveria conduzir-se, ali, segundo o seu próprio arbítrio. E por isto é que Dante tomou a iniciativa de se aprofundar na selva, sem esperar, como sempre fizera antes, a orientação de seu mestre. Entretanto, seus dois companheiros – Virgílio e Estácio – ainda o acompanhavam na marcha pela floresta, como se vê, adiante, dos versos 76 a 81, e, especialmente, dos versos 145 a 147.
12. Para onde o monte a sombra projetava: os poetas haviam adentrado o Paraíso terreal, no topo do monte, ao raiar do sol. A montanha, pois, projetava a longa sombra para os lados do ocidente: e era para aí, também, que a aura constante movia levemente as copas das árvores.

"Já tanto ali me havia aprofundado
pela antiga floresta imensa e fria,
que perdera a noção de onde era entrado."
(*Purg.*, XXVIII, 22/4)

PURGATÓRIO

19 qual se vê pelo Chiassi sussurrando
    o pinheiral, quando Eolo, despertado,
    vai ao siroco as rédeas alargando.

22 Já tanto ali me havia aprofundado
    pela antiga floresta imensa e fria,
    que perdera a noção de onde era entrado,

25 quando cheguei a um rio, que infletia
    à esquerda sua múrmura torrente,
    banhando a relva que à orla lhe crescia.

28 A água, entre nós, mais pura e mais fluente
    pareceria túrbida e mesclada
    perto daquela, clara e transparente,

31 embora a discorrer como abafada
    pela sombra perpétua, que em verdade
    da luz do sol não era devassada.

34 Retido, então, fez-me a curiosidade
    ficar mirando, ao outro lado, atento,
    da floração radiosa a variedade.

37 Mas eis que vi surgir, em tal momento,
    como algo repentino que desvia
    o curso do ordenado pensamento,

40 uma jovem que o passo, além, movia,
    e cantava, e colhia, ao canto, flores,
    sozinha, em meio à recamada via.

43 "Bela dama, coroada de esplendores,
    que refulgirem vejo em teu semblante
    como expressão dos íntimos pendores,

46 dignas-te de chegares mais adiante",
    roguei-lhe, "ao pé da fonte fugidia,
    por que eu possa entender o teu descante.

---

25. Quando cheguei a um rio que infletia: era o rio Letes, ou rio do Olvido, nominalmente referido no verso 130.
34. Retido, então, fez-me a curiosidade: com seus passos interceptados pelo rio que fluía à frente, o poeta ficou a olhar, maravilhado, para a intensa floração que, também na margem oposta, recamava o solo e pendia das árvores.
40. Uma jovem que o passo, além, movia: Matelda, que, entretanto, só é nomeada muito adiante, no Canto XXXIII, verso 119. Segundo a maioria dos comentadores, a condessa Matelda de Canossa, que se distinguiu pela sua fé religiosa e por relevantes serviços prestados à Igreja, na guerra e na paz.

49 Tu me fazes lembrar o sítio e o dia
    em que a formosa e meiga Proserpina
    deixou a mãe e as flores que colhia".

52 Qual a voltear esbelta dançarina,
    à ponta de seus pés, sobre o tablado,
    que corre à frente e, rápida, se inclina

55 via-a chegar, no piso matizado
    de rubro e de amarelo, ao suave jeito
    da virgem que o olhar mantém baixado:

58 e fez-me no meu rogo satisfeito,
    e tão de perto, que do canto o som
    me vinha claramente em seu efeito.

61 Postada enfim aonde a relva com
    a água se misturava da torrente,
    alçou-me a vista, em generoso dom.

64 Não creio que fulgor mais esplendente
    a Vênus animasse, ao ser picada
    pelo dardo do filho, casualmente;

67 e, pois, sorria, à margem, sobrealçada,
    mais flores apertando junto ao seio
    do que na terra havia incultivada.

70 Fluía o riacho à frente, de permeio:
    o Elesponto, que Xerxes percorria,
    e foi do humano orgulho rude freio,

73 a Leandro mágoa mor não causaria
    quando entre Sesto e Abido, a flutuar,
    do que ele a mim, que o passo me impedia.

49. Tu me fazes lembrar o sítio e o dia: a visão de Matelda trouxe à lembrança do poeta Proserpina, quando, no bosque, em presença de sua mãe, e sobraçando as flores que colhera, foi, segundo a lenda, raptada por Plutão, rei do Inferno.
65. Ao ser picada pelo dardo do filho: o filho de Vênus, Cupido. Ao aproximar-se da mãe, Cupido a feriu, inadvertidamente, com seu dardo, despertando-lhe, assim, a paixão por Adônis.
70. Fluía o riacho à frente, de permeio: entre Dante, de um lado, e Matelda, do outro lado, estava o Letes, que os separava a curta distância, poucos passos apenas. O poeta diz lamentar-se mais de tal obstáculo do que Leandro outrora se lamentara do Elesponto (o atual estreito de Dardanelos), que o separava de sua amada, Ero.
71. O Elesponto, que Xerxes percorria: para conduzir seus exércitos à Grécia, Xerxes, rei dos Persas, teria improvisado uma ponte sobre o Elesponto, unindo barco a barco; mas, derrotado em Salamina, teve que recuar, e já não encontrando a ponte, que fora desfeita, recruzou o Elesponto num frágil esquife de pescadores. E em tal episódio se devia ver uma advertência contra o vão orgulho humano.
73. A Leandro mágoa mor não causaria: Leandro costumava atravessar a nado o estreito, entre Abido e Sesto, para se encontrar com Ero. Ao realizar, numa noite tempestuosa, a travessia, faltaram-lhe as forças, e foi tragado pelas águas.

76 "Ó vós, que estais", falou-nos, "a chegar
a esta floresta pelo céu eleita,
e dada aos primos pais por habitar,

79 talvez vos cause o riso meu suspeita;
mas, recordando o salmo *Delectasti*,
entendereis o que ora me deleita.

82 E tu, que vejo à frente, e me falaste,
que desejas saber? Eu serei presta
a responder-te a tudo, até que baste".

85 "A água", eu disse, "e o sussurro da floresta
abalaram decerto uma noção
que me foi, em contrário, manifesta".

88 "A causa mostrarei", tornou-me, então,
"do que tamanha dúvida te traz;
e saciada estará tua razão.

91 O alto poder, que só no bem se apraz,
fez o homem bom, e o pôs neste lugar,
como promessa da perene paz.

94 Mas, por seu erro, teve de o deixar,
em pranto convertendo e em sofrimento
o doce encanto, o eterno bem-estar.

97 E para que o confuso movimento
que advém da exalação da água e da terra,
embaixo, do calor em seguimento,

100 ao homem não movesse áspera guerra,
foi este monte erguido, sobranceiro,
a tudo imune, desde onde se cerra.

80. Mas, recordando o salmo *Delectasti*: Matelda que, enquanto falava, sorria, adverte os poetas de que, recém-chegados àquela selva, não se impressionassem com o seu riso, nem o levassem a mal. Refletissem na letra do salmo *Delectasti*, e compreenderiam que a razão de seu riso era a alegria pela obra maravilhosa da divina criação.
86. Abalaram decerto uma noção: ao adentrar a floresta, Dante pensava na aura a dobrar os cimos das árvores e na água do regato a fluir a seus pés. Tais fatos, na realidade, lhe tinham abalado a convicção quanto ao que lhe afirmara Estácio de que no Monte do Purgatório não havia, como na terra, chuva, neve, ou vento (Canto XXI, versos 46 a 54).
97. E para que o confuso movimento: para que o vento e a chuva, produzidos na terra pelos vapores, não viessem perturbar o homem na felicidade edênica, foi sua primeira morada posta ali a tal altitude. E, com efeito, naquela montanha não se notavam os fenômenos físicos comuns na terra, os quais não ultrapassavam o lugar onde se localizava a porta do Purgatório (desde onde se cerra).

103 O conjunto dos céus, girando inteiro,
     faz consigo mover-se a brisa pura,
     se algo não lhe interrompe o voo ligeiro;

106 e assim vai ela livre nesta altura,
     de sorte que a floresta, percutida,
     cede ao seu moto, inclina-se, e murmura.

109 E cada planta, ao sopro submetida,
     solta a semente no ar, em profusão,
     logo a partes distantes conduzida.

112 Por isto, a terra embaixo, à condição
     de seu céu e seu clima, faz nascer,
     aqui e ali, igual vegetação.

115 Podes, pois, facilmente conceber
     porque se veem lá bosques floridos,
     sem prévia semeadura, a se estender.

118 Digo-te mais que nossos hortos fidos
     guardam em si toda e qualquer semente,
     e frutos têm, por lá não conhecidos.

121 Nem ressurge o regato, certamente,
     do vapor primitivo, em gelo feito,
     como o rio que se enche, ou vaza, à frente,

124 mas emana da fonte sem defeito,
     em que o sumo poder o reabastece
     da água que perde num e noutro leito.

---

103. O conjunto dos céus, girando inteiro: o primo mobile, o mais amplo e mais elevado dentre os nove céus, segundo o sistema de Ptolomeu, a que Dante se reporta, gira, arrastando os outros céus e a atmosfera. Tal impulso chega até à superfície da terra, se algo, como as altas montanhas (como aquela certamente a mais alta), não o impedir. O giro, pois, das esferas, e, com ele, o giro sutil do ar, era o que produzia ali aquela aura, que não devia ser confundida com o vento terreno.
109. E cada planta, ao sopro submetida: movendo as árvores da selva edênica, aquele universal impulso fazia com que elas soltassem no ar suas sementes, sua virtude ativa, as quais, levadas à terra, causavam o germinar da vegetação que se via, ali, por toda a parte, sem que fosse plantada pelo homem.
121. Nem ressurge o regato, certamente: e, do mesmo modo que a aura, que te surpreendeu, não é idêntica ao vento terreno, também o rio que vês à frente (o Letes) não deve sua existência aos vapores emanados dos oceanos (convertidos em gelo, e, depois, em chuva), como os cursos d'água da terra.
126. Da água que perde num e noutro leito: explicando a natureza divina daquelas águas, Matelda indica que elas fluíam em dois álveos diversos: um era aquele, o Letes; e o outro, correndo adiante, era o Eunóe (verso 130).

127 Aqui, por esta parte, eterno, desce,
extinguindo a lembrança do pecado;
da outra, a do bem cumprido robustece.

130 Aqui é Letes, lá Eunóe chamado;
o seu efeito, entanto, só se opera
quando dos dois houver a alma provado.

133 Nenhum sabor o seu sabor supera.
E posto já te disse o suficiente,
e tua mente nada mais espera,

136 um corolário ajuntarei somente;
nem creio que te possa ora enfadar
por ir além do tema pertinente.

139 Os cantores de outrora, ao celebrar,
no seu Parnaso, a idade áurea feliz,
pensariam talvez neste lugar.

142 Aqui à luz surgiu a humana raiz;
aqui é primavera e é floração;
esta água é o néctar, de que lá se diz".

145 Girei, por ver dos poetas a reação:
ambos sorriam levemente, a gosto,
ouvindo do discurso a conclusão.

148 E volvi, outra vez, à dama o rosto.

---

128. Extinguindo a lembrança do pecado: o Letes, ou rio do Olvido, tinha a propriedade de fazer esquecer os pecados a quem sorvesse de sua água.
129. Da outra, a do bem cumprido robustece: e o Eunóe, ou rio da Boa-Memória, tinha a propriedade de perenizar a memória das boas ações em quem se abeberasse em sua linfa.
136. Um corolário ajuntarei somente: já tendo respondido à tua pergunta e satisfeito inteiramente tua curiosidade (diz Matelda), desejo, entretanto, acrescentar algo mais, que penso não te será desagradável ouvir.

CANTO XXIX

Dante e Matelda avançam lentamente pelas margens do rio Letes, em sentido contrário ao da corrente; pouco depois intenso fulgor ilumina o seio da floresta, parecendo que a claridade se movia ao seu encontro. O poeta divisa, então, sete candelabros acesos, acompanhados por um maravilhoso préstito, representativo da ação e das glórias da Igreja.

1   Dito isto, como alguém a que arrebata
     o amor, pôs-se a cantar, transfigurada:
     "*Beati, quorum tecta sunt peccata!*"

4   E qual na selva a ninfa descuidada,
     que vagueia sozinha, procurando
     ora a sombra, ora a aberta iluminada

7   — moveu-se sobre a margem, caminhando
     contra a corrente; e, pois, lá do outro lado,
     eu a segui, de par a acompanhando.

10   Não tínhamos, os dois, cem passos dado
     quando o rio infletiu a direção
     e novamente à aurora fui voltado.

13   Dali a quase igual distância, então,
     a bela dama o rosto a mim volveu,
     dizendo: "Observa e escuta, meu irmão".

16   Um fulgor subitâneo se acendeu,
     iluminando o fundo da floresta,
     à guisa de um relâmpago no céu.

19   Mas como o raio é breve, e nunca resta,
     e aquela claridade persistia,
     eu fiquei a pensar: "Que luz é esta?"

---

1. Dito isto, como alguém a que arrebata: referência às palavras com que Matelda, ao final do Canto anterior, explicara ao poeta o movimento das árvores e a natureza dos rios que se viam ali, no Paraíso terreal.
3. *Beati, quorum tecta sunt peccata*: "Abençoados os que foram remidos de seus pecados" — palavras de um Salmo. E, com efeito, Dante chegava ali depois de lhe terem sido cancelados da fronte os sete PP, representativos dos pecados capitais.

PURGATÓRIO

22 Pelo ar vibrava suave melodia;
    e não pude deixar em tal momento
    de lastimar a trágica ousadia

25 de Eva, que aonde a terra e o firmamento
    a Deus obedeciam, recém-criada,
    se insurgiu contra o santo regimento:

28 pois se com ele fora conformada,
    estaríamos fruindo tais letícias
    desde o começo e ao longo da jornada.

31 Enquanto eu caminhava entre as primícias
    do perene prazer, mudo de espanto,
    e ansioso por gozar novas delícias,

34 sob as ramadas, como por encanto,
    o espaço em aura fúlgida se fez;
    e já se ouvia, harmonioso, um canto.

37 Ó Musas, se, por vós, mais de uma vez,
    curti vigília, e fui em pranto imerso,
    é hora de implorar vossas mercês!

40 Que Elícona me entreabra o veio terso,
    e me ajude de Urânia o coro ardente
    a matéria tão alta pôr em verso.

43 Sete árvores douradas, de repente,
    pareceram-me erguer-se, em meio à estância,
    ao longe, naquela aura refulgente.

46 Mas quando fui chegado a uma distância
    em que a falsa aparência não engana,
    e as coisas se demonstram na substância,

28. Pois se com ele fora conformada: se Eva se houvesse conformado com a palavra de Deus, a humanidade não teria conhecido o pecado original. E todos os homens estariam fruindo, ainda hoje, desde o seu nascimento, e ao longo de toda a sua vida, as delícias do Paraíso terreal.
36. E já se ouvia, harmonioso, um canto: Dante percebeu, então, que a suave harmonia que se espalhava no ar (verso 22) era, de fato, uma canção.
40. Que Elícona me entreabra o veio terso: Elícona era o Monte habitado pelas Musas; e, pois, as águas que ali manavam podiam considerar-se fontes de inspiração.
41. E me ajude de Urânia o coro ardente: Urânia, a Musa votada especialmente às coisas divinas ou celestes. Invocando, de um modo geral, as Musas, o poeta invoca principalmente a Urânia, para que o ajudasse a cantar os fatos portentosos e extraordinários que ele havia observado ali.
43. Sete árvores douradas, de repente: o poeta viu algo que o efeito naturalmente enganador da distância figurava como sendo sete árvores douradas. Mas, ao chegar mais perto, a uma distância em que as coisas apareciam em sua evidência, e já sem aquele efeito enganador, percebeu que não eram árvores, mas sete candelabros acesos.

49   à virtude que da razão emana
      vi serem candelabros, na verdade,
      e percebi que o canto era de Hosana.

52   Lançavam, no alto, as tochas claridade
      mor que do plenilúnio a irradiação
      à meia-noite, à densa obscuridade.

55   Volvi-me, comovido, ao mestre, então,
      que só me respondeu com seu olhar
      carregado, também, de admiração.

58   Fitei de novo os lumes a brilhar,
      adiantando-se ali mais lentamente
      do que as noivas seguindo para o altar.

61   E a dama a mim: "Por que fitas somente
      a luz, a se mover, adiante, erguida,
      e não o que lhe surge à esteira, rente?"

64   Olhando, divisei logo em seguida
      gente que em vestes brancas se envolvia,
      de brancura entre nós não conhecida.

67   Bem aos meus pés, a linfa refulgia,
      e como o espelho, quando me inclinei,
      meu flanco esquerdo, inteiro, refletia.

70   E logo que no ponto me encontrei
      em que entre nós as águas, só, mediavam,
      por ver melhor, os passos estaquei.

73   Os candelabros, lentos, avançavam,
      deixando o espaço ulterior sulcado
      por sete estrias, que se prolongavam

76   na distância, mostrando, lado a lado,
      do arco solar as numerosas cores
      e do cinto de Délia iluminado.

---

51. E percebi que o canto era de Hosana: e o canto difuso que o poeta ouvira, indistintamente (verso 36), já àquela altura deixava entrever os acentos e as palavras do Hosana.
56. Que só me respondeu com seu olhar: à força talvez do hábito, Dante, vendo aquela maravilha, voltou-se para Virgílio, que ainda o acompanhava, juntamente com Estácio. Mas Virgílio já havia cumprido a sua missão de mestre, e nada mais dizia. Apenas respondeu a seu companheiro com o olhar, em que se traduziam a mesma admiração e o mesmo espanto.
78. E do cinto de Délia iluminado: Délia, quer dizer a deusa Diana, nascida em Delos. O halo lunar costumava ser mencionado, na poética greco-latina, como o cinto de Délia.

79 Perdiam-se de vista os seus fulgores;
    mas, ao largo, não se extremavam no ar
    mais que dez passos, entre as exteriores.

82 Vinham sob o dossel, de par em par,
    vinte e quatro varões, solenemente,
    com lírios à cabeça, a proclamar:

85 "Bendita sejas tu, eternamente,
    entre as filhas de Adão, e abençoadas
    as graças de teu reino onipotente!"

88 Quando as flores e as ervas orvalhadas
    foram deixadas livres por aquelas
    gentes ao sumo bem predestinadas,

91 como no céu se alternam as estrelas,
    eis vi surgir quatro animais, coroados
    de folhas verdejantes e de umbelas.

94 Cada um tinha seis asas, e espalhados
    nelas múltiplos olhos, que julguei
    iguais aos olhos de Argos, celebrados.

97 E, destarte, leitor, me pouparei
    de mais os explicar, posto que à frente
    outro tema me atrai, como direi;

100 mas lê Ezequiel que exatamente
    os descreveu, vindos do Setentrião,
    por entre o vento e as nuvens, no ar candente,

103 dando-lhes a adequada proporção:
    mas nas asas suponho-o confundido,
    pois de fato eram seis, como as viu João.

---

79. Perdiam-se de vista os seus fulgores: as luzes coloridas, emanadas dos sete candelabros, iam descrevendo, no espaço, ao alto, sete estrias que se alongavam a perder de vista; mas, à frente, e ao largo, não se encontrariam mais que dez passos entre as faixas exteriores, a da direita e a da esquerda.
82. Vinham sob o dossel, de par em par: sob dossel ou pálio luminoso, constituído pelas sete estrias, vinham, dois a dois, vinte quatro varões, que, segundo os comentadores, representariam os vinte e quatro livros do Velho Testamento, ou, talvez, mais exatamente, os seus autores. O simbolismo e as imagens do préstito concebido pelo poeta são, em parte, inspirados no Apocalipse e nas visões do profeta Ezequiel.
92. Eis vi surgir quatro animais, coroados: as quatro figuras aqui referidas (apresentadas como animais) simbolizavam os quatro Evangelhos, ou, melhor, os quatro Evangelistas, descritos por Ezequiel como se segue: São João, em forma de águia; Marcos, de leão; Lucas, de touro; e, finalmente, Mateus, de homem; e cada um deles era dotado de seis asas.
104. Mas nas asas suponho-o confundido: Dante menciona que estes quatro animais foram minuciosamente descritos por Ezequiel, o que o dispensa de se alongar em sua pintura. Somente quanto às asas discrepa do profeta: pois Ezequiel atribuiu a cada um deles quatro asas, mas o poeta, na realidade, via seis, tal como referido por São João no Apocalipse.

"Vinham sob o dossel, de par em par,
vinte e quatro varões, solenemente,
com lírios à cabeça a proclamar."

(Purg., XXIX, 82/4)

106 A meio deles, plácido e contido,
um carro a duas rodas se movia,
que ao pescoço de um Grifo era jungido.

109 As asas o animal ao alto erguia,
de um lado e de outro entre as medianas listas,
que ultrapassava, mas que não rompia.

112 Tanto se alçavam que não eram vistas;
as penas tinha em ouro cintilante,
e as partes mais de branco e rubro mistas.

115 Carro em Roma não houve mais brilhante,
por honrar o Africano ou mesmo Augusto,
nem o do Sol se viu mais irradiante

118 — o do Sol que, extraviado, foi combusto,
à súplica da terra humilde e pia,
por mãos de Jove, eternamente justo.

121 Bailando, à destra roda, sobre a via,
vinham três damas: uma que, encarnada,
na luz flamante mal se percebia;

124 e outra, de um verde vívido trajada,
que lembrava a esmeralda fulgurando;
nívea a de trás, qual súbita nevada.

127 A branca parecia, em seu comando,
alternar co' a vermelha: e ao canto desta
os passos iam por ali ritmando.

---

107. *Um carro a duas rodas se movia*: no espaço contido a meio do quadrado formado pelos quatro Evangelistas, movia-se um carro sobre duas rodas, atrelado a um Grifo. O carro é representação da Igreja, o Grifo, de seu fundador, Jesus Cristo.
109. *As asas o animal ao alto erguia*: o Grifo avançava sob o dossel das sete estrias, exatamente sob a faixa do centro (a quarta, quer vista da esquerda, quer da direita); e alçava suas asas a um e outro lado dessa faixa central. As asas passavam por entre as estrias, ultrapassando-as, mas sem rompê-las. E quando as ultrapassavam, suas pontas logicamente deixavam de ser vistas.
113. *As penas tinha em ouro cintilante*: era o Grifo um animal fabuloso, metade águia, metade leão. Por isto, provavelmente, é tornado em símbolo de Cristo, na sua dupla natureza, humana e divina. Nas partes que possuía da águia, era dourado, mas vermelho e branco, nas partes do leão.
118. *O do Sol que, extraviado, foi combusto*: nova referência ao mítico episódio de Fetón, que, guiando o carro do Sol, fez com que ele se incendiasse nos céus.
122. *Vinham três damas*: as três damas que dançavam junto à roda direita do carro representam as virtudes teologais: a encarnada, a Caridade; a verde, a Esperança; e a branca, a Fé.

"Bailando, à destra roda, sobre a via,
vinham três damas."

(Purg., XXIX, 121/2)

130 Também à esquerda, na radiosa festa,
bailavam quatro, em púrpura, e a da frente
ostentava três olhos sobre a testa.

133 Seguiam-se dois velhos, lentamente,
com trajes diferentes, mas no aspecto
impressivos e graves igualmente.

136 Um se me afigurou sequaz dileto
do sábio Hipócrates, que a natureza
produziu por mostrar-nos seu afeto;

139 mas o outro recordava a oposta empresa,
levando à cinta reluzente espada,
a qual me encheu de medo e de tristeza.

142 Vinham mais quatro, humílimos, na estrada,
e atrás, sozinho, e como que sonhando,
um quinto de aparência iluminada.

145 Eram, no jeito, iguais aos do outro bando,
mas não tinham as frontes encimadas
por lírios, como os mais, nelas mostrando

148 rosas somente e flores encarnadas:
quem de longe as houvesse divisado
as julgaria em fogo emolduradas.

151 Mal foi o carro em frente a mim chegado,
estalou um trovão, e aquelas gentes,
como os que têm o passo interceptado,

154 estacaram, co' as tochas refulgentes.

---

131. Bailavam quatro, em púrpura: e as quatro damas, que bailavam rente à roda esquerda do carro, representam as virtudes cardeais: Prudência (a que tinha três olhos), Justiça, Temperança e Fortaleza.
133. Seguiam-se dois velhos, lentamente: é difícil identificar os dois velhos, não obstante a sugestão de que um fosse médico (sequaz de Hipócrates) e o outro soldado (levando a espada). Parece mais plausível a interpretação que divisa neles os apóstolos Pedro e Paulo.
142. Vinham mais quatro, humílimos, na estrada: a mesma dificuldade, quanto a sua identificação. Alguns opinam que se trata também de Apóstolos, outros que representam os grandes doutores da Igreja. O quinto que, sozinho, encerrava o cortejo, avançava como que dormindo, mas com a face iluminada.
145. Eram, no jeito, iguais aos do outro bando: os sete velhos, surgidos em último lugar (verso 133 e versos 142 a 144), trajavam semelhantemente aos vinte e quatro varões a que se referia o verso 83. Mas, em vez de lírios à cabeça, levavam rosas e flores vermelhas; e quem os avistasse de mais longe acreditaria que o fogo lhes abrasava as frontes.

CANTO XXX

Ao se deter, do outro lado do Letes, a divina procissão, o poeta viu, por entre cânticos dos acompanhantes e aclamações dos Anjos, uma dama velada aparecer sobre o carro. Pressentindo de quem se tratava, e tomado de emoção, Dante voltou-se para falar a Virgílio. Mas não mais encontrou seu mestre, que havia partido definitivamente.

A dama velada, que era de fato Beatriz, dirige severas palavras ao poeta, exprobrando-lhe seus pecados, seus erros e sua infidelidade.

1   Quando o setentrião do primo céu,
      que não conhece ocaso, nem oriente,
      nem outra névoa que da culpa o véu,

4   e a cada um tomava ali consciente
      de seu dever, como o de baixo faz,
      levando ao porto o nauta experiente,

7   firme, estacou — o séquito veraz,
      que entre ele caminhava e o Grifo alado,
      volveu-se ao carro, símbolo da paz.

10   Um se adiantou, do céu como inspirado:
      "*Veni, sponsa, de Líbano*", dizia,
      três vezes, pelos mais acompanhado.

13   Como os eleitos que, do juízo ao dia,
      ressurgirão do sono sepulcral,
      a voz de novo entoando, co' alegria,

---

1. Quando o setentrião do primo céu: por setentrião se designam os sete candelabros que vinham à testa da procissão descrita no Canto precedente. O primo céu, quer dizer o Primo Mobile, o Empíreo, o mais alto e vasto dos nove céus constantes do sistema de Ptolomeu, e que, por estar acima do sol e das estrelas, não conhecia nem aurora nem ocaso, e a única nuvem nele vista foi a turbação ocasionada pelo pecado de Adão e Eva (o véu da culpa).
5. Como o de baixo faz: o setentrião de baixo, quer dizer, a constelação da Ursa Maior (dotada de sete estrelas), e que estava mais embaixo, no oitavo céu, o das estrelas fixas (sistema ptolomaico). Significa-se que os sete candelabros (o setentrião do Empíreo) inspiravam e guiavam os membros da divina procissão, tal como o setentrião de baixo (a Ursa maior, no oitavo céu) guiava nos mares da terra os navegantes ao porto.
7. Firme, estacou — o séquito veraz: quando, pois, os sete candelabros pararam, ali, no Paraíso terreal, do outro lado do rio Letes. O séquito veraz, os vinte e quatro anciãos que, de par em par, caminhavam após os sete candelabros e adiante do carro atrelado ao Grifo (Canto XXIX, versos 82 a 84).
9. Volveu-se ao carro, símbolo da paz: tendo o cortejo estacado, os vinte e quatro varões que seguiam os sete candelabros voltaram-se para trás, a fitar o carro puxado pelo Grifo e que simbolizava a Igreja, sendo, pois, a natural representação da paz e da salvação.
10. Um se adiantou: um dos vinte e quatro varões, agora voltados para o carro, adiantou-se, entoando o verso do Cântico dos Cânticos: "Vem, esposa, do Líbano".

16   em voo, por sobre o carro divinal,
     alçaram-se, *ad vocem tanti senis*,
     cem arautos do reino celestial.

19   Cantavam: "*Benedictus qui venis!*",
     e flores atirando, do alto, adiante:
     "*Manibus o date lilia plenis!*"

22   Já vi, pela manhã, todo o levante
     tornar-se róseo, enquanto, do outro lado,
     quedava sob a sombra o céu restante;

25   e o círculo do sol subir toldado,
     em meio à transparência dos vapores,
     de sorte a ser, sem dano, contemplado:

28   assim, por entre a profusão das flores,
     que ali das mãos angélicas saía,
     ornando o carro com variadas cores,

31   sob alvíssimo véu, a que cingia
     um ramo de oliveira, e verde manto,
     em traje rubro, uma mulher surgia.

34   Minha alma, há tanto tempo já do encanto
     da presença dulcíssima privada,
     que a fizera imergir em glória e pranto,

37   antes de a face contemplar velada
     foi, por força de incógnita virtude,
     pelo fervor antigo dominada.

40   E presa novamente da inquietude
     de que me trespassara a aguda lança
     na quadra da primeira juventude,

17. *Alçaram-se, ad vocem tanti senis*: à voz de ancião tão venerando (Salomão, provavelmente), apareceram inúmeros Anjos (os arautos do reino celestial), sobrevoando o carro.
19. *Benedictus qui venis*: "Abençoada, ó tu que chegas" — uma saudação ou louvor a alguém que chegava, mostrando-se no carro.
21. *Manibus o date lilia plenis*: um verso de Virgílio, que significa: "Atirai lírios a mancheias" (Eneida, VI, 884).
33. *Em traje rubro, uma mulher surgia*: a dama velada era Beatriz, referida nominalmente no verso 73; e trajava um vestido encarnado, tal como Dante a vira pela primeira vez, quando ela tinha oito e ele nove anos de idade. A anterior referência ao nascer do sol (versos 22 a 27) como que prepara a descrição do aparecimento de Beatriz, com o rosto coberto por um véu, vestida de vermelho e ostentando um manto verde.
34. *Minha alma, há tanto tempo já do encanto*: em 1300 (data suposta de sua viagem ao reino eterno), havia já dez anos que Dante estava privado da presença de Beatriz, morta em 1290.
42. *Na quadra da primeira juventude*: em 1274, quando tinha apenas nove anos, Dante viu pela primeira vez a Beatriz. E, agora, em razão de misteriosa virtude a emanar da dama velada, pois não lhe podia ver ainda distintamente o rosto, experimentou a mesma inquietude, a mesma emoção, o mesmo fervor que o haviam dominado em sua meninice.

"Assim, por entre a profusão das flores,
que ali das mãos angélicas saía (...)"
(Purg., XXX, 28/9)

PURGATÓRIO

43   voltei-me para a esquerda, na esperança
com que o menino sua mãe reclama,
quando a algo perigoso se abalança,

46   por dizer a Virgílio: "Uma só grama
não me ficou do sangue sem fremir:
sinto de novo arder a velha flama".

49   Mas Virgílio acabara de partir,
Virgílio, o caro pai, que pela estrada
me conduzira ali por me remir.

52   Nem o esplendor de que Eva foi privada
pôde impedir que a lágrima dorida
a vista me toldasse, conturbada.

55   "Não chores, Dante, à simples despedida
de Virgílio, não chores mais à toa,
guarda o teu pranto para outra ferida".

58   Como o almirante que, da popa à proa,
corre, por ver a gente mourejando
nas naus por perto, e à voz a acoroçoa,

61   vi, à esquerda do carro se inclinando
— quando escutei meu nome pronunciado
(que só por isto aqui vou mencionando) —

64   que a bela dama o rosto seu coroado
pela nuvem de flores, de repente,
a mim volvia, lá desde o outro lado.

---

49. Mas Virgílio acabara de partir: ao girar, à esquerda, à procura de Virgílio, para comunicar-lhe, como de hábito, a sua emoção, Dante já não o encontrou. Compreendeu que seu mestre havia partido definitivamente, pois Beatriz afinal aparecia. Recorde-se que no Inferno (Canto I, versos 121 a 123) Virgílio anunciara que o levaria até deixá-lo diante de Beatriz, para que esta o conduzisse ao Paraíso. Dante conserva na lembrança tal afirmação, como se vê do Purgatório, Canto XXIII, versos 127 a 129.
52. Nem o esplendor de que Eva foi privada: Nem toda a glória e toda a beleza que se viam ali no Éden (e das quais nossa primeira mãe fora privada por sua desobediência) puderam impedir o poeta de chorar, certificando-se da ausência de Virgílio.
55. Não chores, Dante, à simples despedida: Beatriz dirigiu-se a Dante por esta forma, e este é o único lugar em todo o poema onde o poeta, seu autor, é nominalmente referido.
63. Que só por isto aqui vou mencionando: o poeta escusa-se por ter transcrito o seu nome, afirmando que o fez apenas pela necessidade de reproduzir fielmente as palavras de Beatriz. E bem se vê que, no íntimo, considerava uma verdadeira glória ouvir dela o seu nome.

67   Embora o véu que lhe descia à frente,
      cingido pelo ramo de Minerva,
      não a mostrasse mui distintamente.

70   ela seguiu, como quem ralha e observa,
      e que se de algo aborrecido diz
      o mais penoso para o fim reserva:

73   "Olha-me bem! Eu sou, eu sou Beatriz.
      Julgas-te digno de ascender ao Monte?
      Não vês que o ser humano é, aqui, feliz?"

76   Meus olhos inclinei aos pés, à fonte;
      mas vi-me nela, e triste e deprimido
      à relva os trasladei, curvada a fronte.

79   Assim a mãe ao filho repreendido
      parece dura, dando-lhe a provar
      o acre sabor do zelo incompreendido.

82   Calou-se; e ouvi os Anjos a entoar
      "*In te, Domine, speravi*", à voz unidos,
      mas sem a *pedes meos* ultrapassar.

85   Como a neve, entre os galhos ressequidos,
      sobre o dorso da Itália, se enregela,
      aos sopros da Schiavônia desprendidos,

88   mas pouco a pouco em gotas se degela,
      ao provir da africana terra o vento,
      que, tal o fogo, faz fundir a vela,

91   quedava-me eu, sem lágrima ou lamento,
      até tais notas escutar, serenas,
      que presidem dos céus ao movimento.

---

68. Cingido pelo ramo de Minerva: o véu de Beatriz estava preso à fronte por um ramo de oliveira (veja-se o verso 32).
78. À relva os trasladei, curvada a fronte: ao ver refletida na fonte a sua imagem desolada ante a admoestação de Beatriz, o poeta logo retirou os olhos do cristal da água, desviando-os para o solo, na atitude peculiar de quem sofre e se sente humilhado.
82. Ouvi os Anjos a entoar: nesse instante os Anjos que sobrevoavam Beatriz e o carro entraram a entoar o salmo de Davi — *Esperei em ti, Senhor* — que é um canto de misericórdia e esperança, notadamente na parte que vai até à expressão *pedes meos* (aos meus pés). Naturalmente os Anjos intercediam em favor do poeta, vendo o seu sofrimento e humilhação.
86. Sobre o dorso da Itália: a cadeia dos Apeninos que é considerada a espinha dorsal da Itália, onde os despojados ramos das árvores se cobrem de gelo quando, no inverno, sopram nos seus cimos os frígidos ventos da Schiavônia, ao norte.
91. Quedava-me eu, sem lágrima ou lamento: o poeta se quedava como as nuas árvores geladas dos Apeninos, sem poder sequer romper em pranto ou suspiro. Mas sua angústia solveu-se ouvindo os misericordiosos acordes dos Anjos, tão suaves que pareciam igualar-se à própria música das esferas.

PURGATÓRIO

94   Após ouvi-las, plácidas, amenas,
     como se à dama uma censura, então,
     fizessem: "Por que assim tanto o condenas?"

97   — o gelo que me enchia o coração
     solveu-se em ais e prantos, repontando
     à boca e aos olhos meus, em convulsão.

100 E ela, à grade do carro se apoiando,
     dirigiu sua voz à corte pia
     que de mim se condoera, assim falando:

103 "Já que viveis à luz do eterno dia,
     de nenhum dentre vós resta ignorada
     a lei que disciplina a humana via.

106 E, pois, minha resposta agora é dada
     para que a entenda o que pranteia adiante,
     e tenha a pena ao mal proporcionada.

109 Nem só devido à esfera irradiante,
     que a certo fim a todos predestina,
     segundo a luz da estrela dominante,

112 mas por favor da volição divina,
     a dimanar da máxima altitude,
     onde não chega nossa vã retina,

115 foi ele, desde a extrema juventude,
     dotado de pendor maravilhoso
     para as obras do bem e da virtude.

118 Mas tanto mais o solo é vigoroso
     mais se apresenta, quando mal semeado,
     inculto e estéril, áspero e espinhoso.

---

101. Dirigiu sua voz à corte pia: a corte pia, os Anjos que cantavam. Beatriz falou aos Anjos para explicar-lhes a razão de sua severa advertência.
103. Já que viveis à luz do eterno dia: como Anjos, viveis na eternidade; e como não estais sujeitos nem à noite, nem ao sono, nada há que vos tolha o perfeito conhecimento de tudo que se passa no mundo terreno.
107. Para que a entenda o que pranteia adiante: para que minha resposta seja entendida por aquele que chora ali do outro lado (Dante). E, de fato, o poeta prorrompera novamente em pranto, e agora não pelo desaparecimento de Virgílio, mas pela censura de Beatriz.
109. Nem só devido à esfera irradiante: não apenas em razão do influxo dos céus, capaz de determinar o destino dos homens de acordo com a estrela que lhes preside ao nascimento, mas pela abundância da graça divina, ele (o que chorava ali, Dante) foi desde o seu berço dotado de excelentes inclinações que, se aproveitadas, o teriam dignificado.

121   Por algum tempo pude estar-lhe ao lado:
       e à luz de meu inda infantil olhar,
       conduzi-o no rumo desejado.

124   Quando, porém, cheguei ao limiar
       da idade adulta, andando a nova vida,
       de mim se distanciou, confuso, a errar.

127   Ao ser de corpo em alma convertida,
       e destarte mais bela e mais virtuosa,
       já não lhe fui, como antes, tão querida.

130   Volveu seu passo à via perigosa,
       correndo empós de uma ilusão fugace,
       que lhe acenava, pérfida, enganosa.

133   Roguei, ansiosa, a Deus que o inspirasse,
       aconselhando-o em sonho e pensamento,
       sem que nada, entretanto, lhe importasse.

136   Tanto se degradou que outro argumento
       não me restava à sua salvação
       senão mostrar-lhe o eterno sofrimento.

139   Assim, desci do inferno à escuridão,
       para àquele que o trouxe pela estrada
       levar, chorando, a minha impetração.

142   Seria a lei suprema vulnerada
       se ora passasse o Letes e provasse
       desta água aqui, antes de ter lavada

145   à lágrima contrita a sua face".

---

122. E à luz de meu inda infantil olhar: enquanto Beatriz pôde estar ao lado do poeta (e era ainda uma menina) logrou conservá-lo no caminho do bem e da virtude.
127. Ao ser de corpo em alma convertida: quando me despojei da carne e me converti em alma (quando morri), fazendo-me assim mais bela e mais virtuosa na graça divina.
139. Assim, desci do inferno à escuridão: Beatriz recorda sua descida ao Inferno, onde foi, em último recurso, implorar chorando a Virgílio que retirasse Dante da selva escura e o conduzisse através do reino eterno, para salvá-lo (Inferno, Canto II).
142. Seria a lei suprema vulnerada: aqui se explica a razão da censura de Beatriz. Dante não poderia, como qualquer outro, segundo a lei suprema, passar o rio Letes sem experimentar antes o arrependimento de seus erros. E nada melhor do que o pranto para demonstrar a sinceridade da contrição.

CANTO XXXI

Beatriz continua a falar a Dante, exprobrando-lhe as fraquezas e os erros. Tomado de intensa angústia, o poeta desmaia, e só recupera os sentidos já a meio do Letes, para onde o conduzira Matelda. Ao alcançar a margem oposta, encontra-se face a face com Beatriz, a qual remove do rosto o véu e lhe sorri.

1   "Ó tu, do rio sacrossanto à frente",
    — volvendo a mim o seu discurso, então,
    que tanto me ferira obliquamente,

4   ela seguiu, sem outra interrupção:
    "Não é tudo o que digo verdadeiro?
    Junte-se à culpa a tua confissão!"

7   Meu senso se abalara por inteiro;
    tentei falar-lhe, mas a voz tolhida
    morreu antes de aos lábios vir primeiro.

10 "Que pensas?" insistiu, como ofendida:
    "Responde, que a memória do pecado
    não foi, em ti, desta água suprimida".

13 Temor e angústia um sim tão apagado
    extraíram-me ali da ansiosa boca,
    que só da vista fora interpretado.

16 Como o engenho, que rompe ou se desloca
    à tensa corda, e expele a seta à frente,
    a qual, sem força, a meta já não toca,

---

1. Ó tu, do rio sacrossanto à frente: Beatriz se dirige, por essa forma, diretamente a Dante, que estava do outro lado do Letes. Até ali, tinha-o feito indiretamente, através da resposta aos Anjos que intercederam a favor do poeta (Canto XXX, versos 106 a 109). E, nessa resposta aos Anjos – um relato de suas fraquezas e erros – já o havia ferido obliquamente.
4. Ela seguiu, sem outra interrupção: Beatriz continuou seu discurso, sem outro intervalo senão a pausa natural de quem muda de audiência. Ela que, de início, falava aos Anjos sobre o poeta, passou a falar a este, diretamente.
5. "Não é tudo o que digo verdadeiro?": Beatriz pergunta, então, a Dante se não era pura verdade tudo o que acabara de dizer de seus erros e transvios (Canto XXX, versos 124 a 138).
11. Responde, que a memória do pecado: o poeta deveria estar bem consciente de tudo aquilo, pois ainda não bebera da água do Letes, que o faria olvidar-se de seus pecados.
13. Temor e angústia um sim tão apagado: afrontado, daquela forma, por Beatriz, o poeta se sentiu tão abatido e confuso que mal conseguiu articular um sim, na verdade inaudível e que só pelo movimento de seus lábios (isto é, pela vista da interlocutora, e não pelo ouvido) podia ser captado.

19 eu me sentia aluir à carga ingente;
   e a desfazer-me em lágrima e lamento,
   perdera o uso da voz inteiramente.

22 E ela, de novo: "Ante o inspirado alento
   que te impelia ao bem, fora do qual
   nada resta esperar, que impedimento,

25 que fossos, que grilhões viste afinal,
   que não pudeste prosseguir avante,
   quedando-te vencido e sem ideal?

28 E que promessa ou graça insinuante
   se foram do outro lado demonstrando,
   que a elas te abandonaste, delirante?"

31 Exalei um suspiro, recobrando
   a pouco e pouco a amortecida voz;
   e respondi, a custo, soluçando:

34 "Das loucas ilusões eu fui empós,
   rendido à falsidade do prazer,
   tão logo te partiste dentre nós".

37 "Mesmo que o procurasses esconder,
   seria a tua culpa manifesta",
   disse, "ao juízo que tudo pode ver.

40 Mas quando o réu a própria falta atesta,
   inverte-se, neste alto tribunal,
   em seu favor a roda, suave e presta.

43 E por que sintas mais ao vivo o mal,
   e outra vez não te entregues, como vi,
   da enganosa sereia à voz fatal,

---

19. Eu me sentia aluir à carga ingente: a carga ingente, quer dizer, o temor, a angústia e a humilhação que o dominaram ante a censura de Beatriz.
22. Ante o inspirado aleno: Beatriz havia declarado (Canto XXX, versos 121 a 127) que, em vida, procurara sustentar o jovem Dante, guiando-o no caminho do bem e da virtude. E, pois, lhe pergunta que intransponíveis obstáculos ou que outras enganosas seduções o afastaram de tal caminho, depois de sua morte.
29. Se foram do outro lado demonstrando: do lado oposto ao caminho do bem e da virtude, isto é, no caminho do vício e do pecado.
36. Tão logo te partiste dentre nós: tão logo deixaste o nosso mundo, em razão de tua morte.

46   esquece a causa de teu pranto aqui,
     e vê que ao bem devia encaminhar-te
       o meu exemplo, quando sucumbi.

49   Se pensas que jamais natura ou arte
     beleza criaram mais privilegiada
     que a do meu corpo — ora do pó comparte —

52   e, pois, dos olhos teus já separada,
     com minha morte, que outra luz mortal
     poderia fazer-te a alma inspirada?

55   Bem que podias ter, ante o sinal
     das tentações falazes, sobranceiro,
     erguido a mente a mim, que não fui tal,

58   em vez de renunciar ao voo ligeiro,
     rendido de outras moças ao carinho,
     na ânsia do gozo vão e passageiro.

61   Assim não sabe o implume passarinho
     fugir ao caçador, mas os crescidos
     não se deixam pilhar pelo caminho".

64   Como os meninos, quando repreendidos,
     que ficam mudos, seu olhar baixando,
     ante a justa censura arrependidos,

67   eu me quedava. E ela seguiu, falando:
     "Levanta a barba, e fita-me de frente,
     mais purgarás a tua culpa, olhando".

70   Com maior resistência, certamente,
     que a do carvalho que se everte ao vento
     do norte, ou da africana terra quente,

---

57. Erguido a mente a mim, que não fui tal: visto que, pela minha essência e natureza (continua Beatriz), eu era diferente de tão enganosas miragens, por isto mesmo, ainda depois de minha morte, devias ter conservado em mim o teu pensamento, seguindo minhas inspirações e exemplos.
61. Assim não sabe o implume passarinho: agiste tal como o passarinho novo e inexperiente, que, alvo de um primeiro golpe, e sem saber esquivar-se ao caçador, fica inocentemente aguardando o segundo e o terceiro; e não como os pássaros adultos, que jamais se deixam ferir pelas setas ou surpreender pelas armadilhas.
68. Levanta a barba, e fita-me de frente: em vez de ficares aí de olhos baixos, ergue o teu rosto e recebe de frente esta admoestação.

"Ela me havia ao Letes arrastado,
e à sirga me levava, ágil, disposta,
tendendo as ondas, de um e de outro lado."

(*Purg.*, XXXI, 94/6)

PURGATÓRIO

73 eu fui erguendo, ao rogo seu, o mento;
e ante a palavra barba, que empregou,
compreendi a razão deste argumento.

76 Mal meu olhar para ela se elevou,
o coro das angélicas criaturas
de arremessar-lhe pétalas cessou.

79 Minhas pupilas, algo inda inseguras,
viram Beatriz atenta ao Grifo alado,
que em si unia ali duas naturas.

82 Embora sob o véu, e do outro lado,
pareceu-me mais bela e mais fulgente
que a que na terra eu vira, deslumbrado.

85 O espinho do remorso, a dor pungente
por ter perdido um dia o seu amor
laceravam-me o peito, fundamente.

88 Tombei de sofrimento e de temor;
e como eu me sentia, desmaiando,
sabe-o quem me levou a tal torpor.

91 Depois, minha consciência recobrando,
a dama vi, que eu tinha acompanhado,
"Prende-te a mim!" de perto me bradando.

94 Ela me havia ao Letes arrastado,
e à sirga me levava, ágil, disposta,
tendendo as ondas, de um e de outro lado.

---

74. E ante a palavra barba, que empregou: remissão à frase usada por Beatriz — levanta a barba (verso 68). O poeta compreendeu que, por essa forma, Beatriz o advertia de que ele não era mais criança, quando descuidosamente se abandonou aos falsos e equívocos prazeres.
78. De arremessar-lhe pétalas cessou: sobre o carro em que aparecera Beatriz voavam dezenas de Anjos, atirando-lhe flores, como narrado no Canto XXX, versos 16 a 21.
80. Viram Beatriz atenta ao Grifo alado: sobre o carro, símbolo da Igreja, Beatriz, que havia falado a Dante, mantinha fixo o olhar no Grifo, metade de cujo corpo era de águia e metade de leão, representando a natureza humana e divina de Cristo (veja-se o Canto XXIX, versos 106 a 114).
90. Sabe-o quem me levou a tal torpor: Beatriz que, com sua veemente censura, foi a causa de toda a minha humilhação, bem sabe como eu me sentia naquele instante, colhido por intenso e incontrolável sofrimento.
92. A dama vi, que eu tinha acompanhado: Matelda, que o poeta, ao se aproximar do Letes, tinha visto do outro lado (Canto XXVIII, versos 37 a 42), e a quem havia falado e acompanhado até o ponto em que se encontravam naquele momento (Canto XXX, versos 7 a 16).

97 E ouvi cantar, já quase à riba oposta,
"Asperges me" em tom cuja doçura
não posso descrever, mas deixo exposta.

100 Ergueu as mãos de minha fronte à altura,
e num súbito gesto a mergulhou,
fazendo-me sorver da linfa pura.

103 Após o banho, a meio me levou
das quatro damas de aparência bela;
e em torno a mim cada uma o braço alçou:

106 "Sou ninfa aqui, mas sou no céu estrela;
muito antes de Beatriz chegar ao mundo,
já tinha vindo por servir a ela.

109 Irás fitar o seu olhar profundo;
porque o possas suster, hão de ajudar-te
as outras três de lá, que veem mais fundo".

112 Assim cantando, juntas, para a parte
em que estacara o Grifo me levaram;
e à frente de Beatriz me achei, destarte.

115 "Satisfaz tua sede", continuaram:
"Das esmeraldas eis o lume iriado,
de onde os raios de Amor já te alcançaram!"

118 À força do desejo insopitado,
fitei-lhe o doce olhar resplandecente,
que sobre o Grifo estava concentrado.

---

98. Asperges me: tu me aspergirás, me lavarás; palavras de um salmo apropriadas ao batismo ou outra ablução religiosa. Tal era a doçura do canto ouvido, que o poeta, não podendo descrevê-la, com exatidão, limita-se a mencioná-la.
104. Das quatro damas de aparência bela: as quatro damas que se postavam junto à roda esquerda do carro, a bailar, e representativas das quatro virtudes cardeais, Prudência, Justiça, Temperança e Fortaleza (Canto XXIX, versos 130 a 132).
106. Sou ninfa aqui, mas sou no céu estrela: palavras proferidas por cada uma das damas que simbolizavam as virtudes cardeais. Segundo os comentadores, Dante representava as virtudes cardeais nas quatro estrelas do Cruzeiro do Sul, referidas no Canto I, versos 23 a 27.
111. As outras três de lá, que veem mais fundo: as outras três damas, que se postavam à roda direita do carro, e são as três virtudes teologais, Fé, Esperança e Caridade. Elas, dotadas de visão mais profunda, ajudariam o poeta a suster a luz dos olhos de Beatriz.
116. Das esmeraldas eis o lume iriado: os olhos de Beatriz são ditos esmeraldas, e por isso se vê que eram verdes.
120. Que sobre o Grifo estava concentrado: desde o alto do carro, Beatriz tinha os olhos fixados no Grifo que o conduzia, tal como consta do verso 80.

PURGATÓRIO

121 Tal num espelho, a forma diferente
do duplo ser nele se projetava,
como ave e fera, alternativamente.

124 Imagina, leitor, como eu me achava,
vendo à frente uma essência inalterada,
que, no reflexo seu, se transmudava.

127 Minha alma, em pasmo, mas pacificada,
deste suave alimento se nutria,
sem quedar-se, entretanto, saciada,

130 quando, a mostrar sua alta hierarquia,
vieram à frente as três, entoando cantos
ali de suavíssima harmonia:

133 "Volve, Beatriz, volve os teus olhos santos
para o mortal, que só por te encontrar,
vem de tão longe, em meio a riscos tantos.

136 Faze-lhe a graça de lhe desvendar
a tua boca sorridente e terna,
por deste novo encanto o iluminar".

139 Ó supremo esplendor da luz eterna!
Quem haveria, à sombra acostumado
do Parnaso, e a beber-lhe da cisterna,

142 que não tivesse o engenho seu turbado,
se tentasse mostrar-te qual surgiste,
sob a glória do céu transfigurado,

145 quando diante de mim te descobriste?

121. Tal num espelho, a forma diferente: refletida nas pupilas de Beatriz, a figura do Grifo se apresentava, alternadamente, em sua aparência de águia e de leão. E Dante, que podia contemplar à frente tanto o próprio Grifo quanto sua imagem refletida nos olhos de Beatriz, manifesta o seu espanto por ver uma imagem una e inseparável em sua existência concreta (embora dupla, isto é, dotada de duas naturezas) mostrar-se dissociada em seu reflexo, a saber, com uma única de suas naturezas de cada vez.
131. Vieram à frente as três: as três damas representativas das virtudes teologais, e que, como foi dito, deveriam auxiliar Dante a suster e entender o olhar de Beatriz (versos 109 a 111).
138. Por deste novo encanto o iluminar: Dante estava muito perto de Beatriz; que, entretanto, mantinha seus olhos fixos no Grifo (versos 115 a 120). Interpreta-se, geralmente, que o véu que Beatriz trazia ao rosto (verso 82; e, também, Canto XXX, versos 31 e 67) deixava livres os olhos, ocultando, porém, a parte inferior da face. O primeiro encanto de Beatriz era, pois, seu olhar; e o segundo, o novo encanto, ainda oculto, era naturalmente o seu sorriso. As três damas, pedindo a Beatriz que volvesse o olhar ao poeta, pediram-lhe também que desvendasse a boca, para lhe demonstrar o encanto de seu sorriso.
139. Ó supremo esplendor da luz eterna!: Beatriz, ou, mais especialmente, a beleza de Beatriz, de essência divina, mas associada pelo poeta à luz de seu olhar e à graça de seu sorriso.
140. Quem haveria, à sombra acostumado: que poeta, por mais que se houvesse consumido à sombra do Parnaso, e haurido inspiração em suas fontes, seria capaz — sem ver turbado o seu engenho — de tentar descrever Beatriz naquele instante em que ela volveu a mim o olhar, e, removendo de sua face o véu, me sorriu finalmente?

CANTO XXXII

A procissão dos sete candelabros reinicia a marcha, chegando a uma árvore imensa e desnuda, em cujo tronco o Grifo prende o carro triunfal. Ao som de suave canto, o poeta adormece; e, despertando, divisa Beatriz assentada sob a árvore, tendo ao lado o carro, símbolo da Igreja, no qual se processam, então, misteriosas transformações.

1   Eu tinha tanto o olhar nela embebido,
       saciando, absorto, a decenária sede,
       que me alheei de todo outro sentido

4   — como se a cada lado uma parede
       houvesse ali: de seu sorriso o encanto
       outra vez me prendia à antiga rede!

7   Forçado fui a me volver, no entanto,
       das três damas divinas ao chamado,
       ouvindo-as exclamar: "Não olhes tanto!"

10   E como o que do sol vai ofuscado,
       depois de contemplá-lo, eu me encontrei
       por algum tempo da visão privado.

13   Mas quando à pouca luz me readaptei
       — e digo pouca apenas por respeito
       ao fulgor de que os olhos apartei —

---

1. Eu tinha tanto o olhar nela embebido: Dante contemplava extático a Beatriz, que, do alto do carro triunfal, removera do rosto o véu e lhe sorria, como narrado ao final do Canto precedente.
2. Saciando, absorto, a decenária sede: desde a morte de Beatriz (1290) até aquele instante (1300 era a suposta data da viagem dantesca) o poeta se achava, pois, privado da presença dela. Sua saudade já durava dez anos (a decenária sede). Pode-se, assim, conceber a intensidade de sua emoção, ao fitá-la de novo, alheado de todo outro sentido que não fosse o da visão.
8. Das três damas divinas ao chamado: as três virtudes teologais, as três damas que se postavam junto à roda direita do carro triunfal (Canto XXXI, versos 111 e 131). O poeta foi como que despertado do enlevo com que fitava Beatriz pelo chamado das três damas, que o advertiam para não olhar tanto, ou tão fixamente.
14. E digo pouca apenas por respeito: desviando os olhos da fulgente imagem de Beatriz, o poeta só a custo pôde adaptar sua vista ao mais que havia em derredor. Todo o cenário estava na verdade iluminado pelos sete candelabros, mas, mesmo assim, segundo o poeta, sua luz se apoucava ante a luz dos olhos de Beatriz.

PURGATÓRIO

16 vi infletir ao flanco seu direito
    a vasta procissão, que, regressando,
    volvia ao sol e à luminária o peito.

19 Como a esquadra, os escudos levantando,
    que gira empós da insígnia lentamente,
    por defender-se, a formação mudando,

22 já o primeiro e santo contingente
    acabara de a volta executar,
    antes que o carro se movesse à frente.

25 Foram-se as damas para o seu lugar;
    e o Grifo se adiantou naquela via,
    sem sequer suas penas agitar.

28 Estácio e eu e nossa jovem guia
    à roda nos postamos, que, encurvada,
    arco menor que a outra descrevia.

31 E pela selva, à culpa inabitada
    da que cedeu à insídia da serpente,
    fomos, ao som de angélica toada.

34 Mais não tínhamos ido, certamente,
    que três lances da seta em propulsão,
    quando Beatriz desceu do carro, à frente.

37 Gritaram, juntos, a uma voz, "Adão!",
    parando ao pé de uma árvore despida
    de folhas e de toda floração.

18. Volvia ao sol e à luminária o peito: infletindo, para retomar a marcha, a direção em que viera, a procissão prosseguiu, agora voltada para o sol e sempre em seguimento dos sete candelabros (a luminária), que marchavam à frente.
22. Já o primeiro e santo contingente: o grupo dos vinte e quatro varões, os profetas do Antigo Testamento, que se postavam entre os sete candelabros e o carro triunfal (Canto XXIX, versos 82 a 84).
25. Foram-se as damas para o seu lugar: os dois grupos formados pelas sete damas: as quatro virtudes cardeais, que haviam deixado seu lugar à roda esquerda do carro para conduzir Dante a Beatriz (Canto XXXI, versos 112 e 113), e as três virtudes teologais, que estavam junto à roda direita (Canto XXXI, versos 130 e 131). Todas regressaram, pois, ao posto primitivo.
26. E o Grifo se adiantou naquela via: o Grifo, composto de duas naturezas, símbolo de Cristo (Canto XXIX, versos 106 a 114), e jungido ao carro triunfal, símbolo da Igreja, deslocou-se, então, lentamente, movendo consigo o carro.
28. Estácio e eu e nossa jovem guia: Virgílio já partira definitivamente (Canto XXX, verso 49), mas vê-se que o espírito do poeta Estácio ainda acompanhava Dante; e, além de Estácio, Matelda, que os guiara por algum tempo e os fizera transpor o Letes. Os três, pois, colocaram-se junto à roda direita do carro (verso 16), no instante em que este principiava a descrever a curva, seguindo o novo trajeto da procissão.
38. Parando ao pé de uma árvore despida: a árvore da ciência do bem e do mal, que, no Éden, fora a razão da humana decadência. Significa aqui, especialmente, a sabedoria e a justiça divinas.

40 Tinha a ramada tão distensa e erguida,
    que mesmo na Índia causaria espanto
    a quem lhe visse a altura desmedida.

43 "Bendito sejas tu, ó Grifo santo,
    que não tocaste neste tronco onusto,
    cujos frutos escondem dor e pranto!",

46 bradaram, sob o vegetal robusto;
    e o ser binário lhes tornou, ao lado:
    "Preservam-se destarte o bem e o justo!"

48 E de novo o timão tendo agarrado,
    aproximou-o da planta ressequida,
    e o que era dela a ela deixou ligado.

52 Como a árvore na terra, que, ferida
    da grande luz que se mistura àquela
    que a Peixes acompanha, incandescida,

55 se infla outra vez da seiva forte e bela,
    e a cor retoma, antes que o sol, alçadas,
    asseste as lanças sob a nova estrela

58 — assim brotaram flores arroxeadas
    e verdes folhas pela imensa planta,
    colorindo-lhe as ramas desnudadas.

61 Um hino, como igual jamais se canta
    aqui na terra, as gentes entoaram;
    mas não pude seguir-lhe a graça tanta.

---

47. E o ser binário lhes tornou, ao lado: o ser binário, o Grifo, que conduzia ali o carro da Igreja, e que em sua dupla natureza representa Cristo, a um tempo humano e divino.
51. E o que era dela a ela deixou ligado: atando o timão da santa viatura ao tronco da árvore do bem e do mal, o Grifo deixou ligado ao madeiro o que dele proviera originariamente. O carro se entende construído da madeira daquela árvore, no sentido de que a Igreja é produto e criação da vontade divina.
53. Da grande luz que se mistura àquela: ao adentrar o Sol o signo de Áries, que é a constelação que, em seu curso, se segue à de Peixes, sua luz cresce em força e calor. Quer dizer, na Primavera, quando na terra as árvores se renovam e se cobrem de folhas e flores.
57. Asseste as lanças sob a nova estrela: a renovação das plantas (na Primavera) prossegue até que o Sol alcance a constelação seguinte, isto é, a de Touro.
63. Mas não pude seguir-lhe a graça tanta: como que saudando a súbita transformação da árvore ressequida, o cortejo prorrompeu num hino que o poeta nunca havia ouvido, e que decerto não se canta na terra. Mas não pôde acompanhá-lo em toda a sua doçura, pois que foi tomado por um sono repentino, como se declara nos versos seguintes.

64 Se eu pudesse mostrar quais se cerraram
    os olhos cruéis, ouvindo o conto belo
    de Siringa, e por isto se cegaram,

67 como o pintor que segue o seu modelo
    eu vos diria como adormeci;
    mas deixo-o a quem melhor possa fazê-lo.

70 Vou logo ao ponto em que acordei, e ouvi,
    regressando ao fulgor da luz fagueira,
    uma voz me dizer: "Dormes aqui?"

73 E como, a olhar as flores da macieira,
    que nutre os Anjos com seus pomos fidos,
    na festa celestial e verdadeira,

76 Pedro, João e Tiago, estarrecidos,
    despertaram à voz iluminada,
    que sonos mores fez interrompidos,

79 divisando a alta corte desfalcada
    do vulto de Moisés e do de Elias,
    e de seu Mestre a veste demudada:

82 assim me ergui, co' a ajuda das mãos pias
    da que me fora suave condutriz
    por sobre o rio de águas fugidias.

85 Aflito, eu disse: "Aonde está Beatriz?"
    "À sombra ali", tornou-me, "da jucunda
    e verde fronde, bem junto à raiz.

---

64. Se eu pudesse mostrar quais se cerraram: os olhos de Argos, que, ao ouvir, contada por Mercúrio, a história da ninfa Siringa, adormeceu, do que se aproveitou o deus para matá-lo e assim libertar sua prisioneira, Jó. O poeta se confessa, através deste circunlóquio, incapaz de descrever como adormeceu, subitamente, escutando aquela suavíssima canção, nem acha possível poder alguém reproduzir exatamente a transição da vigília ao sono.
72. Uma voz me dizer: a voz de sua acompanhante, Matelda, que, vendo-o adormecido, o despertou.
73. E como, a olhar as flores da macieira: ao despertar, e como não mais divisasse Beatriz, o poeta foi tomado de espanto análogo ao dos Apóstolos Pedro, João e Tiago, quando, adormecidos no monte Tabor ao ocorrer a transfiguração de Cristo, acordaram ao chamado do Salvador, mas já não viram ao lado dele nem Moisés, nem Elias. Pelas flores da macieira se designam as visões no Tabor.
78. Que sonos mores fez interrompidos: a voz de Cristo, que despertou os Apóstolos desmaiados, já havia interrompido sonos ainda maiores, isto é, ressuscitado os mortos.
82. Co' a ajuda das mãos pias: com o auxílio das mãos de Matelda, que para despertá-lo naturalmente o tocou (veja-se o verso 72).

88   Observa a companhia que a circunda;
     vão os demais, co' o Grifo, ao firmamento,
     cantando uma canção doce e profunda".

91   Não sei se prosseguiu, pois no momento
     eu contemplava a dama celestial,
     absorto nela, inteiro, o pensamento.

94   Via-a sentada à terra virginal,
     os olhos fixos sobre o santo plaustro
     deixado pelo dúplice animal.

97   Faziam-lhe, ao redor, as ninfas claustro,
     aqueles lumes ostentando à mão
     nunca vencidos de Aquilão ou de Austro.

100 "Em breve deixarás esta região,
     por ficares comigo, eternamente,
     na Roma aonde Cristo é cidadão.

103 A bem do frágil mundo, o carro à frente
     observa — e o que vais ver anota e grava,
     por que o descrevas lá exatamente".

106 Assim falou Beatriz; e eu, que me achava
     ao seu arbítrio prosternado e atento,
     o olhar volvi para onde ela apontava.

109 Jamais com tão ligeiro movimento
     se viu por entre as nuvens dardejar
     o raio, no distante firmamento,

---

88. Observa a companhia que a circunda: enquanto os figurantes da procissão se haviam elevado ao Céu, acompanhando o Grifo, Beatriz quedava-se assentada à raiz da árvore, aonde estava atado o carro; e somente as sete ninfas (as três virtudes teologais e as quatro virtudes cardeais) lhe faziam companhia (vejam-se, adiante, os versos 97 a 99).
95. Os olhos fixos sobre o santo plaustro: assentada, ali, Beatriz tinha o olhar fito no carro (o santo plaustro), deixado pelo Grifo (o dúplice animal), preso à árvore.
98. Aqueles lumes ostentando à mão: a sete ninfas ostentavam à mão (um, cada uma) os sete candelabros que haviam guiado a santa procissão (Canto XXIX, versos 43 a 51), e que, sendo uma luz celeste, não podiam ser apagados ou sequer agitados pelos ventos terrenos.
102. Na Roma aonde Cristo é cidadão: no Paraíso. Tua permanência aqui na selva edênica (Beatriz fala a Dante) não será prolongada; e logo ascenderás comigo ao céu.
103. A bem do frágil mundo: em proveito do frágil mundo dos vivos, dominado pelo erro e o vício, repara no que vais ver agora, para que o possas narrar exatamente, ao regressares à terra.

112   como a águia eu vi de Jove se atirar
sobre a árvore, deixando-a mutilada,
depois de as folhas novas lhe arrancar.

115   Arremessou-se sobre o carro, irada,
fazendo-o balançar, como à voragem
das ondas uma nau desgovernada.

118   Logo depois chegava à carruagem
uma raposa, a farejar a presa,
parecendo da fome a própria imagem.

121   Mas por Beatriz tratada com rudeza,
pôs-se em fuga dali tão velozmente
quanto lhe propiciou sua magreza.

124   Por onde viera, a águia novamente
sobre a arca se lançou, e recamada
de penas a deixou profusamente.

127   E, pois, travada em dor, amargurada,
eis que uma voz desceu do céu, dizendo:
"Ó minha nau, que estás mal aviada!"

130   Entre as rodas, o chão se foi fendendo,
e por ali surgiu feroz dragão,
ao carro a cauda irada distendendo.

133   Tal a vespa que encolhe o seu ferrão,
presto encolhendo a farpa envenenada
co' algo do fundo se partiu, então.

136   Como a erva que se alastra, rebrotada,
espalhou-se por tudo aquela oferta,
com piedosa intenção talvez deixada;

---

112. Como a águia eu vi de Jove se atirar: a águia de Jove, símbolo do Império Romano, o qual se tornou responsável por diversas perseguições à Igreja. Ao mesmo tempo em que danificara a Igreja (o carro), a irada ave molestava profundamente a vontade divina (a árvore da ciência do bem e do mal).
119. Uma raposa, a farejar a presa: a raposa, símbolo da heresia, provavelmente, sempre a rondar o carro da Igreja, mas que foi dali expulsa por Beatriz.
124. A águia novamente sobre a arca se lançou: numa segunda agressão da águia (símbolo do Império Romano) ao carro santo, sucedeu que ela deixou várias de suas penas sobre a arca. Alude-se, provavelmente, à doação da área de Roma ao Papa Silvestre, feita pelo Imperador Constantino. Dante via nesse episódio a fonte do poder temporal ou material da Igreja, em prejuízo de sua ação espiritual.
131. E por ali surgiu feroz dragão: o dragão, símbolo, provavelmente, do demônio, visto que emergiu da cavidade aberta entre as rodas do carro – decerto, vindo do Inferno.
137. Espalhou-se por tudo aquela oferta: a oferta (as penas deixadas pela águia de Jove na arca, versos 124 a 126) espalhou-se imediatamente por todo o veículo. Ainda que deixada ali com propósito piedoso, tal oferta foi o começo da indesejada e terrível transformação que se iria operar no carro (isto é, na Igreja).

"A seu lado, em postura de a vigiar,
estava um enormíssimo gigante,
que se curvava para a acariciar."

(Purg., XXXII, 151/3)

139   e assim foi a arca inteira recoberta,
       desde as rodas ao leme, em tempo tanto
       como o que dura um ai! na boca aberta.

142   No que restara ali do carro santo
       sete frontes com chifres repontavam,
       três ao timão e uma em cada canto.

145   Dos bois os cornos os das três lembravam,
       mas às outras crescia um só à frente;
       decerto a quaisquer monstros suplantavam.

148   E, bem ao centro, ergueu-se de repente
       semi-desnuda prostituta, o olhar
       volvendo em derredor, lascivamente.

151   A seu lado, em postura de a vigiar,
       estava um enormíssimo gigante,
       que se curvava para a acariciar.

154   Como ela me fitasse, o rude amante,
       suspeita e ódio a um tempo demonstrando,
       cobriu-a de pancadas, delirante.

157   E logo o carro da árvore soltando,
       para o bosque o levou denso e fechado,
       assim aos nossos olhos ocultando

160   a prostituta e o monstro recém-criado.

---

143. Sete frontes com chifres repontavam: sobre o carro coberto das penas da riqueza e do poder temporal ergueram-se sete corníferas cabeças (os sete pecados capitais), três ao timão, com duplos chifres, e mais quatro aos cantos da arca da viatura, estas últimas tendo, cada uma, um só chifre à testa.
149. Semi-desnuda prostituta: e, na santa viatura, agora transformada em símbolo do pecado, erguia-se, semi-desnuda, uma prostituta, representação, provavelmente, da Cúria Romana, como o poeta com severidade a julgava naquela ocasião (1300).
152. Um enormíssimo gigante: Felipe o Belo, que, naquela época, reinava em França, e que aliado a alguns cardeais, e, eventualmente, ao Papa Bonifácio VIII, procurava colocar a Igreja a serviço de suas ambições políticas.
157. E logo o carro da árvore soltando: o gigante, ardendo de ciúmes por sua amante, e desejoso de subtraí-la aos olhos do poeta, que tudo observava, desprendeu o carro da árvore em que, o mesmo permanecia atado, e o levou dali, monstruosamente transformado (o monstro recém-criado), para o interior da selva. O tópico é geralmente considerado como uma previsão da mudança da sede da Cúria papal, de Roma para a França (Avinhão), que se realizaria efetivamente poucos anos depois, em razão de um acordo do Rei Felipe o Belo com o Papa Clemente V, sucessor de Bonifácio VIII.

CANTO XXXIII

Beatriz, que se quedara ao pé da árvore, com as sete damas, no cenário agora vazio, vaticina o aparecimento de um líder — um herdeiro do Império — para pôr fim à desordem política e espiritual. O poeta é recomendado a permanecer atento às suas palavras, para reproduzi-las fielmente na terra, ao regressar. Em seguida, Matelda o conduz ao Eunóe — o rio da Boa Memória — onde o imerge, de sorte que ele se sente purificado e em condições de ascender ao Paraíso.

1   "*Deus, venerunt gentes*" — no hino santo
    as três e as quatro damas, à porfia,
    sua voz alternaram, como em pranto.

4   E ali Beatriz, que as escutava pia,
    na dor ia o semblante demudando,
    tal como, aos pés da cruz, o de Maria.

7   Tão logo as virgens foram rematando
    seu triste canto, ela se pôs de pé,
    de rubor abrasada, assim falando:

10 "*Modicum, et non videbitis me*:
    et iterum, irmãs no amor ardente,
    modicum, et vos videbitis me."

13 Dispôs as damas num cortejo, à frente;
    e um gesto, por segui-la, a mim volveu,
    mais a Matelda, e a Estácio inda presente.

16 Foi caminhando; mas não se moveu
    mais que dez passos pelo trilho aberto,
    quando o gentil olhar fitou no meu,

---

1. *Deus, venerunt gentes*: ao desaparecer o carro santo, com a prostituta e o gigante (veja-se o final do Canto precedente), as sete damas que haviam permanecido com Beatriz (as três virtudes teologais e as quatro virtudes cardeais) começaram a entoar o lamentoso Salmo, apropriado à cena que acabava de se verificar: "Ó Deus, chegaram gentes ímpias a saquear a tua herdade"...
8. Ela se pôs de pé, de rubor abrasada: as faces abrasadas de Beatriz demonstravam sua justa revolta, o seu zelo ferido pelos salteadores do carro santo, representativo da Igreja.
10. *Modicum, et non videbitis me*: em face do desaparecimento do Carro, Beatriz evocou as palavras de Cristo: "Um pouco mais, e já não me vereis; e, de novo, um pouco mais, e me vereis outra vez".
15. E a Estácio inda presente: Virgílio já havia partido (Canto XXX, verso 49), mas a alma do poeta Estácio, que também se transferia ao Paraíso, ainda acompanhava Dante (Canto XXXII, verso 28).

19 e me disse, a sorrir: "Chega mais perto,
para que eu possa conversar contigo;
mantém o ouvido à minha voz desperto".

22 Mal me acerquei, lembrou-me, em tom amigo:
"Por que te não decides, meu irmão,
a algo me perguntar, vindo comigo?"

25 Como aqueles que ao peso da emoção,
falando a alguém de nome aureolado,
sentem fugir-lhes o uso da expressão,

28 assim me achava — e em confusão entrado,
só lhe pude dizer: "Tu vês, senhora,
quem sou e o que convém ao meu estado".

31 "Deixa", tornou-me, "o vão temor agora,
e não te percas, vacilando, ao léu,
como num sonho imerso, que apavora.

34 A arca de luz, que a serpe corrompeu,
já foi, não é; e creia o mor culpado
que não se abranda à sopa a ira do céu.

37 Um herdeiro afinal há-de ser dado
à ave que sobre o carro voando ardente
o fez de suas penas maculado:

40 que eu vejo aproximar-se claramente,
nas estrelas que o vão prefigurando,
um tempo mais feliz e mais ridente,

---

34. A arca de luz, que a serpe corrompeu: a arca de luz, o carro santo, representativo da Igreja; a serpe, o dragão, referido no Canto XXXII, verso 131, representativo do demônio, que, emergindo do solo junto à viatura, golpeou-a com sua cauda. Pois que o carro fora desprendido da árvore da ciência do bem e do mal, e dali retirado, Beatriz afirma que ele já não existia tal como existira antes.
35. O mor culpado: culpado pelo desvio ou degradação da Igreja. Parece que a objurgatória se dirige ao Papa Bonifácio VIII, reinante na ocasião (ano de 1300), ou a seu então aliado, o rei de França, Felipe o Belo, em que o poeta via os maiores culpados por semelhante situação.
36. Que não se abranda à sopa a ira do céu: o culpado seria punido ainda que se julgasse resguardado por uma suposta imunidade ou absolvição. Alude-se aqui a uma crendice toscana, segundo a qual um assassino ficaria imune ao castigo se ingerisse, durante nove dias, um prato de sopa junto à sepultura da vítima.
37. Um herdeiro afinal há de ser dado à ave: a águia que por duas vezes atacara a árvore e o carro (Canto XXXII, versos 112 a 117, e 124 a 126) simbolizava o Império Romano, que, de há muito extinto, não tinha quem o representasse. E aqui se anuncia, então, a vinda de um futuro herdeiro, um eventual restaurador (o sonho do Império restaurado era essencialmente grato a Dante).

43   em que um Quinhentos, Dez e Cinco, a mando
de Deus, liquidará a dama impura
mais o gigante ao lado seu pecando.

46   Se agora a minha voz te soa obscura,
como da Esfinge e Têmis a oração,
que as mentes confundia na tortura,

49   o fato logo as Náiades trarão
por decifrar enfim o enigma forte,
sem dano para a rês ou para o grão.

52   Minha palavra grava, de tal sorte
que a possas transmitir inalterada
aos que, na terra, voam para a morte.

55   E cuida, quando a tenhas divulgada,
de lhes mostrar como tu viste a planta
ser aqui duas vezes defraudada.

58   Quem a saqueia, então, quem a quebranta,
contra o poder investe do Criador,
que por seu uso a fez, robusta e santa.

61   Por ofendê-la, consumiu-se em dor,
mais de cinco milênios, a alma prima,
a chegada a implorar do Salvador.

---

43. Em que um Quinhentos, Dez e Cinco: o anunciado restaurador do Império é designado como o Quinhentos, Dez e Cinco, que, em algarismos romanos, se exprimem por DXV, anagrama da palavra DUX, líder, chefe, imperador. Segundo o poeta, um enviado de Deus, que viria para exterminar a dama impura (a Cúria Romana, que ele considerava, naquela ocasião, usurpadora do Império) e o gigante (o rei Felipe o Belo, de França), os quais, a seu ver, haviam conspurcado o carro santo (a Igreja).
48. Que as mentes confundia na tortura: na tortura de tentarem inutilmente decifrar os oráculos da Esfinge e de Têmis, expondo-se a terríveis castigos.
49. O fato logo as Náiades trarão: os oráculos de Têmis foram, segundo a fábula, decifrados pelas Náiades, ninfas das fontes. Significa-se, então, que as Náiades já preparavam aquele evento (a vinda do Restaurador), com o que se realizaria a previsão feita por Beatriz sob color de um enigma; e desta vez, sem qualquer dano para os que iam presenciar o fato memorável, ao contrário do que ocorrera com as Náiades decifradoras, que tiveram seus rebanhos e suas searas destruídos por um monstro enviado por Têmis.
52. Minha palavra grava, de tal sorte: e deves gravar na memória — diz Beatriz a Dante — o que ora te anuncio (a vinda do DUX, ou Imperador), para que o possas, voltando à terra, transmitir aos vivos.
57. Ser aqui duas vezes defraudada: a árvore da ciência do bem e do mal — representativa também da fé — sofrera por duas vezes o assalto da águia imperial: o primeiro assalto (Canto XXXII, versos 112 a 115) teria sido provavelmente a perseguição movida pelos Césares romanos aos Cristãos; e a segunda agressão (Canto XXXII, verso 124 a 126), teria sido a doação de Roma, feita pelo Imperador Constantino, ao Papa Silvestre — com o que se iniciou, segundo o poeta, a ação política e temporal da Igreja (as penas, de que a águia deixou maculado o Carro santo).
62. Mais de cinco milênios, a alma prima: Adão, que, por ter comido do fruto da árvore da ciência do bem e do mal, teve que aguardar, nos padecimentos do Limbo, por mais de cinco mil anos, a chegada daquele (Cristo) que, com o seu próprio sangue, apagou tal falta.

PURGATÓRIO

64   Fraqueja o engenho teu, se não estima
porque foi feita a planta tão erguida
no tronco e vasta tanto em sua cima.

67   Se não trouxesses do Elza a alma tolhida,
nem aos prazeres vãos mudada a mente,
como a amora por Píramo tingida,

70   por aqueles efeitos tão somente
verias a razão do mandamento
que nela se traduz, concretamente.

73   E visto que o teu rude pensamento,
que além de pétreo foi na cor mudado,
não pode deduzir tal argumento,

76   ao menos vá em ti manifestado,
como simples memória, qual romeiro
que o bordão traz de palmas adornado".

79   E eu disse: "Como o selo verdadeiro,
que não se altera mais quando chancela,
fica em mim o discurso, por inteiro.

82   Mas por que tua voz querida e bela
voa tão alto, que por mais que o tente,
não consigo de fato compreendê-la?"

85   "Porque sintas", tornou-me, "claramente,
como de tua escola a vã doutrina
não é, para seguir-me, suficiente;

88   e vejas quão se aparta da divina
estrada o rumo teu triste e nefando
— tal como o céu da terra pequenina".

---

67. Se não trouxesses do Elza a alma tolhida: dizia-se que o Elza, um rio da Toscana, calcificava, ou carbonizava, os objetos nele imersos. Dante parecia ter a mente endurecida pelas águas do Elza, do mesmo modo que a trazia obscurecida em razão dos falsos prazeres que lhe haviam alterado a cor, como Píramo fizera com a amora, tingindo-a com seu sangue (Canto XXVII, verso 39).

70. Por aqueles efeitos tão somente: só pela altura jamais vista desta árvore, e pela imensidão de sua fronde (versos 65 e 66) deverias ter percebido que nela se exprime a vontade divina.

74. Que além de pétreo foi na cor mudado: mas Dante, tendo a mente endurecida pelas águas do Elza, e, além disso, tingida como as amoras de Píramo (versos 67 a 69), não estava em condições de deduzir, pelo raciocínio, o significado moral daquela árvore.

76. Ao menos vá em ti manifestado: e, se não podes compreendê-lo, que ao menos possas testemunhá-lo, guardando-o na memória ao modo do peregrino que prende ao seu bastão as palmas da Terra-Santa, em sinal de que foi lá.

DANTE ALIGHIERI

91 "Não me recordo", eu disse, suspirando,
    "de me ter de teus passos afastado;
    nem na consciência algo me está pesando".

94 "Se disso não estás ora lembrado,
    há de ser", respondeu-me a dama pia,
    "porque foste no Letes mergulhado.

97 Mas pois que na fumaça se anuncia
    o fogo, assim também o esquecimento
    aqui a tua culpa denuncia.

100 E cuidarei então de o pensamento
    manifestar mais chã e simplesmente
    por chegar ao teu parco entendimento".

103 Já ia, lento, o sol resplandecente
    sobre o merídio, de onde mais aclara,
    aqui e ali, as amplidões à frente,

106 quando as damas pararam — como para
    a vanguarda da tropa pela estrada,
    ao mais leve sinal com que depara —

109 junto a uma sombra ali não mui fechada,
    qual a que deita a rama verdejante,
    nos Alpes, sobre os rios debruçada.

112 Pensei estar do Tigre e Eufrates diante,
    que a rebrotarem de uma só nascente,
    como irmãos, se despedem pouco adiante.

115 "Ó luz, ó glória da terrena gente,
    que água é esta, que ao nascer se liga,
    mas presto", eu disse, "se separa à frente?"

98. O esquecimento aqui a tua culpa denuncia: pois que perdeste no Letes a memória de tuas culpas, o teu alegado esquecimento, em lugar de te servir de escusa, constitui evidência da falta cometida.
103. Já ia, lento, o sol resplandecente: o sol, parecendo mais lento, já se erguia com toda a sua intensidade e esplendor no ponto mais elevado do meridiano. Quer dizer que era, no Éden, exatamente meio-dia.
106. Quando as damas pararam: as sete damas, que marchavam adiante de Beatriz — isto é, o grupo das três, que representavam as virtudes teologais, e o grupo das quatro, que representavam as virtudes cardeais.
112. Pensei estar do Tigre e Eufrates diante: as sete damas haviam parado junto a uma sombra, de onde manava um rio, que em seguida se separava em dois braços — o que fez o poeta lembrar-se do Tigre e Eufrates, que fluíam de uma só nascente. Mas aqueles dois rios eram, de fato, o Letes e o Eunóe, em sua origem.
115. Ó luz; ó glória da terrena gente: Beatriz.

118 E ela: "A Matelda pede que to diga";
a qual sem mor detença redarguiu,
como quem do dever se desobriga:

121 "Sobre este fato, há pouco, ele me ouviu;
e poderia agora estar lembrado,
pois que do Letes não se suprimiu".

124 "Talvez", disse Beatriz, "um mor cuidado,
que aos vivos da memória acaso priva,
lhe haja os olhos da mente obnubilado.

127 Mas eis o Eunóe, que por ali deriva:
conduze-o lá, e nele, atenta e lesta,
a amortecida força lhe reaviva".

130 Como a alma generosa, que se apresta
por transformar em sua, honestamente,
de outro a vontade, quando manifesta,

133 adiantou-se Matelda logo à frente,
e a Estácio revolvendo a face pia:
"Vem com ele", lhe disse, gentilmente.

136 Se me restasse espaço, eu te daria
a descrição, leitor, inda que em parte,
da água que ali se bebe e não sacia.

139 Mas estando completas já destarte
as laudas que reuni para a canção,
não me deixa ir além o freio da arte.

142 Volvi da sacratíssima ablução
purificado como as plantas belas
que se vestem de nova floração,

145 pronto a subir às fúlgidas estrelas.

---

118. A Matelda pede que to diga: neste ponto Matelda é, por fim, referida nominalmente, embora viesse acompanhando Dante desde sua chegada ao Éden, no topo do Monte do Purgatório (Canto XXVIII).
123. Pois que do Letes não se suprimiu: a água do Letes, que somente apaga a memória do pecado, não poderia ter removido do pensamento do poeta as explicações que Matelda já lhe havia dado sobre o mesmo Letes e sobre o Eunóe (Canto XXVIII, versos 127 a 132).
129. A amortecida força lhe reaviva: leva – diz Beatriz a Matelda — ao Eunóe o nosso hóspede e, mergulhando-o em suas águas, reaviva a sua amortecida recordação do verdadeiro bem.
140. As laudas que reuni para a canção: como já está cheio o papel que reservei para esta segunda canção (o cântico do *Purgatório*), as regras da arte não me permitem alongar-me agora.
145. Pronto a subir às fúlgidas estrelas: pronto enfim a me elevar destas derradeiras regiões do Purgatório às glórias do Paraíso...

"Se me restasse espaço, eu te daria
a descrição, leitor, inda que em parte,
da água que ali se bebe e não sacia."

(Purg., XXXIII, 136/8)

Retrato de Dante Alighieri desenhado por Adolfo de Carolis, aproximadamente em 1920. Obra faz parte da Coleção de Retratos Galeses da Biblioteca Nacional do País de Gales.

Estátua de Dante Alighieri, esculpida por Enrico Piazza em 1865, Florença, Itália.

**CONFIRA NOSSOS
LANÇAMENTOS AQUI!**

GARNIER
DESDE 1844